Jörg Sander

SPEICHEL
FLUG

Psychogramm eines Flüchtigen

Bibliografische Information der Deutschen Nationalbibliothek:
Die Deutsche Nationalbibliothek verzeichnet diese Publikation
in der Deutschen Nationalbibliografie; detaillierte bibliografische
Daten sind im Internet über http://dnb.dnb.de abrufbar

© 2016 Jörg Sander
Herstellung und Verlag
BoD - Books on Demand, Norderstedt

ISBN: 978-3-7431-3813-1

Für Inga

Prolog

Ich sitze im Erkerzimmer an Mareiles Schreibtisch. Die Morgensonne wandert langsam von der breiten Fensterbank zur Tischplatte, auf der ein kleiner Stapel meiner Bücher liegt. Mareile ist nicht da. Sie ist zur Arbeit. Das Erkerzimmer ist nicht in unserer Wohnung. Es ist nicht einmal in der Nähe unserer gemeinsamen Wohnung. Vor sechs Monaten ist Mareile hier eingezogen, hierher, in eine Kleinstadt, deren Name mir nichts sagt.
Alles um mich herum ist entweder neu oder trägt für mich das Versprechen des Neuanfangs. Ein Neuanfang ohne mich. Ich werde in zwei Tagen wieder ins Ruhrgebiet fahren. Zu Jamel, über den ich unaufhörlich nachdenken würde, wäre da nicht Mareile, über die ich nachdenken muss. Darüber, was es bedeuten soll, dass sie nun hier wohnt, eine neue Arbeit im Welcome-Center der Universität angenommen hat und auch noch ihr alternder griechischer Liebhaber zufällig in einem der Nachbarorte wohnt.
Zufällig ist nicht das richtige Wort.

Und doch kommt Jamel mir wieder in den Sinn, während ich aus dem Erkerfenster schaue und die Studentinnen betrachte, die sich im Gebäude gegenüber auf den Balkonen sonnen. Ich vermute, es sind Studentinnen. Offensichtlich ist das Gebäude ein Studentenwohnheim, denn es gibt zwei Hochschulen in dem Ort hier. Wilhelm Liebknecht wurde in dieser Stadt geboren, geht mir wie unzusammenhängend durch den Kopf. Gibt es das, Unzusammenhängendes? Also Jamel.
Im Land seines Vaters Martin Arh-Zidiane ist er nie gewesen. Er kannte die Geschichte von Sklaverei und Revolution in Haiti. Eine unvollendeten Revolution. Wie alle Revolutionen. Unvollendet wie Arh-Zidianes eigene Geschichte, aber davon wollte Jamel lange nichts wissen.
Das Land Janahs hat er besucht, das Land Ben Bellas. Das Haus ihrer Eltern in der Kabylei hat er vergeblich gesucht. Algerien kennt ihn nur als Fremden.
Wer also ist Jamel? Ist seine Geschichte meine Geschichte? Hat die alte indische Frau in Berlin, die uns alle doch am besten kennt, Recht mit ihren Worten von dem gefräßigen, schwarzen Tier in uns? Oder suche ich im Leben anderer, vorzugsweise in ihrem Scheitern, nur etwas, das mir Erleichterung verschafft?
Ich versetze mein Notebook in den Energiesparmodus und werfe einen letzten Blick auf eine Studentin im Bikini. Eine blonde. Ungesehen werde ich gleich unter ihrem Balkon den Weg zum Einkaufszentrum einschlagen. Ich werde fürs Abendessen Thunfisch-

steaks kaufen. Bis Mareile gegen sieben von der Arbeit zurückkommt, habe ich die Salatherzen zerpflückt und den Ingwer gehackt.
Der Weißwein wird eiskalt sein.
Es ist der Vorabend meines fünfunddreißigsten Geburtstags.

I. Die Silberstreifen am Horizont sind meist toxische Materialien, die gut reflektieren

1

Ich hangelte mich von Semester zu Semester. Seit meiner Dissertation, die ich vor einigen Jahren abgeschlossen hatte, erhielt ich an meiner Heimatuniversität halbjährlich einen neuen Lehrauftrag für zwei Seminare. Und jedes Sommersemester kam ein Grundkurs Philosophiegeschichte dazu. Davon den Lebensunterhalt zu bestreiten war ein gewisses Kunststück. Dennoch unternahm ich keinerlei Anstrengungen, meine akademische Position zu verbessern. Ich war weder ehrgeizig noch zielstrebig. Und ich wollte mich nicht mehr als nötig integrieren, nicht ins Bildungssystem, nicht in die westliche Wertegemeinschaft. Ein Studienkollege attestierte mir einmal ein gewisses Misstrauen gegenüber der Gattung als solche. Besagter Studienkollege machte damals zusätzlich zu seinem Medizinstudium, nebenbei sozusagen, auch noch seinen Magister in Philosophie

und sitzt heute auf einer eigens für ihn eingerichteten Professur für Philosophie und Neurologie irgendwo in Kanada, forscht, hält Vorlesungen und schreibt ein Buch nach dem anderen. Den Kontakt zu ihm habe ich natürlich rechtzeitig abgebrochen.
Immerhin hatte ich nach sechs Semestern kontinuierlicher Seminartätigkeit ein kleines Büro direkt neben dem Frauenklo ergattert. Vorher vom Reinigungspersonal als Abstellraum genutzt, roch der zellenartige Raum noch immer ein wenig nach Toilettenreiniger. Das einzige Fenster ließ sich aufgrund eines nicht durchschaubaren technischen Defekts nicht öffnen. Da aber eine meiner zentralen Eigenschaften die Anpassungsfähigkeit ist, verblieb als wirkliches Problem nur mein eher gespanntes Verhältnis zu Professor Dr. Armin Reth. Der war leider Dekan des Fachbereichs und der Platzhirsch unserer philosophischen Fakultät. Ungeliebt und gefürchtet unter den Philosophiedozenten und wissenschaftlichen Mitarbeitern, galt er im Kreis seiner ausgewählten Studenten und Studentinnen als der Philosoph mit dem unzweifelhaft größten geistigen Geweih (unter den Lebenden). Und medial lag er – angesichts scharfsinniger Beiträge zu Risikoabwägung und Ethikfragen in der postindustriellen Gesellschaft – gut im Rennen. Die digitale Revolution machte ihm ein wenig zu schaffen, pflegte er Kanttexte doch weiterhin ausschließlich mit Buntstiften zu markieren und die Existenz von Textverarbeitungsprogrammen oder gar Screenreadern unbeirrbar zu ignorieren. Aber selbst ich musste zugeben, dass seine Vorlesungen unterhaltsam

waren und das weit über die Pflichtteilnehmer hinaus angelockte Publikum nie in seinem Gespanntsein auf den nächsten geistreichen Argumentationshieb gegen den allgemeinen Menschenverstand oder den seiner philosophischen Widersacher enttäuschte.

Ich wusste, dass Reth wenig übrig hatte für meine philosophischen Schwerpunkte und ihre in seinen Augen Sozialneid schürenden Implikationen. Jeder wusste das. Ich war zwar nur ein geistig erodierender Schreibtischrevolutionär, aber Reth konnte seine antikommunistischen Feinjustierungen jedes Semester aufs Neue an mir vornehmen. Themenvorschläge für Seminare mussten bei ihm persönlich eingereicht werden. Er saß in seinem Nadelstreifenanzug am Schreibtisch und überflog die Antragsblätter während man noch im Raum stand.

Mittel und Zweck. Der kategorische Imperativ zwischen Moral und Widerstand, intonierte er beunruhigend melodisch. Das soll ein Thema für ein Hauptseminar sein?

Ich blickte an ihm vorbei auf den Vorplatz des Fakultätsgebäudes und konnte im Stehen den rechtwinkligen Springbrunnen sehen. Die ineinander verschachtelten Beckeninnenwände waren blau gestrichen. Wenn im Sommer das Wasser lief, sah das sehr schön aus.

Ich kann mich nicht erinnern, in das für den Titel des Hauptseminars vorgesehene Feld irgendetwas anderes als eben diesen eingetragen zu haben, murmelte ich.

Zwei Studentinnen gingen am Springbrunnen vorbei. Und ich kann mich nicht erinnern, sagte Reth, das wir

eine Kooperation mit unserer studentischen Antifa-Fraktion zur philosophischen Ausfütterung ihrer geistigen Leerräume eingegangen sind.
Er grinste, gut amüsiert von sich selbst. Würde ich jetzt die Tür zur Waffenkammer öffnen, dann mit ungewissem Ausgang. Intellektuell wie beruflich. An diesen Punkt gelangten unsere Themenabsprachen unweigerlich, was ihm offensichtlich die Stimmung hob. Er griff nach einem Buntstift und begann ihn anzuspitzen.
Ich seufzte ein defensives Seufzen und behauptete: Der Schwerpunkt liegt – wenn Sie das Exposé lesen, wird das deutlich – auf der philosophiegeschichtlichen Rekonstruktion der Begriffe Mittel und Zweck. Politische Aspekte können erst auf der Abschlusssitzung einbezogen werden.
Reth gab einen Laut von sich, der sowohl die Befriedigung über eine gelöste Aufgabe als auch die Enttäuschung über ihre Geringfügigkeit ausdrückte. Ein gedehntes Ah-Ja mit wohligem Basston am Ende. Und dann:
Da habe ich noch eine hübsche Idee. Ändern wir den Untertitel doch in Der kategorische Imperativ zwischen Moral und Wirklichkeit. Das erlaubt dann auch ein paar epistemologische Bezüge.
Ohne meine Antwort abzuwarten, begann er mit seinem Buntstift ein paar Korrekturen vorzunehmen. In Rot.

Es war am Ende des letzten Sommersemesters, Reth hatte anhaltenden Spaß an unserem

Subordinationsverhältnis. Bei jeder zufälligen Begegnung und nur, wenn es niemand anderes sehen konnte, ließ er – ich dachte erst das sei jetzt wohl ein zwanghaftes Gesichtszucken, vielleicht das erste Anzeichen von entgleistem Größenwahn – eine Art Grimasse aufblitzen, eine nur punktuell auftretende Verzerrung der Gesichtsteile, ein mimisches Blockieren, so wie ein rostiger Fleischwolf kurz klemmt und sich dann weiterdreht. Und am vorletzten Tag der Vorlesungszeit, ich hatte gerade meine Besenkammer abgeschlossen und wollte nach Hause, hielt er mich auf dem Gang vor dem Dekanat an.
Kollege Hollander! (Kurze Grimasse.) Auf ein Wort! Kollege. Ich blieb wie angewurzelt zwei Schritte vor ihm stehen und sah mir seine blau-gelbe Krawatte an. Haben Sie schon gehört? Fürs Wintersemester ist uns unser lieber Dr. Privatdozent Hurracker abhanden gekommen!
Ja, Herr Professor Dr. Reth, hab ich schon gehört. Reha nach Schlaganfall.
Also? Ich wartete. Hurracker war unser großer Hegel-Experte.
Nun, da müssen wir alle wohl aushelfen...
So?
Sehen Sie, fuhr Reth fort und beugte sich tatsächlich leicht zu mir vor, ohne mit einem einfachen Schritt die Distanz zwischen uns zu verringern. Das ist doch eine gute Gelegenheit. Sie haben die Einkünfte für ein Seminar mehr und könnten gezielt Ihren Defiziten beim Deutschen Idealismus zu Leibe rücken...
Ich beugte mich ebenfalls leicht vor.

Welche Defizite?, schnurrte ich.

Er ließ einen belustigten Kehlkopflaut hören. Dann kurze Grimasse.

Um so besser!, rief er, und ich fürchtete, er könnte jetzt doch noch den Schritt machen und mir auf die Schulter klopfen.

Hauptseminar. Hegel für Fortgeschrittene!, flüsterte er, als sei die Ehre, die mir zuteil wurde, besser noch geheim zuhalten. Hurracker plante hauptsächlich die Phänomenologie des Geistes zu behandeln. Und zwar nicht nur die Einleitung. Unsere liebe Frau Grünbein wird Ihnen die Unterlagen, die unser lieber Kollege so freundlich war, uns zur Verfügung zu stellen, im Laufe der Woche postalisch zusenden.

Er schaute mich genießerisch an, so als erwarte er, erste Anti-Hegel-Pusteln auf meiner Stirn aufblühen zu sehen. Gut, ein bisschen panische Rötung spürte ich da schon.

Reth schaute mich immer noch an. War´s das?, dachte ich mir. Schöne Semesterferien, dann?

Ach, und Hollander, nur so am Rande, machen Sie aus Hegel keinen Vorläufer der marxistischen Dialektik. Sie wissen schon, was ich meine. Ich spiele mit dem Gedanken, mir von ihren Sitzungen berichten zu lassen. Ich könnte einen Hiwi teilnehmen lassen. Inkognito. Mit falschem Bart.

Er machte diese Bartgeste, zog die Hand von seinem Kinn an abwärts. In seinen Vorlesungen ein sicherer Lacher.

Na, Sie wissen schon!, rief er und ließ mich stehen.

Ich beugte mich zurück, lief rasch in die

entgegengesetzte Richtung.

Die Semesterferien waren also gelaufen. Paranoide Wahnvorstellungen und Fluchtreflexe würden die nächsten Monate bestimmen: Auswanderungsphantasien, Internetpornos, Houllebecq lesen. Ich fragte mich, ob die gebraucht gekaufte Ausgabe von Hegels Phänomenologie noch irgendwo in zweiter Reihe in meinem Regal stand, oder ob sie damals nach den Magisterprüfungen der Säuberungswelle zum Opfer gefallen war. Noch auf dem Heimweg krochen mir Hegel-Sätze in den Sinn und blieben wie fette schwarze Insekten in meinem Bewusstsein kleben.

Der Gegenstand ist in einer und derselben Rücksicht das Gegenteil seiner selbst: für sich, insofern er für Anderes und für Anderes, insofern er für sich ist.

Ich bog mit dem Fahrrad gerade bei Möbel Kraft in die Altendorfer Straße, da drängte mich ein riesiger, dem Nichts entsprungener Sattelschlepper von der Fahrbahn, dessen sinnliche Gewissheit sowohl an sich als auch für sich etwas von einer einfachen Negation ausstrahlte. Dem Monstrum ausweichend krachte ich über den Bordstein seitlich auf den Gehweg, rammte beinahe eine Litfaßsäule und kam direkt vor einem Straßencafé in einem Pulk kaum bekleideter, junger Frauen zum Stehen.

Das Selbstbewusstsein erreicht seine Befriedigung nur in einem anderen Selbstbewusstsein... hätte ich fast gesagt. Sie kicherten trotzdem und gingen zur Seite, damit ich weiter rollen konnte.

Als ich zuhause ankam, klingelte das Telefon. Das Display zeigte Nummer unterdrückt an. Immer, wenn Mareile von ihrer Kykladeninsel anrief, stand da Nummer unterdrückt. Sie war im Sonderurlaub, was bedeutete: die meiste Zeit auf Amorgos. Berufliche Neuorientierung.
Hallo, mein Maulwurf... ich bin´s...
Hallo, mein Schmetterling, du bist´s...
Die Verbindung war einigermaßen schlecht.
Bei euch auch schon beim Baden über angeschwemmte Flüchtlinge gestolpert? Womöglich noch lebendige?
Sie gab mir den allgemeinen Lagebericht (Meer blau, Himmel blau, 30 Grad im Schatten, nein, keine Flüchtlinge, Amorgos sei zu weit weg von der türkischen Küste). Dann erzählte sie mir von ihren neuesten Überlegungen zu ihrer beruflichen Zukunft. Die letzten Jahre hatte sie als Sachbearbeiterin in einer Sprachenschule gearbeitet, die Lust verloren und sich für ein Jahr eine Auszeit nehmen können. Unbezahlt, natürlich. Die freie Zeit neigte sich jetzt dem Ende zu, aber Mareile wollte nicht wieder zurück ins alte Tätigkeitskästchen. Also schrieb sie jetzt Bewerbungen. So zwischen Strand und Tanzbar. Bei einem Café Frappé in ihrem Stammcafé, zwischen zwei Flirts mit einem der jungen griechischen Kellner, durchsuchte sie das Job-Angebot von Zeit-online, und da sie die Anforderungen in den Stellenanzeigen nicht wirklich ernst nahm, bewarb sie sich auf so ziemlich alles, egal ob Mobilitätskoordinatorin an einer Technischen Universität oder Hubschrauberpilotin.

Ich bewunderte ihre Kaltschnäuzigkeit.
Da ihre Post bei mir ankam, und ich sie öffnen durfte, berichtete ich ihr telefonisch von den ersten eintreffenden Absagen.
Egal, die Masse macht's, prophezeite sie mir siegessicher, wird schon noch.
Oder ich eröffne ein Bordell hier auf Amorgos...
Aha. Du als Puffmutter?
Als Edelprostituierte.
Mareile kicherte klingelnd. Das Unterseekabel gab einen Echoeffekt dazu.
Ich suche mir die Kunden selbst aus! Du hast natürlich extra Erlaubnis!
Extra Erlaubnis?
Ja, wie heißt das? Exquisite Rechte...
Du meinst, ich darf umsonst?
Genau! Alle anderen müssen Schlange stehen und zahlen!
Alle?
Stille am anderen Ende der Leitung. Ich stellte mir vor, wie sie an dem öffentlichen Fernsprecher stand, der wiederum am Dorfplatz der Chora montiert war, direkt neben der kleinen Post. Ich wusste mittlerweile von ihrer Affäre mit einem älteren Griechen, einer Urlaubsbekanntschaft. Allerdings wohnte dieser mir auf Anhieb unsympathische Mensch nicht in der sicheren Entfernung eines griechischen Eilands mit Blick auf die türkische Küste, sondern in Hessen.
Alle außer mir und deinem Rollator-Griechen, half ich ihr. Sie druckste herum, gab konsonantfreie Laute von sich. Ich weiß auch nicht, hörte ich sie. Er ist

halt so verliebt in mich... Und, naja, ich bin eben körperlich angezogen von ihm.

Ihr Frührentner war angeblich mit Sixpack unterwegs. Ich dagegen hatte an Muskeln nur das notwendige Mindestmaß, um die Chipstüte aufzukriegen. Gelegentlich versuchte ich ein paar Liegestützen. Aber ohne rechten Eifer.

Wie läuft´s denn mit Reth?, fragte sie, um abzulenken.

Gut. Ich habe ihn fast soweit, dass er denkt, ich sei doch kein vernunftbegabtes Wesen.

Du musst auf ihn zugehen.

Ich könnte ihn auf ein Glas Benzolsäure einladen.

Mareile versuchte oft, mir positive Anstöße zu geben. Da kann sie dann sehr hartnäckig sein. Also versuchte ich wiederum, ihre konstruktiven Vorschläge (Du musst noch einmal nachfragen; Wart nicht einfach ab, sondern ruf da an; usw.) ins Leere laufen zu lassen.

Diesmal halfen vielleicht ein paar Fakten.

Reth hat mir ein Hegel-Seminar fürs nächste Semester aufgetragen. Du weißt doch: Hegel! Eine Zeitlang hatte ich auf dem Klo dieses kleine Hegelbüchlein liegen. Differenz der Systeme von Fichte und Schelling, oder so ähnlich. Weißt du noch? Das hast du doch immer weggelegt, wenn du duschen wolltest. Das lag da Monate. Höchstens zwei Zeilen habe ich jedes Mal geschafft, bei Verstopfung vielleicht drei. Und jetzt ein Hegel-Seminar. Außerdem hat er mir einen Berichterstatter angekündigt.

Berichterstatter?, fragt sie arglos, und es summt in der Leitung.

Einer seiner Studenten, der ihm dann mitteilt, ob ich

meinen Lehrauftrag nicht für politische Propaganda missbrauche. Reth würde sagen, zur Aufhetzung im Sinne totalitaristischer Fehlschlüsse.
Ah.
Das Ah klang wie ach, komm, du spinnst. Ja, kann sein, dachte ich mir. Also sagte ich etwas versöhnlicher:
Dieses Hegel-Seminar macht mich ein bisschen nervös. Auf jeden Fall wäre es ein Fest für Reth, wenn ich mich da blamiere.
Das klappt schon, meinte Mareile.
Das mit dem Blamieren?
Quatsch. Das mit dem Seminar.

2

Vorletzte Ferienwoche. Um 12 war Sprechstunde. Für den Nachmittag plante ich weitere Hegel-Lektüre in der Bibliothek, zwischendurch Milchkaffee in der Cafeteria. Ich war immer bemüht, keine Termine vor 12 zu haben, um nicht früh aufstehen zu müssen. Es gab Kollegen, die legten ihre Seminare auf 8:15. Manche einfach aus Gehässigkeit den Studenten gegenüber. Manche auch, weil sie der Meinung waren, nur ein mit Arbeit ausgefüllter Tag sei ein gelungener Tag. Rudolf Janisch zum Beispiel. Der zitierte bei diesem Thema immer wieder gern den angeblichen Napoleon-Spruch über das Schlafbedürfnis von Männern, Kindern und Idioten. Ich unterdrückte den Gedanken an Janisch, schlüpfte in den alten, aber gut erhaltenen Mantel meines Großvaters und verließ meine Zwei-Raum-Küche-Diele-Bad-Dachgeschosswohnung und schloss ab. Bei mir jedenfalls gab´s am frühen Morgen keine Seminare. Und sogar die dienstägliche Sprechstunde um 12 hatte ich schon bereut, wenn ich vorher den Abend (und die halbe Nacht) mit Jamel zugebracht hatte.

Reth hatte mir aufgetragen, mich um die Bewerber für die freie Stelle als Studentische Hilfskraft zu kümmern. Jetzt, wo Sie schon ein Hegel-Seminar geben, können Sie sich doch weiter unentbehrlich machen! Für Lappalien hatte Hochwürden keine Zeit. Bezahlt wurde ich für dergleichen zwar nicht, aber der Gute Wille zahlt sich ja bekanntlich auch irgendwann aus. Also hatte ich die Bewerber gesichtet, würde heute noch die Vorstellungsgespräche führen und schließlich jemanden empfehlen, der als einzige Bedingung das Grundstudium gemeistert haben sollte. Der Job bestand im Wesentlichen aus Kopieren und Sortieren für Frau Grünbein, Sekretärin und Seele des Dekanats. Beim Aushändigen der eingegangenen Bewerbungsformulare hatte sie mir zugeraunt: Wenn möglich, dann einen jungen Antonio Banderas. Ich versprach ihr, mir alle Mühe zu geben und lud dann aber fünf Studentinnen und nur einen männlichen Bewerber ein.

Ich angelte mein altes Samsung-Handy mit der Aldi-Prepaid-Karte aus der Manteltasche, um zu prüfen, wie ich zeitlich so im Rennen lag. 11:35. Da konnte ich es langsam angehen lassen. Fünfzehn Minuten bis zur Universität. Ich fand mein 250-Euro-Fahrrad zwischen den ganzen Spitzenfahrrädern im Hof und drehte das Zahlenschloss auf Monat und Tag meiner Geburt.

Das Universitätsgelände war in den frühen sechziger Jahren noch ein Stück Brachland hinter dem Güterbahnhof gewesen. Nach und nach wurden damals die letzten Zechen auf dem Stadtgebiet geschlossen, der Güterverkehr nahm ab, auch das Schmiedewerk direkt an der Ruhr musste seinen Herzschlag anhalten. Angeblich hatte er die feinen Nerven der Bewohnern in den besseren Vierteln im Süden zu sehr strapaziert. Schließlich wurde auch der Güterbahnhof stillgelegt, und der Rat der Stadt sprach sich dafür aus, das Brachland zwischen altem Güterbahnhof und den Kohlevierteln im Norden künftig einer neu zu gründenden Universität zur Verfügung zu stellen. Was dann aus dem Boden gestampft wurde war ein Festungsring von Fertigbauteilen mit rasch ergrauendem Sichtbeton und wehrturmartigen Auswüchsen, geräumig genug für je drei Fahrstuhlschächte. Dazu wurde noch ein Farbleit- und Raumnummernsystem erdacht, das Studenten und Lehrkräfte auf die Suche nach Räumen mit Namen wie R12-S06-B46 schickte.

In den Semesterferien waren einige Umbauarbeiten im geisteswissenschaftlichen Komplex fertig geworden. Verschönerungen am Vorplatz konnte ich nicht feststellen. Vielleicht war der Springbrunnen neu gestrichen worden, aber ich war mir nicht sicher. Als ich fast an den nun automatischen Schiebetüren des Haupteingangs war, fiel mir eine Bodenplatte auf, die vorher nicht da gewesen war:

EINE KÜNSTLERISCH-ARCHITEKTONISCHE PLATZ-GESTALTUNG REALISIERT ZUM 40-JÄHRIGEN BESTEHEN DER UNIVERSITÄT DURCH SPENDEN VON:

Bankhaus Trinkaus & Burkhardt KGaA
COMMERZBANK Aktiengesellschaft
DEMINEX GmbH
Ferrostahl AG
HOCHTIEF
MASSEBERG GMBH

Norddeutsche Landesbank Girozentrale
Ruhrgas AG
STEAG AG
Westdeutsche Landesbank Girozentrale
Volkswagen Stiftung

Ich versuchte einen großen Schritt über sie hinweg. Wenn das so einfach wäre, dachte ich noch, als ich – lupus in fabula – Rudolf Janisch seitlich vom Parkhaus her kommen sah. Allein sein federnder Gang war unverkennbar, dazu der kahle Schädel. Grauer Anzug natürlich.
1992 hatte Janisch seinen berüchtigten Artikel für eine weitverbreitete Sonntagsbeilage veröffentlicht. Janisch hatte darin vehement vier Cambridge-Professoren verteidigt, die sich während der Verlesung der Ehrendoktor-Kandidaten unerwartet erhoben und beim Namen Jaques Derrida ihr non placet gerufen hatten. Über sieben lange Spalten geißelte Janisch seinerseits Derrida als Gift für den Geist junger Leute und behauptete, der französische Philosoph setze die gesamte Zivilisation in Gänsefüßchen. 2005 berief Reth den Privatdozenten Janisch in Absprache mit der Volkswagen-Stiftung auf eine lukrative Stiftungsprofessur für Wirtschaftsethik und Wirtschaftskultur. Seitdem erfreute sich jede neue Generation von Erstsemestern an Seminarthemen wie Ethische Ökonomie, Philosophie in wissensbasierten Unternehmen oder – mein Klassiker – Philosophische Analyse der Außen- und Innenwirklichkeit eines Unternehmens. Aber immer gab es in den ersten

Sitzungen bei Professor Janisch auch jemanden, der ein paar Kopien mit seinem berühmten Artikel von 1992 herumgehen ließ. Die Studenten nannten ihn daher nur noch Professor Gänsefüßchen.
Ich steuerte direkt auf den Treppenaufgang zwischen den Fahrstuhltüren zu und nahm immer zwei Stufen gleichzeitig, damit ich sicher sein konnte, nicht von Gänsefüßchen eingeholt zu werden.

Als sie eintrat, war es, als flute helles Licht den Raum. Ich wusste sofort, dass alle weiteren Vorstellungsgespräche irrelevant sein würden. Was für eine unverzeihliche Diskriminierung wäre es gewesen, dieser Studentin nicht die Stelle als Hilfskraft zu geben, nur weil sie bezaubernd war.
Ich blieb sitzen und tat gelangweilt.
Name?
Rother, Lilly...
Sie hatte grün-braune Augen. Langes, honigblondes Haar, das offen und glatt auf ihre Schultern fiel. Seitenscheitel. Aber nicht streng.
...und würde gerne die Herausforderung...
Ich nickte ihr aufmunternd zu und konzentrierte mich auf ihr Gesicht. Zweifellos ein bemerkenswert schönes Gesicht. Gleichmäßig natürlich, oval natürlich, junge Haut, empörend makellos, dunkle, zur Nasenwurzel sich verbreiternde, fein über den Wangenknochen auslaufende Augenbrauen, die den umwerfenden Gesamteindruck verstärkten.
Stille trat ein.
Sie hatte offensichtlich alles gesagt, was sie sich

vorgenommen hatte und schaute mich nun irritiert an. Sie erwartete ein paar stellenrelevante Fragen.
Flugs angelte ich in meinem Restbewusstsein nach irgendeinem abgehangenen Satz und guckte streng:
Kennen sie eigentlich den Unterschied zwischen transzendent und transzendental?
Sie blinzelte. Eine goldene Strähne fiel ihr übers Schlüsselbein.
Ich lächelte ein breites Entwarnungslächeln.
Ist ja auch egal. Gehen Sie davon aus, das mit der Hilfskraftstelle wird schon. Ich melde mich, so in ein paar Tagen.
Damit stand ich auf und beendete das Vorstellungsgespräch. Sie stand auch auf. Sie war genauso groß wie ich. Sie lächelte unschlüssig. Ich reichte ihr die Hand, um sie mal anzufassen, und öffnete mit Schwung die Tür, hinter der eine Versammlung grauer Mäuse erwartungsvoll aufblickte. Den jungen Typen in T-Shirt und Fetzenjeans, lässig im Türrahmen zum Fachschaftraum gelehnt und gutaussehend wie ein Hollywoodschauspieler, würdigte ich keines weiteren Blickes.
Der hat bestimmt einen Schwanz wie ein Massenmörder, dachte ich mir. Und zu den Studentinnen: Die nächste, bitte.
Willkommen in Dr. Hollanders Sprechstunde. Praxis für psychosomatische Phallozentrik.

Das mit den Frauen hat mein Leben bestimmt. Weniger in der Realität als in der Imagination. Ich bin weder ein erfolgsverwöhnter Beischläfer,

noch ein notorischer Allesbrenner. Meine gesamte Lebenshaltung gründet auf kreativer Passivität. Das gilt auch für Frauen. Verführung widerfährt mir, ich bin niemand, der auf Eroberungen aus ist. Schon im Studium, wenn ich zwischen den Seminaren in der Cafetria über Käsekuchen und Pappbecherkaffee blicklebte, waren mir die Eindrücke weiblicher Schönheit an sich selbst genug. Ich war der bewegte Unbeweger, wie Hegel es vielleicht formuliert hätte.
Mit Mareile war das anders. Als ich sie auf einer Slawistenparty kennenlernte, war alles so leicht und unvermittelt, als sei ein Schmetterling auf meiner Schulter gelandet. Einer, der nicht sofort wieder weg fliegt. Der genau dort, jetzt und hier, auf deiner Schulter die Sonnenstrahlen genießen will.
Wir redeten über irgendetwas, und es fühlte sich nicht anstrengend an. In einer Ecke gegenüber der Biertheke stand ein Klavier, und sie setzte sich mit mir dahin, weil ich ihr demonstrieren wollte, wie einfach das mit dem Improvisieren ist (auf dem Klavier improvisiere ich immer, weil ich gar nicht richtig Noten lesen kann und in der Regel zu faul bin, mir überhaupt irgendwas ordentlich zu erarbeiten). Aber Mareile ließ sich nichts anmerken, sie gab mir das Gefühl, mein Herumgeklimper über drei notdürftige Blues-Akkorde wäre musikalisch von außerordentlicher Verwegenheit.
Mensch, das ist doch toll. Ich kann ohne Noten gar nichts spielen.
Ich dachte mir, das könnte die richtige Frau sein.
Auch das Tauschen der Telefonnummern danach und

der gemeinsame Gang zur Bushaltestelle, obwohl sie doch ein Fahrrad neben sich herschob (weit nach Mitternacht war es auch schon), ergaben sich wie selbstverständlich. Wir standen in der kühlen Novemberluft, wir kannten uns keinen ganzen Tag, wir wussten fast nichts voneinander. Aber dieses etwas mehr als nichts war wie die kleine Scherbe, ohne deren Fund ein zweifelnder Archäologe nicht mehr an die Existenz dieser anderen, immer nur vermuteten Menschheit hätte glauben können.

Dann kam der Nachtbus. Wie wär´s, kommst du mit zu mir? So ein Satz ging mir durch den Kopf, als wir uns mit einer kurzen Umarmung verabschiedeten. Aber ich sagte ihn nicht. Ich kam mir vor wie ein Kind am Heiligabend. Die Arme schon voller Geschenke und da entdeckt es noch ein allerletztes Paket unter der Weihnachtstanne: Ist das da nicht auch noch für mich?

Eine Wochen später, kurz vor Weihnachten, klingelte das Telefon. Seit der Sache mit Mareile wartete ich nicht mehr, bis der Anrufbeantworter sich meldete, sondern nahm sofort ab. (Was dazu führte, dass ich nacheinander einen Anlageberater der Sparkasse, eine Frau von der Kriegsgräberfürsorge und jemanden abwimmeln musste, der behauptete, für ein neutrales Marktforschungsinstitut anzurufen, dabei weiß doch jeder, dass die letzte Frage immer eine Fangfrage ist, die einen dazu verleitet, irgendwelche Beratungsangebote anzunehmen und schon hat man von montags bis freitags das Wohnzimmer voll mit Versicherungsvertretern.)

Jedenfalls nahm ich den Hörer ab, bevor der Anrufbeantworter meine Ansage abspulte: Leider haben Sie sich verwählt! Sollten Sie der gegenteiligen Ansicht sein, so bedenken Sie, dass die korrekte Bewertung einer Handlung nicht nur von der Handlungsintention abhängt.
Hallo?
Jürg?
Ja, hallo, bist du´s?
Wer?
Na, Mareile!
Ja. Hallo.
Ich war etwas nervös. Aber eigentlich lief das Gespräch ja ganz gut.
Am Telefon ist es oft schwierig, das vertraute Gefühl mit Leuten wiederzufinden, das man bei ihnen normalerweise hat. Aber mit Mareile war das kein Problem.
Ich dachte, ich ruf mal an.
Ja, das dachte ich auch schon mal.
Dass ich anrufe?
Ja. Nein. Dass ich dich anrufe.
Hast du aber nicht.
Ja. Telefonieren ist so eine Sache.
Hm. Ja. Verstehe ich.
Großartig, dachte ich, endlich jemand, mit dem man sich auch am Telefon gut unterhalten kann. Mareile fragte dann, ob ich einen Führerschein hätte. Und ob ich für sie den Umzugswagen fahren könnte, sie wolle jetzt ihre Sachen aus dem Studentenwohnheim in ihre erste eigene Wohnung bringen. Es gibt für

einen Geisteswissenschaftler nichts besseres, als sich nützlich machen zu können. Also trafen wir uns zwei Tage später und früh am morgen auf dem Hof von Robben & Wientjes an der Altendorfer Straße. Leider war Glatteis, und es wurden keine Wagen vermietet.
Ein paar Tage später aber klappte es. Wir fuhren zusammen zum Studentenwohnheim, holten woanders noch Sachen ab, und trugen alles in ihre neue Wohnung. Nur wir zwei.
Wieder ein paar Tage später kam mit der Post ihre Einladung zum Abendessen.

Mareile am Klavier. Ich finde sie hinreißend, wenn sie spielt. Die Mondschein-Sonate. Vom Blatt. Die tiefe Ernsthaftigkeit, mit der sie das Stück bis zu Ende spielt ohne aufzuschauen und mich zwischendurch anzusehen, berührt mich tief. Es ist, als sei ich gar nicht da.
Das Klavier steht mitten im Raum auf einer Lichtung zwischen Umzugskisten, blauen Plastiksäcken, noch gerollten, schon halb verschlissenen IKEA-Teppichen und verschiedensten noch mit Kleinkram gefüllten Behältern: Blumentöpfe, Papierkorb, Bananenkisten. Während Mareile spielt, stehe ich hinter ihr und studiere abwechselnd die winzigen schwarzen Punkte vor ihr (die Noten) und ihren nackten Nacken unter dem hochgesteckten, weizenblonden Haar. Ich würde ihn gern berühren, aber dafür ist es noch zu früh. Erst wird sie die Sonate zu Ende spielen, dann setze ich mich zu ihr auf das Klavierbänkchen, und wir küssen uns. Dann werden wir in ein billiges indisches

Restaurant gehen (mehr eine Imbissstube) und danach unsere erste gemeinsame Nacht verbringen.

3

Großartig, ganz großartig. Ich hörte Bertmann schon durch die geschlossene Tür, noch bevor er klopfte. Kollege Bertmann, langjähriger wissenschaftlicher Mitarbeiter, Schwerpunkt Scholastik und Philosophie der Rennaissance, und eine Art katalysatorisches Kommunikationskörperchen zum Transport von Neuigkeiten, war immer ein Pläuschchen wert. Ich ließ ihn klopfen und tat, als sei das Büro leer. Erwartungsgemäß war er so nicht zu überlisten. Die Tür öffnete sich einen ziemlichen Spalt und sein von Aknespuren gezeichnetes, rundliches Gesicht schob sich, gefolgt von einem sehr kurzen Hals, in Raumüberblicksposition. Ich blickte ihn, die Beine auf dem Schreibtisch, die Tageszeitung in beiden Händen, wortlos an. Hab Sie doch reingehen sehen, Hollander!
Ich unterdrückte den Impuls weiterzulesen und erwartete, Blickkontakt haltend, die neueste Neuigkeit.
Er kommt! Hat zugesagt! Mitte November!
Offensichtlich ging es um die Ringvorlesungen im Wintersemester.
Wer hat zugesagt?
Der Bundespräsident!
Aha. Da konnte der Herr Dekan auf seiner schon langen Liste wieder einen Erfolg verbuchen. Reth war immer auf Großwildjagd für die Ringvorlesungen, sein eigens für seine Gewichtsklasse installiertes

Lieblingsspielzeug. Im letzten Jahr hatte er immerhin, diesen Niederländer gewinnen können, der sich gerne vor laufenden Kameras geistig einen runterholte. Ich hatte ihm mal Chomsky vorgeschlagen, aber da war ich noch neu hier.
Ich verströmte selbstredend vollkommenen Gleichmut.
Was, der Prediger?
Bertmann hob die kaum vorhandenen Augenbrauen, nickte dann und suchte, noch immer gegen die halb geöffnete Tür gelehnt, nach einer stabilen Körperhaltung. Er wusste, wie wenig ich es schätzte, wenn er unaufgefordert in mein Büro lief.
Und? Hat er auch gleich ein Thema für seinen Vortrag angeboten?
Bertmann nickte wieder, was seinen Balanceakt zu erschweren schien, er also ganz ins Zimmer trat. Sakko, Sandalen, grüne Socken. Ich seufzte.
Freiheit und Verantwortung!
Dazu gab es allerdings einiges zu sagen. Oder eben nichts. Ich winkte Bertmann mit einem dezenten Wippen der Feuilletonseiten aus dem Raum und ließ das Käseblatt dann ganz sinken.

Schon kurz vor fünf. Das fahl gewordene Ruhrgebietslicht kündigte von der anstehenden Dämmerung. Herbst. Ich machte mich auf, in die Universitätsbibliothek zu gehen. Recherche. Dreizehntes Jahrhundert. Eines meiner gelegentlichen Steckenpferde. Schließlich lehrte ich Philosophiegeschichte, mal abgesehen davon, dass es im Spätmittelalter so was wie Philosophie eigentlich gar nicht gab. Den Aufschrei der Fundamentalkatholiken hinsichtlich des heiligen Thomas kann man da getrost überhören. Der kam schließlich immer nur zu dem schon vorher beabsichtigten Ergebnis mit seinen Gedankengängen. Kein Risiko, keine Philosophie.

Im Gang zwischen unseren Denkkammern und Sekretärinnen-depots kam mir dann Almuth entgegen. Almuth Richard-Meyer. Ich kannte sie schon aus der Studienzeit. Der Doppelname war später dazu gekommen. Den Herrn Meyer hatte ich dann auch kennengelernt. Germanistikprofessor, aber andere Universität und, soweit ich wusste (von ihr), praktizierender Hypochonder.

Hübscher blauer Rock, dachte ich, als sie näher kam. Schwarze Stiefel, hellgraue Strickjacke. Sie drehte den Kopf demonstrativ von mir weg.

Das war wegen der Haarfarbe. Ihre war eigentlich braun. Sie trug das Haar lang und meist offen, das Stirnhaar als Pony geschnitten. Aber seit zwei Monaten war sie blond. Ich wusste nicht recht, was in sie gefahren war und hatte ihr das auch mitgeteilt. Ihre Ehe mit Dozent Meyer war doch schon länger defekt, das konnte es nicht sein.

Mir war klar, dass ich sie nie wieder ins Bett kriegen würde, wenn ich nicht etwas Nettes über ihre neue Frisur sagte. Allerdings war das letzte Mal auch schon ein bisschen her.

Hallo, meine Gebieterin. Immer noch blond?, murmelte ich im Vorbeigehen. Sie reagierte natürlich nicht und machte einen demonstrativen Bogen um mich herum,

so als sei ich nicht nur verachtungswürdig, sondern auch noch ansteckend.
Vor ungefähr 15 Jahren hatten wir das letzte Mal miteinander geschlafen. Nach Chris und vor Mareile. Im Seminar für kreatives Schreiben hatte ich sie kennengelernt. Grundstudium. Sie saß zufällig neben mir, war neu an der Universität, und ich hatte sie deshalb noch nicht bemerkt. Ich fand sie hübsch, auch wenn sie blass war, damals immer diese Hornbrille trug und das braune Haar als ziemlich kurze Ponyfrisur. Ich fand, sie strahlte etwas Aristokratisches aus, Blässe und so. Was natürlich Unsinn war. Almuth war höchstens ein bisschen blasiert, aber durchaus gesprächsbereit. Ich erzählte ihr noch im Seminar, ich schriebe hauptsächlich Gedichte. Was stimmte. Tatsächlich hielt ich mich zu der Zeit für den wahrscheinlich größten lebenden deutschen Dichter und hatte sogar schon ein Gedicht veröffentlicht:

An der Schweigemauer

Trümmern münder Tiefenschlaf
Vergessen wundersame Heilige das Atmen
Morgen Du
Bitte deinen Gott ums Zeltebrechen
Wie Staubsteine fallen blinde Hunde
ins Tiefe

Ohne dass Almuth zumindest diese Zeilen kannte,

lud sie mich zu einem Dichterzirkel ein, der jeden Mittwochabend direkt über der Buchhandlung an der katholischen Hügelkirche tagte. Buchhandlung und Kirche kannte ich. Und da ich mich ein bisschen in Almuth verliebt hatte, dachte ich mir, gehe ich da mal hin. Aber dieser erste Anlauf führte zu nichts. Die Buchhandlung war am Abend natürlich geschlossen, nirgendwo konnte ich einen Hinweis auf konspirative Dichtertreffen entdecken und Almuth hatte mir keinen Namen genannt, nach dem ich jetzt auf den Klingelschildern für die Privatwohnungen im Haus suchen konnte. Ich nahm das als Fingerzeig meines Schicksals als Poet und konzentrierte mich auf die zwei, drei anderen Verliebtheiten, die mich jedes neue Semester heimsuchten.

Als das mit den Gedichten nachließ, wandte ich mich ernsthafter der Philosophie zu. Ich pflügte drei Semester lang durch Kants Kritiken (jedes Semester eine), was mein Umfeld, mich selbst eingeschlossen, angemessen beeindruckte. Kant war, wie jeder weiß, der Höhepunkt bürgerlicher Philosophie - aber bürgerlich war nicht exakt das, was ich sein wollte, also begann ich mit den Notizen zu einer Anti-Ethik. Gut, ich glaube ich kam so etwa vier Seiten weit. Aber die Grundgedanken waren einleuchtend: Die Erfahrung zeigt, dass Menschen immer wieder Menschen töten, ausplündern und sich dafür Rechtfertigungsstrategien ersinnen. Rasse, Nation, Intelligenz, Kultur, usw. Offensichtlich gibt es keine universal begründbaren Werte. Auch das menschliche Leben wird schließlich nur von den Menschen selbst als Wert postuliert. Einen Gott gibt es bekanntlich auch nicht. Also muss jede Handlungsmaxime aus einem fundamentalen Gleichheitsgedanken abgeleitet werden: alle Menschen sind gleich (wertlos).

Am Ende meines Studiums lernte ich dann Chris kennen. Freundin eines Freundes einer Freundin.
Ich hab von dir gehört. Ich dachte, du hättest einen Vollbart, stellte sie erleichtert fest (ich habe natürlich keinen) und ließ sich von mir küssen. Mir gefielen ihre Augen und ich hatte schon länger keine Frau mehr gehabt. Da wir beide sexuell eher unerfahren waren, kamen uns die Nächte, die wir miteinander verbrachten, ziemlich aufregend vor. Dann fuhr Chris in ihrem kleinen, weißen Fiat Panda wieder zurück nach Berlin, wo sie im zweiten Semester Kunstgeschichte studierte. Sie war klein, hatte aber ein recht hübsches Gesicht, einen zwar untersetzten, aber jungen Körper. Zwischen unseren Telefongesprächen dachte ich beim Masturbieren an sie, was ein gutes Zeichen war. Sie schickte mir Fotos von sich. Als sie einen Monat später mit ihrem Schminkköfferchen (das auch nützliche Dinge wie Kontaktlinsenreiniger und Oval-B-Tampons enthielt) wieder da war, fragte sie mich, ob ich mir vorstellen könne, nach Berlin zu ziehen. Zu dem Zeitpunkt hatte ich gerade meine Doktorarbeit begonnen. Professor Schiefelbein stand kurz vor der Eremittierung, war eigentlich Theologe, bot seine Vorlesungen aber in Absprache mit Reth auch für Philosophiestudenten an. Er war meine Rettung und bewahrte mich davor, bei Reth eine

Doktorarbeit über Transzendentalpragmatik oder Deontologische Handlungstheorien schreiben zu müssen. Ich konnte Schiefelbein davon überzeugen, dass eine Gegenüberstellung von Geschichte und Klassenkampf und Kritik der dialektischen Vernunft eine gute Idee sei. Dazu musste ich ihm allerdings versprechen, die heilsgeschichtlichen Implikationen bei Lukacs und in der marxistischen Dialektik generell deutlich herauszuarbeiten. Kleinigkeit.
Dennoch verlockte es mich, Chris nach Berlin zu folgen. Der Gedanke an ein dauerhaftes Zusammenleben mit ihr verband sich mit der unsinnigen Vorstellung eines ebenso dauerhaft erotisch grundierten Alltags. So als wären sexuelle Erfüllung und Anziehung nur eine Frage der günstigen Umstände und kein vorübergehender Zustand. Ich dachte noch einmal ernsthaft darüber nach, beriet mich mit vier Flaschen Bier, die mir schließlich entschieden davon abrieten, nach Berlin zu gehen. Ich sagte es Chris spät in der Nacht am Telefon. Als sie am nächsten Tag zurückrief und ich wieder nüchtern war, blieb ich bei der Entscheidung. Es hätte auf eine Fernbeziehung hinauslaufen können, aber Chris liebte am Leben das Schwarz-Weiße und hatte es nicht so mit den Graustufen. Wir sahen uns nicht wieder. Sie ist dann ein paar Jahre später nach Neuseeland ausgewandert, verheiratet und – wie ich über die Freundin und ihrem Freund noch gehört hatte – gut versorgt.
Noch während ich für meine Doktorarbeit an zentraler Stelle das Himmelreich und die Diktatur des Proletariats einander gegenüberstellte und

erstaunliche Übereinstimmungen aufzeigte, erhielt ich die Gelegenheit, gemeinsam mit Almuth Richard, die mit ihrer Dissertation auch schon im Endstadium war, ein Proseminar zur französischen Philosophie des 20. Jahrhunderts zu halten. Ich übernahm Jean-Paul Sartre und Foucault, sie liebte Morleau-Ponty und die Poststrukturalisten. Wir trafen uns zu Vorbereitungstreffen, sie erinnerte sich vage an mich und unser kreatives Schreiben im Grundstudium und behauptete, nie an irgendwelchen Dichtertreffen teilgenommen zu haben. Wir disputierten eine halbe Stunde darüber, öffneten dann die erste Flasche Rotwein und lagen schließlich vögelnd auf der Couch. Unsere Korpulationen waren nie der bloße wechselseitige Gebrauch von Sexualorganen, eher waren es dekonstruktivistische Versuche zur Theorie des Körpers oder auch ein foucaultsches Eindringen in die Archäologie von Strafe und Lust. Was auch immer, jedenfalls war Almuth unter Rotweineinfluss nicht so wohlerzogen, wie sie im Seminar wirkte. Zwischen zwei Diskussionsrunden nahm sie meinen Penis in den Mund und verdünnte mein Ejakulat mit etwas Rotwein.

4

Die Cafeteria war nur mäßig gefüllt. Die 10-Uhr-Seminare waren zwar vorbei, aber die meisten Studenten gingen gerade in die Mensa. Ich saß mit einem Stück Käsekuchen bei den Fenstern und betrachtete eine Studentin drei Tische weiter. Sie war mir im letzten Semester schon aufgefallen. Keine klassische Schönheit. Kurzgeschnittenes strohblondes Haar. Keine besonders weibliche Kleidung. Manchmal war ich mir selbst ein Rätsel (eigentlich immer).
Ach, hörte ich Bertmann neben mir.
Instinktiv duckte ich mich etwas, aber da er schon neben mir stand, war es natürlich zu spät.
Er hielt einen Pappbecher in der einen Hand, über dessen Rand ein Faden mit einem Papierschildchen herabhing, in der anderen balancierte er auf einem schmalen Papptablett ein halbes Käsebrötchen.
Ohne weiteres setzte er sich neben mich.
Stör´ ich?
Ja, sicher, seufzte ich. Bertmann trug eine Art Strickpullover, darunter ein rot-gelb gestreiftes Hemd. So was gibt´s eigentlich gar nicht, ging mir bei unseren ersten Begegnungen durch den Kopf. Ich fragte mich lange, ob Bertmann sich gezielt so kleidete. Mittlerweile war mir das sympathisch. So oder so.
Er biss ins Brötchen. Ich guckte weiter geradeaus auf die Studentin und hörte ihn kauen.

Ich hab da einen...
Er schluckte die zerkaute Brötchen-Käse-Masse und nahm noch schnell einen vorsichtigen Schluck Tee.
Kommt ein Mann zum Urologen. Sitzt er da mit heruntergelassener Hose, da sagt der Urologe: Sie müssen sofort aufhören zu onanieren! Sagt der Mann: Wieso denn? Der Urologe darauf: Sonst kann ich Sie ja gar nicht untersuchen!
Bertmann schnauft. Bevor er mir alle Urologen-Witze erzählt, die er gestern Nacht im Internet gefunden hat, frage ich ihn, was denn nun mit dem Predigerbesuch sei.
Der steht!, antwortet er ohne zu kichern, Reth hat für nächste Woche eine Sonderarbeitsgruppensitzung angekündigt.
Soso.
Die Studentin geht. Sie ist recht groß. In einer Hand hält sie eine Selbstgedrehte. Tasche und Buch lässt sie einfach an ihrem Platz.
Reth wird Sie auch dazu holen. Hat er gesagt.
Soso.
Bertmann kaut, schluckt und nippt wieder am Tee.
Bevor er Luft holen kann, stehe ich auf.
Bertmann, der erste Urologenwitz war schon der Brüller. Der ist nicht zu übertreffen. Ich lache zuhause weiter.
Er macht eine verständnisvolle Handbewegung.

Zuhause war es noch früh genug für einen Nachmittagskaffee. Ich trank zu viel davon, schien mir aber trotz Herzfehler nicht wirklich zu schaden.

Gelegentliches Unwohlsein inklusive arhythmisches Gerumpel, manchmal nächtliche Stiche, aber insgesamt nichts Spektakuläres. Kein in Todesangst zum Kühlschrank kriechen für ein Abschiedsbier. Man darf in Gedanken halt nicht in der Zukunft leben. Alles Fehlverhalten als summiert gedacht führt natürlich zu verfrühtem Ableben. Ich füllte achselzuckend den dunkelblauen Wasserkocher zur Hälfte mit Leitungswasser und knipste das Ding an. Die zweieinhalb Minuten, bis es sich selbst wieder ausknipste, nutzte ich für die sonstigen Vorbereitungen des Kaffeemachens (die lindgrüne Jumbotasse flüchtig ausspülen, etwas Sahne hinein, verdreckten roten Plastikfilteraufsatz auf die Tasse, ungebleichten Billigkaffeefilter Größe 4 an zwei Seiten knicken und einlegen, zweieinhalb Teelöffel Kaffeepulver dazu. Schließlich machte es Klack und die Wasserdampffontäne, die langsam fortschreitend aber unausweichlich das Furnier unter den Hängeschränken aufweichte, sich wellen und sich schließlich ablösen ließ, erstarb. Wasser kurz abkühlen lassen und mit dünnem Strahl aufgießen. Ich warf zwei Fertigwaffeln in den Toaster, drückte das Schiebedings kraftvoll runter und ging aufs Klo, während alle Vorbereitungen nun selbsttätig weiterliefen. Manchmal begann ich an der inneren Schönheit dieses sich seit Jahren wiederholenden Vorgangs zu zweifeln. So wie Routine zwar eine gewisse Geborgenheit liefert, aber auch zu schleichendem Sinnabrieb führt. Immerhin klingelte in dem Moment das Festnetztelefon. Da stand ich

aber noch vor dem Klo und versuchte aus meiner wahrscheinlich schon prostataverengten Urinleiter die letzten Tröpfchen hervorzulocken. Ungern zu telefonieren schloss nicht aus, neugierig zu sein, wer einen da erreichen will. Vielleicht war´s Reth, der sich entschlossen hatte, mir persönlich von der für die Universität so prestigeträchtigen Zusage des Bundespräsidenten zu berichten. Absurder Gedanke, Prof. Dr. Armin Reth hatte mich noch nie angerufen. Vielleicht war es Mareile vom Strand aus. Ich hörte den Anrufbeantworter mein Sprüchlein abspielen. Bin leider tot. Versuchen Sie es ein andermal. Oder sprechen Sie nach dem Signalton.
Was der Anrufer aber versäumte.
Zum Kaffee nahm ich mir vor, zehn Seiten Hegel zu lesen, schließlich war es nächste Woche soweit mit dem Seminar. Dazu ließ ich Bruckners Dritte laufen, um in Stimmung zu kommen. Ich schaute mir die Gliederung an, die auf Vorrede und Einleitung folgte (philosophische Werke haben meist Vorreden und Einleitungen, die in der Regel die Erwartung des Lesers auf Hilfestellung zum Verständnis des eigentlichen Textes grausam enttäuschen. Manchmal halten die Kommentatoren die Einleitung gar für das Herz eines Werkes, dann allerdings für ein besonders unzugängliches Herz, schwer zu erhellendes usw.).

Die Gliederung war:

A. BEWUSSTSEIN
B. SELBSTBEWUSSTSEIN
C.   (AA)   VERNUNFT
     (BB)   DER GEIST
     (CC)   DIE RELIGION
     (DD)   DAS ABSOLUTE WISSEN

Irgendwann im dritten Satz (der Sinfonie natürlich) ließ ich die Phänomenologie des Geistes sinken, spielte mit meinem Billighandy und überlegte, Jamel auf ein Tagesausklangsbier einzuladen.
Wie lange hatte ich eigentlich schon nicht mehr masturbiert?
Ich tippte eine SMS. Zehn Minuten später kam Jamels Antwort, in einer Stunde sei er da. Wir würden den Abend auf der Terrasse ausklingen lassen und was zusammen trinken.

Ich hatte die Wohnungstür angelehnt gelassen und saß am Schreibtisch und tippte ein paar Stellen aus der Phänomenologie ab, als ich ihn eintreten hörte und mich umdrehte. Statt im schwarzen Anzug, seiner üblichen Erscheinungsweise, war er in Trainingsklamotten, mattes Schwarz mit goldenen Streifen. Verschwitzt wirkte er allerdings nicht, und die Sonnenbrille saß noch auf seiner Nase. Jamels von diversen muskelfördernden Aktivitäten zeugende Gestalt erregte in mir zu ungleichen Teilen Bewunderung und Neid. Ich sollte ihn Mareile vorstellen. Wenn ihre griechische Insel untergegangen

und alle Kellner ertrunken waren. Jamel zog die Sportschuhe aus und kam mit breitem Lächeln zu mir.
Bin gleich so weit, murmelte ich.
Er schlug mir männerfreundschaftlich auf die Schulter, nahm die Sonnebrille ab und schaute auf den Monitor.
Das unglückliche Bewusstsein, las er laut und grinste.
Geht´s dir nicht gut?
Hegel, antwortete ich.
Aha.
Joggen?, ich speicherte und schickte den Rechner schlafen.
Ja.
Ouzo?
Klar.

Ein paar Minuten später saßen wir auf der Terrasse und nippten an unseren Schnapspinnchen. Jamel war kein Biertrinker, auch kein Weintrinker, er trank am liebsten stark Alkoholhaltiges. Zuhause hatte er vorsichtshalber nie etwas da. Unterwegs ging er gelegentlich in einen Spätverkauf und kaufte sich eines dieser winzigen Fläschchen. Wodka oder Whisky. Ich schenkte ihm nach. Er fragte nach einer Zigarette. Er rauchte eigentlich nur bei mir. Und ich rauchte selten allein.

Jamels Mutter war als Französin mit algerischer Abstammung nach Deutschland gekommen. Er konnte sich nicht wirklich an sie erinnern, trug aber im

Portmonnaie immer einen kleinen silbernen Ohrring mit sich herum, von dem er behauptete, sie habe ihn bei einem Abendessen mit Franz Fanon getragen. Tatsächlich hatte Jamel, in Berlin geboren, sich erst spät mit der Herkunft seiner Eltern beschäftigt, erst als er schon mit der Polizeischule fertig und von Berlin nach Düsseldorf gegangen war. Jamel sprach neben Deutsch auch fließend Französisch und hatte als Kind ein paar Brocken Arabisch aufgeschnappt und nie wieder vergessen.
Während der ersten Jahre als Anwärter für den Dienstgrad ging er abends zu Abendkursen, lernte dort Fushā, die Hochsprachform im Arabischen, fraß sich zum Einschlafen durch Arabisch im Alltag und Algerien: Geschichte und Revolte. In seinen Urlaubswochen besuchte er das Land. Beim LKA galt er inoffiziell als erster Ansprechpartner für alles, was mit dem arabischen Kulturkreis zu tun hatte.

Was Neues? Ich stand auf, die Zigarettenschachtel holen, die Mareile mir aus Thessaoloniki geschickt hatte. George Karelias and Sons. Flache Schachtel, elegantes Design. Jamel verzog anerkennend die Lippen.
Alles geheim, antwortete er.
Ich wartete ab, öffnete die quadratische Schachtel und hielt sie ihm hin. Er nahm sich eine, roch daran.
Endlich ein neuer Mordfall. Die Umstände sind erfrischend makaber. Da wird einer inmitten von halbierten Schweinen gefunden. An Haken hängend.
Schlachthof?

Er zündete seine Karelias an.
Ja. Ich hab den ganzen Tag mit Leuten dort geredet. Das sind schon eigenartige Typen da. Kaum einer, dem nicht ein Finger fehlt. Mich hätte es fast die Hand gekostet, weil ich mich gegen irgend so ein Teil lehnen wollte, mit dem Tiere halbiert werden.
Wenn man da arbeitet, hat man also besser keine Erektion, schlussfolgerte ich.
Wer da eine Erektion hat, der sollte vielleicht besser nicht nach der Schicht unbeaufsichtigt nach hause gehen dürfen.
Ich nahm mir auch eine Zigarette.
Und wer war´s? Ich meine, wer ist der Tote?
Ein Muslim natürlich.
Im Schlachthof, wo er Schweine halbieren muss?
Jamel nickte, grinste, leerte sein Glas.
Womöglich ist er selbst halbiert worden?
Sagte ich nicht: an Haken hängend? Haken. Plural.

Auf mich wirkte Jamel nicht wie jemand, der seiner eigenen Phantasie entsprungen war. Und natürlich war die Vorstellung unsinnig. Aber mir wurde er realer, je weiter er sich von der Wirklichkeit entfernte. Vieles war nur ein Spiel zwischen uns, und als Jamel sich gegen Mitternacht auf den Heimweg machte, hatte er mir die etwas realistischere Version seiner Schlachthausermittlungen dargeboten. Der Tote war in seiner Wohnung gefunden worden, es bestanden aber noch Zweifel an seinem augenscheinlichen Selbstmord. Muslim war er tatsächlich, arabischer Herkunft. Und im Schlachthof war er in der

Buchhaltung beschäftigt gewesen.
Laufende Ermittlungen, hatte Jamel zwischendurch gemurmelt, um dann eine effektvolle Pause machen zu können. Der Blick seiner kaffeeschwarzen Augen blieb kurz an meiner vor unverhohlener Neugier ihm über dem Beistelltischchen zugekrümmten Gestalt haften, aber Zögern und Skepsis waren nicht echt.
Mehmed Ashlar. Hat sich mit einem Abschleppseil im Dachstuhl erhängt. Wir werten noch seine Sachen aus, versuchen uns ein Bild zu machen. Deshalb auch der Besuch an seinem Arbeitsplatz. Außerdem haben wir seinen Sohn nicht erreichen können bisher.
Keine Frau? Großfamilie?
Er war Witwer. Schon seit fünfzehn Jahren. Der Sohn ist das einzige Kind. Studiert an der Technischen Universität. Eine Arbeitskollegin meint, Ashlar wäre nur schwer damit klargekommen, dass der Junge vor ein paar Jahren ins Studentenwohnheim gezogen ist. Enge Vater-Sohn-Bindung, ihrer Meinung nach.
Ich überlegte, ob meine sparsamen Bekanntschaften mit Professoren und Dozenten der Technischen Universität Jamel bei seinen Erkundigungen von Nutzen sein konnten. Aber er würde das selbst erwähnen, wäre es der Fall gewesen.
Was interessant ist, unter seinen wenigen Telefonverbindungen taucht mehrmals der Kurdische Kulturverein auf. Und die sind bekannt als Knotenpunkt verschiedenster Organisationen, zu denen indirekt dann auch die PKK gehört. Wir ermitteln also auch wegen eines möglichen politischen Hintergrunds.
Ich dachte Ashlar war Muslim und Araber, wandte

ich ein.
Ja, da könnte man schon mal nachhaken. Kurdisches Terrorkommando besetzt Schlachthaus und richtet Muslim zwischen Schweinehälften hin... Prost.

5

Ich konnte ihr die griechischen Kellner, von denen sie sich umschwirren ließ, während sie jenseits der Hauptsaison eine der wenigen Touristinnen auf dem Inselchen war, natürlich nicht übel nehmen. Da musste ich ja nur kurz an Almuth denken, zumindest die braunhaarige Almuth, um einzusehen, dass Monogamie widernatürlich war. Ich wollte auch nicht allzu genau wissen, welcher Jüngling nach Strandtennis, Sonnenbad und spätabendlichem Tavernentanz den Weg in ihr Bett gefunden hatte. Aber seit sie sich beim letzten Kykladentrip im Herbst mit diesem Griechen eingelassen hatte, der schon fast sechzig war, fragte ich mich nun doch, ob ihr in unserer Beziehung etwas fehlte.
Er ist halt so verliebt in mich.
Als ob das alles erklären würde. Und erzählt hatte sie mir davon erst nach einem halben Jahr. Wir waren um die Ecke in der Abstellkammer, ihrem Lieblingscafé, verabredet. Und da stand dann diese Rose auf dem Tischchen. Auf anderen Tischen standen nur Aschenbecher und halb aufgeklappte Getränkekarten.
Heut´ ist doch Valentinstag...
Oh. (hatte ich vergessen...)
Schön nicht? (Sie roch daran, als hätte sie das Ding auch gerade erst entdeckt)
Und wo kommt die her? (kurz dachte ich, die sei vielleicht für mich)
Die hat mir der Kellner gegeben. (Den kannte ich,

niedlich, aber ungefährlich)
Nett von ihm. Ist er in dich verliebt?
Weiß nicht. Aber er hat sie mir ja nur gegeben.
Ich wartete auf mehr Licht. Mareile kippte Zimt auf ihren Latte. Sie gehörte zu den Leuten, die alle verfügbaren Extras auf ihren Latte macchiato schütten.
Ich hab doch so einen Griechen kennengelernt. Der hat die Rose zum Valentinstag direkt ans Cafe geschickt. Fleurop.
Bitte?
Fleurop. Ist so´n Lieferdienst.
Ich weiß, was Fleurop ist. Aber warum schickt er eine Rose für dich ans Café?
Gut, die Antwort lag auf der Hand.
Gibt´s in Griechenland überhaupt Fleurop?, fragte ich, von einer plötzlichen Eingebung befallen.
Er wohnt ja nicht in Griechenland, bemerkte Mareile beiläufig und rührte eifrig die dicke Zimtschicht unter.
Ach.
Eher irgendwo in Hessen.
Hessen. Das war Deutschland. Und irgendwie kam mir Deutschland plötzlich ziemlich klein vor. Griechische Kellner auf griechischen Inseln, das klang mythologisch weit weg.
Aber eigentlich ist Stelios ja auch ziemlich konservativ und passt gar nicht zu mir. (Das wurde ja immer schöner.)
Gut durchtrainiert ist er schon, räumte sie ein, ohne mich anzusehen, quasi zu ihrem Zimtlatte sprechend. Ich sagte erstmal nichts mehr und sah über die

Rose hinweg. Vor dem Spielplatz gegenüber schlenderte gerade eine Gruppe junger Frauen vorbei. Wahrscheinlich Studentinnen. Ich ging mir einen Milchkaffee holen.

II. In der Nachgeburt der Schrecken sucht das Geschmeiß nach neuer Nahrung
Ingeborg Bachmann

1

Als ich ihm das erste Mal begegnete, dachte ich: Was für ein Arsch.
Warum hatte er darauf bestanden, uns in dieser bonbonfarbenen Cocktail-Bar zu treffen? Und warum trug er einen schwarzen Anzug und hatte diese unsinnige Sonnenbrille auf der Hakennase? Gut, sehr lässig sah das aus. Aber der Grund für unser Kennenlernen waren die Texte seines Vaters, dessen Sohn ich mir nicht als sizilianischen Mafiosi vorgestellt hatte.
Er war der einzige Gast, der an der in metallischem Mintgrün schillernden Theke stand. Zwei junge Pärchen saßen an winzigen Tischen und saugten ihre Pina Coladas.
Herr Arh-Zidiane? Ich hoffte, den Namen richtig auszusprechen.
Herr Hollander? Er streckte mir die Hand hin und nahm – immerhin – die Sonnenbrille ab. Dafür verzog

er das glattrasierte Gesicht zu einem frappierend machohaften Grinsen. Stark südländischer Teint. Alles an ihm strahlte die Selbstgewissheit aus, die ganze Welt jederzeit bei den Eiern packen zu können. Na, da passten wir ja gut zusammen.
Ja, wir hatten telefoniert. Missglückt lächelnd sagte ich: Danke, dass Sie bereit waren, mich zu treffen.
Er machte eine lässige Handbewegung.
Ich trinke gerne in Gesellschaft. Was nehmen Sie? Er hielt sein Cocktailglas in die Höhe und betrachtete es. Das hier ist ein Mai-Thai. Zwei davon und Sie glauben wieder an Gott.
Ich bestellte einen White Russian.

Am Telefon hatte er zurückhaltend geklungen. Ja, Martin Arh-Zidiane sei sein Vater gewesen. Ich erwähnte den Namen Knut Vogelmann. Ja, er wisse von der Veröffentlichung.
Ich hatte davon erfahren, weil eine meiner Studentinnen, Kaja, das wissenschaftliche Terrierherz auf dem rechten Fleck, den Aufsatz für eine ihrer schriftlichen Arbeiten aufgestöbert und eine Passage daraus zitiert hatte:

Es wäre der Mühe wert, das Verhalten Hitlers und des Hitlerismus einer detaillierten klinischen Studie zu unterziehen und dem ach so distinguierten, ach so humanen, ach so christlichen Bürger des zwanzigsten Jahrhunderts mitzuteilen, dass Hitler in ihm haust, dass Hitler sein Dämon ist, dass er, wenn er ihn rügt, einen Mangel an Logik verrät und dass im Grunde das, was er Hitler nicht verzeiht, nicht das Verbrechen an sich, das Verbrechen am Menschen, dass es nicht die Erniedrigung des Menschen an sich, sondern, dass es das Verbrechen gegen den weißen Menschen ist, dass es die Demütigung des Weißen ist und die Anwendung kolonialistischer Praktiken auf Europa, denen bisher nur die Araber Algeriens, die Kulis in Indien und die Neger Afrikas ausgesetzt waren.

Kajas Hausarbeiten tendierten stets zur mehrbändigen Buchform. Ich drohte ihr gern mit Exmatrikulation, wenn sie wieder einmal einen Abgabetermin versäumt hatte. Eine leere Drohung zwar, spielerisch mehr, aber doch wirksamer Ausdruck meiner schwindenden Geduld mit ihrem maßlosen Genie. Schließlich brachte Kaja mir, wenn auch immer noch ein paar Deadlines zu spät, ein gebundenes Exemplar (meist wenn ich schon das Büro abgeschlossen hatte und gerade gehen wollte) und behauptete, dies sei eigentlich nur die Einleitung, die sie zerlegt habe in die notwendigen Teile einer wissenschaftlichen Arbeit, eine Formsimulation gewissermaßen.

Ich verschaffte mir den Aufsatz Arh-Zidianes in der Bibliothek.
Ich las ihn in derselben Nacht, immerhin 95 Seiten.
Am Ende ein Verweis auf Franz Fanons Buch Verdammte dieser Erde und eine Anmerkung des Übersetzers, winzig und ans Seitenende geklemmt: der Autor arbeite derzeit an einer umfassenderen Analyse, man plane die Veröffentlichung der

Übersetzung für das nächste Jahr.
Martin Arh-Zidianes Aufsatz war 1975 in einem Sammelband erschienen, in Berlin bei einem Verlag mit dem schönen Namen: Reiner Tisch Verlag.
Das Wochenende über suchte ich über die Website des Hochschulbibliothekszentrums nach weiteren Schriften Arh-Zidianes. Ich suchte lange und vergeblich. Auch von dem Verlag keine weitere Spur. Offensichtlich war ihm nur ein kurzes Leben beschieden gewesen. Spaßeshalber suchte ich auch nach einem Reiner Tisch. Nichts. Es war kurz nach Mitternacht. Am Bildschirmrand vorbei sah ich auf die Orleanderzweige auf dem Balkon. Erst ratlos, dann enttäuscht und schließlich erschöpft, stand ich auf und öffnete die Balkontür. Milde Sommernacht. Sternenklar. Die hellsten Flecken mussten allerdings Planeten sein. Jupiter und Saturn. Ich dachte kurz darüber nach, ein bisschen Alkohol zu trinken. Warum eigentlich Arh-Zidiane? Was war das überhaupt für ein Name? In dem Sammelband stand nichts weiter Biografisches über die Autoren. Ich holte mir ein Bier aus der Küche, entkorkte es am Schreibtisch (wo der praktische Allzweck-Flaschenverschlussöffner lag). Wieder auf dem Balkon prostete ich Jupiter und Saturn zu und endlich fragte ich mich: In welcher Sprache hatte Arh-Zidiane wohl geschrieben?
Ich fand den Namen des Übersetzers im Inhaltsverzeichnis. Eine kurze Suche über die HBZ-Website ergab:
Knut Vogelmann, geboren 1942 in Lindlar.
Übersetzer, Verleger, Sachbuchautor.

Bekannteste Veröffentlichung: Das Blutbad in Paris. Das Buch wiederum war bei einem Kölner Verlag erschienen. Kein Todesdatum. Der Mann lebte wahrscheinlich noch und war jetzt über siebzig.
Am Montagmorgen rief ich in Köln an. Unter Aufbietung meines zumindest nominell verfügbaren akademischen Gewichts (ich warf gleich mal den Namen Prof. Dr. Armin Reth in die Waagschale) konnte ich einen überforderten Praktikanten dazu bringen, mir die Telefonnummer von Knut Vogelmann zu verraten.
Ich war nervös, als ich die Nummer eintippte. Üblicherweise recherchierte ich nicht mithilfe von lebendigen Menschen, ich bevorzugte Tote und Totholz. Anders ausgedrückt, ich hatte auch nach einiger Erfahrung damit, in Seminaren vor Studenten zu reden, immer noch einen deutlichen Impuls, dem direkten Kontakt auszuweichen. Bevor sich aber der Gedanke einstellen konnte, Vogelmann sei bestimmt nicht zuhause oder doch schon verstorben, meldete sich nach dem zweiten langgezogenen Tuten eine Stimme.
Ja?
Ähm. Mein Name ist Hollander. Guten Tag. Ähm. Jürg Hollander, Dozent, Universität...
Sagt mir nichts.
Der Gesprächsanfang war zweifellos gelungen. Die Stimme klang für einen mehr als Siebzigjährigen außerdem ziemlich jung, andererseits war das Telefon ja auch eine junge Technik. Bevor er einfach auflegte, sagte ich schnell:

Entschuldigen Sie. Herr Vogelmann? Ich bin auf der Suche nach Herrn Vogelmann, dem Übersetzer von Martin Arh-Zidiane.
Darauf kam erstmal keine Antwort, aber ich hörte ihn atmen. Immerhin.
Was wollen Sie?
Dieser Vogelmann war eindeutig eine harte Nuss.
Sehen Sie, ich bin Dozent an der Uni...
Haben Sie schon gesagt, wenn mein Gedächtnis nicht gerade schlapp macht.
Richtig. Sicher. Also, ich habe Arh-Zidianes Aufsatz über den Kolonialismus gelesen. Den haben sie damals für den Sammelband Beiträge zur Imperialismustheorie übersetzt.
Ich wartete auf eine Reaktion, aber es gab nur das Schweigen am anderen Ende der Leitung.
Egal, ich kam jetzt in Schwung.
Ich bin auf der Suche nach der am Ende des Aufsatzes angekündigten Veröffentlichung. Die umfassendere Analyse. Gab es die? Und können Sie mir etwas über Arh-Zidiane sagen?
Der ist tot. Warum?
Warum was?
Warum interessiert Sie das alles?
Ich wechselte das Ohr. Warum war der Mann nicht einfach entgegenkommend?
Hören Sie, ich bin Dozent für Philosophie...
Er fiel mir wieder ins Wort.
Ich glaube wirklich nicht, dass ich Zeit für Sie habe, Herr Hollunder, oder wie Sie heißen.
Hollander. Warten Sie. Haben Sie schon einmal

das Gefühl gehabt, dass mit unserer westlichen Zivilisation etwas grundlegend nicht stimmt?
Allerdings.
Dass wir die fundamentalen Entstehungsbedingungen unserer Lebensweise als Gesellschaften verdrängen und dieses Unbewusste den Westen in einen psychotischen Zustand versetzt, vereinfacht gesagt?
Kurzes Schweigen.
Gut, Herr Dozent. Na, gut.
Ich atmete durch. Vogelmann fuhr fort:
Arh-Zidiane ist 1988 gestorben. Bis dahin ist es ihm nicht gelungen, das angekündigte Werk zu vollenden. Es gibt aber Teile davon. Wichtige Teile. Wir haben damals noch versucht, ihm bei der Abfassung zu helfen, aber es gab ein paar schwierige Umstände.
Wer ist wir?
Ich und Rainer Tisch.
Den gab´s wirklich?
Wie meinen Sie das?
Ich stutzte.
Reiner Tisch, das klang für mich...
Rainer schrieb seinen Vornamen natürlich mit ai. Aber als Zitat aus dem Liedtext war das doch sehr passend.
Liedtext? Um mir keine Blöße zu geben, fragte ich schnell mal was.
Sie kannten also Arh-Zidiane gut?
Ich war sein Übersetzer.
Ich musste an das Foto in meiner Ausgabe von Die Ochsentour denken: Carl Weissner mit Bukowski und Linda Lee. Klar, Autor und Übersetzer.
In welcher Sprache schrieb er denn?

Französisch natürlich. Hören Sie, Herr Hollander, wenn Sie die ganze Geschichte erfahren wollen, dann nicht am Telefon. Das strengt mein Gehör zu sehr an. Bei einem gemeinsamen Glas würde es mir vielleicht sogar Freude machen.
Ja, wirklich?
Ja, wirklich. Aber Sie müssen zu mir kommen. Ich bin 73. Also der Ältere. Ist das so, Herr Dozent?
Ich fragte nur noch schnell:
wohin?

2

Überhaupt nach Lindlar zu kommen, erwies sich als beförderungstechnisch reizvolle Aufgabenstellung. Der Ort lag 30 Kilometer von Köln entfernt im Bergischen Land. Mit dem ICE war ich zwar in weniger als einer Stunde in Köln-Deutz. Aber es gab keine Zugverbindung in dieses Lindlar. Jedenfalls keine, von der die Deutsche Bahn wusste. Bei der Reiseroutenberechnung auf ihrer Website schwankte die Gesamtdauer der möglichen Verbindung zwischen 2 Stunden 17 Minuten und 3 Stunden 23 Minuten, je nachdem, welche Landschaftserkundungspläne fürs Bergische Land man so hatte. Für die 30 Kilometer von Köln aus war also mindestens eine weitere Stunde einzuplanen.
Ich verfluchte die Tatsache meiner Geburt und diese mir vollkommen persönlichkeitsfremde Idee, in die Feldforschung zu gehen. Ich hatte ja noch nicht einmal vor, wissenschaftlich über Martin Arh-Zidiane zu arbeiten und damit wenigstens meine steile Akademikerkarriere zu beschleunigen. Und zudem stand da für die letzte Etappe meiner Landpartie von Engelskirchen nach Lindlar auch noch: Anruf-Linientaxi, Voranmeldezeit 60 Minuten. Die fuhren da unten also erst mit ihrem Personenbeförderungstrecker los, wenn ich eine Stunde vorher den Startschuss gab. Das gefiel mir natürlich. Das würde bestimmt alles sehr lustig.

Es war der letzte Freitag im August, aber der Sommer machte eine Pause. Die Temperaturen waren auf beinahe 10° Celsius gefallen. Eine graue Isolierschicht krümmte sich über dem Ruhrgebiet, als ich um 11:47 Uhr in den Zug nach Köln-Deutz stieg. Während der Fahrt las ich in Arh-Zidianes Aufsatz. Bei einzelnen Sätzen versuchte ich mir vorzustellen, wie sie auf Französisch wirken würden, was mir aber nicht gelang. Die Regionalbahn in Engelskirchen war pünktlich und leer, abgesehen von ein paar Schulkindern, die rätselhafterweise dichtgedrängt bei den Türen stehen blieben, und einer älteren Dame mit Sommerhut, die sich in eine gebundene Ausgabe von Die Frauen des Hauses Wu von Pearl S. Bucks vertieft hatte.
Ich meinerseits las, ihrer poetischen Qualität wegen, mehrmals die folgenden Zeilen:

Es ist wahr, dass wir ein ganzes Fass voll Ohren einbrachten, die von den Gefangenen, egal ob Freund oder Feind, paarweise abgeerntet wurden.

In Engelskirchen kam natürlich kein Traktor, sondern ein modernes Großraumtaxi, das roch, wie frisch vom Band gerollt.
Da ich erwartungsgemäß der einzige Fahrgast war, sah der gut gelaunte Fahrer in mir seinen natürlichen Gesprächspartner, wogegen auch meine Schweigsamkeit nicht half. Eigentlich sei er ja Köbes, verriet er mir augenblicklich und ungefragt. Aber an seinen freien Tagen, fahre er genau so gern Taxi. Ob

ich überhaupt wisse, was ein Köbes sei. Ich verneinte höflich. Na, Kellner, sagte er. Die heißen hier Köbes. Ob ich den wisse, woher das komme. Ich verneinte. Na, Köbes heißt Jakob. Ich hätte doch wohl schon einmal von der Pilgerfahrt zum Grab des heiligen Jakobus gehört. Und wer schenkt dem Köbes das Bier ein? Na, der Zappes...
Während ich so ins Bergische Land schaute, erfuhr ich also alles, was ich schon immer über rheinische Brauhauskultur wissen wollte. Und plötzlich stand ich in Lindlar auf dem Dorfplatz und sah unschlüssig meinem Anruf-Linientaxi hinterher.

Knut Vogelmann hatte mir die Gaststätte Piccolo Mondo im ehemaligen Amtshaus als Treffpunkt genannt. Ich betrat das Piccolo Mondo und fragte einen kleinen italienisch anmutenden Ober, ob meine Verabredung schon warte. Beim Namen Vogelmann begann er eifrig zu nicken und schickte mich durch einen langen Gang, der vorbei an der Küche in einen gewächshausartigen Anbau führte. Zwischen hohen Topfpflanzen, an einem mit weißem Tuch bedeckten Tisch, saß Vogelmann im strahlenden Gegenlicht, regungslos, den Blick auf mich gerichtet.
Abgesehen von spärlichen hellen Augenbrauen, schien er völlig haarlos zu sein. Er war glattrasiert und glatzköpfig, eine schmale Brille mit silbernen Bügeln klemmte irgendwie schief in seinem runden, mit Altersflecken übersäten Gesicht.
Der Herr Dozent!, rief er ohne eine Begrüßung meinerseits abzuwarten. Von den Psychosen des

Planeten geführt bis ins idyllische Lindlar. Setzen Sie sich! Trinken Sie mit mir einen Trollinger.
Mit einer Kopfbewegung verwies er mich auf den Platz ihm gegenüber. Ein leeres Weinglas stand bereit. Weiße Stoffservietten. Schweres Besteck. Es war gerade früher Nachmittag. Ich stotterte ein strategisches Ja-gerne-danke. Immerhin zeigte Vogelmann keinerlei Anzeichen mehr von Misstrauen. Im Gegenteil, geradezu jovial zwinkernd füllte er mir das Glas mit Weißwein.
Ich nehme an, Sie sind es nicht gewohnt, so früh Alkohol zu trinken. Aber worauf es ankommt im Leben, dieser zwielichtigen Existenz zwischen den Ufern des Nichts, und ich denke, ich sage Ihnen da nichts neues, ist unsere Fähigkeit, uns zu überwinden. Dem Naheliegenden gegenüber und dem Anschein. Also...
Er hob das Glas: Auf Ihr Wohl!
Wir stießen an.
Da mir jeder Sinn für Konversation fehlt, fragte ich gleich nach Martin Arh-Zidiane und wann sie sich kennengelernt hatten, aber Vogelmann war offensichtlich hier, um es sich gut gehen zu lassen. Er schob mir die Speisekarte hin.
Wissen Sie, was das Bergischen Land an Spezialitäten bietet? Ich nehme an, sie hatten noch keine Gelegenheit für ein Mittagessen?
Mit seiner Gabel traktierte er sein halbvolles Weinglas und rief laut Luigi. Der kleine Kellner kam gelaufen. Luigi. Bring unserem Gast mal eine ordentliche Portion Reibepucks. Von mir aus auch mit Pilzsauce.

Womit ist die diesmal?

Luigi lächelte begeistert, als habe er auf die Frage gehofft.

Hexenröhrlinge!

Hm. Ausgezeichnet. Und für mich nur einen Hefeblatz und eine Tasse aus eurer Dröppelmina.

Ich überlegte, ob mir Vogelmann schroff und ablehnend nicht lieber war als dieser vor Regionalverbundenheit überlaufende Schauspieler. Ich war zumindest entschlossen nicht nachzufragen, was Reibepucks waren, sondern das kulinarische Unheil auf mich zukommen zu lassen.

Luigi verschwand hinter meinem Rücken, ich glaube rückwärts gehend. Allerdings wagte ich nicht, mich umzudrehen.

Wissen Sie, sagte Vogelmann und für einen Moment war seine Aufgekratztheit verschwunden, hielt er inne mitten in der Bewegung (er hatte sich die schmale Brille von der Nase gerissen), um dann mit wieder zunehmender Lebendigkeit fortzufahren: Man fragt sich oft, ob es nicht besser wäre, alles noch einmal entscheiden zu können. Die wichtigen Fragen zumindest. Man denkt zurück, erinnert sich und ist verwundert, wie alles gekommen ist. Aber man übersieht nur allzu leicht, dass man auch jetzt, später, Jahrzehnte später, vielleicht nicht schlauer ist. Nicht mehr von der Sache versteht. Nicht mehr Übersicht da ist. Man denkt nur anders.

Da ich nicht wirklich wusste, wovon er redete, sagte ich nichts. Ich hätte meine Frage wiederholen oder eine neue formulieren können, um einen erneuten

Versuch zu machen, die Rede auf Arh-Zidiane zu bringen. Aber oft erledigen sich Dinge von selbst. Und es eindeutig energiesparender ist, von dieser Grundannahme auszugehen, nippte ich nur am Trollinger.

Vogelmann schob sich die Brille wieder ins Gesicht und seufzte.

Janah Al Majeri kam unangemeldet ins Verlagsbüro. Einfach so. Ich war gerade da, um Rainer Tisch ein paar Vorschläge für neue Übersetzungen zu machen. Da kam sie rein. So etwas wie ein Vorzimmer hatten wir ja gar nicht. Ich erinnere mich noch an den Tag. Der 30. April 1973. Famoses Frühlingswetter. Ich war an dem Tag mit dem Fahrrad in die Gneisenaustraße gefahren.

Janah Al wer?

Arh-Zidianes Ehefrau. Es war Janah, die den Kontakt herstellte. Das heißt, die überhaupt mit dem Manuskript auftauchte. Niemand hatte bisher von Arh-Zidiane gehört. Sie stand da, kramte aus einer riesigen Handtasche diesen Blätterstapel hervor und sagte nur, sie habe da etwas, das passe genau in unser Programm. Und wie sie es so mit ihrem französischem Akzent und diesem kampflustigen Blick in ihren schwarzen Augen sagte, da glaubten wir ihr auch sofort.

Der Text war zuvor noch gar nicht auf Französisch veröffentlicht worden?, fragte ich.

Nicht, dass ich wüsste, und ich glaube, ich wüsste davon, wenn es anders gewesen wäre.

Keine anderen Veröffentlichungen von Arh-Zidiane,

bevor sie ihn in den Sammelband aufnahmen?
Er schüttelte langsam seinen kahlen Schädel. Sein Blick verklärte sich.
Und dennoch waren sie bereit, das Manuskript zu veröffentlichen?
Sie haben Janah nicht erlebt. Ihre Entschlossenheit. Wie sie uns europäischen Mittelstandsrevoluzzern die Welt erklärte. Diese junge Frau, wir dachten ja, die kommt direkt aus dem Bürgerkrieg. Eine Ausstrahlung, als hätte sie den Karabiner nur draußen vor der Tür stehen lassen. Ich kann mich sogar noch an ihre Worte erinnern, na ja, sagen wir so einigermaßen: Dreiviertel der Erdoberfläche sei mit Wasser bedeckt. Und hier hockten wir mit unseren trockenen Ärschen und bildeten uns ein, der Schiffbruch der dritten Welt habe nichts mit unserem eigenen Lebensstandard zu tun. Und so ging das weiter. Sie beschimpfte uns, und doch riss uns ihr Elan mit. Sie war unnachgiebig, aber es war immer etwas in ihrer Stimme, das uns sagte, schwierig das Ganze, aber zusammen kriegen wir das schon hin. Nach einer halben Stunde mit Janah war Rainer schon in Stimmung, die Marseillaise anzustimmen. Er war ein Romantiker, der mehr noch als an die Pariser Kommune an die Französische Revolution glaubte. Aber sein Französisch war weniger als miserabel, oder mehr, ganz wie sie wollen. Also musste ich den Aufsatz erstmal übersetzen, wofür er mich ja auch gelegentlich bezahlte. Wie es so kam. Eine Goldgrube war so ein Verlag natürlich nicht. Wie oft habe ich ihm gesagt, Rainer, heute Abend muss ich zu dir zum Essen kommen, und

wenn du mir nicht bald Geld für diese oder jene Übersetzung gibst, dann frage ich irgendwann beim Klassenfeind nach. Wenn die nicht besser zahlen, wer dann? Na, egal. Aber wenn ich dann zum Abendessen bei ihm auftauchte, so weit ging das schon, brachte ich doch ein paar übersetzte Seiten mit, die wir dann bei Rainers Pappkartonrotwein durchgingen. Ich hatte mich bis dahin hauptsächlich mit kubanischer Literatur beschäftigt. José Lezama Lima oder Jesus Diáz. Aber auch Französisches. Nizan. Den kennen Sie bestimmt. Aden. Die Wachhunde. Freund von Sartre. Nizan schielte auch, wie Sartre, nur in die andere Richtung. Wenn die nebeneinander saßen, den Effekt können Sie sich vorstellen, oder?
Ich nickte, er trank von seinem Weißwein.
Sie mochten Janah sehr, sagte ich schnell und in möglichst neutralem Tonfall. Ich hoffte, er würde die Frage als einfühlsam auffassen und auf ein klein wenig Navigationshilfe eingehen. Den Kurs stabilisieren.
Er zögerte. Seine Brille stand jetzt sehr schief.
Na gut, hören Sie zu.

3

1959 war Janah nach Frankreich gekommen, um an der Sorbonne Journalistik zu studieren. Der Algerienkrieg hielt bereits seit fünf Jahren an. Die französische Regierung betrachtete Algerien weiterhin als ihren Herrschaftsbereich und bereitete oberirdische Atombombenversuche auf algerischem Gebiet vor. Ahmed Ben Bellas Nationale Befreiungsfront hatte einen souveränen algerischen Gegenstaat proklamiert und erhielt Unterstützung aus Ägypten. Frankreich bekämpfte die Aufständischen mit 50.000 Soldaten vor Ort. Janahs Eltern gehörten der Ulma an. Sie waren bereit, ihr Leben einzusetzen für die Unabhängigkeit Algeriens, verabscheuten aber die Gewaltaktionen der FLN gegen Zivilisten. Sie schickten Janah, besorgt um ihre Sicherheit, sobald es möglich war, zum Studium nach Frankreich. Im Land der Unterdrücker Schutz zu suchen, schien Janah zunächst als feige und inkonsequent. Aber sie begriff schnell, dass sie auch in Paris, und vielleicht sogar effektiver dort, den Kampf für die Unabhängigkeit ihres Landes unterstützen konnte. Am 4. Mai 1959 ging sie mit zehntausend anderen jungen Leuten auf die Straße und demonstrierten für Verhandlungen und Waffenstillstand. Währenddessen ließ De Gaulles, schon vor einem Jahr wieder an die Macht gekommen, General Challe eine militärische Offensive zur physischen Eliminierung der FLN vorantreiben. Janah schrieb einen Artikel über das

Massaker von Philippeville mit dem Titel Wir wurden zur Gewalt gezwungen und berichtete von Folter und Vergewaltigung als terroristische Methoden der französischen Armee. Der Artikel erschien dann nicht nur in einer der Studentenzeitungen, sondern tatsächlich in Les Temps Modernes, auf Vermittlung von Frantz Fanon. Janah hatte mit Begeisterung das zuvor in Les Temps Modernes abgedruckte erste Kapitel von Fanons Buch gelesen. Sie wissen schon, Die Verdammten dieser Erde. Und sie hatte Fanon geschrieben. Er antwortete persönlich, und sie wiederum schickte ihm ihren Artikel. Ich glaube, sie lernte ihn auch persönlich kennen. Janah empfand sich als Geist von seinem Geist, sah die Welt mit denselben Augen, war durchdrungen davon, dass sie mit diesen Augen endlich die Architektur der Welt bloßlegen könnte, einer westlichen Architektur, deren gläserne Fassaden immer nur die Überlegenheit der westlichen Werte spiegelten. Als Fanon kurz darauf an Leukämie starb, Mitte dreißig erst, verfasste sie einen Nachruf, der mehr wie ein Liebesbrief klang. Sie hat ihn mir damals gezeigt, einen Abschiedsbrief an den verlorenen Geliebten. Ohne Sentimentalität, glauben Sie mir, Dankbarkeit, Liebe, ein Ton, als wäre er im gemeinsamen Kampf gestorben. Zur gleichen Zeit, in seinem Vorwort zur Buchausgabe von Die Verdammten dieser Erde, bekannte Sartre sich zu Fanons Auffassung einer Gegen-Gewalt der unterdrückten Völker als einziges Heilmittel gegen die koloniale Neurose.

1965, nach Abschluss ihres Studiums und drei Jahre nach dem Ende des Algerienkriegs, den im offiziellen Sprachgebrauch tatsächlich einen Krieg zu nennen die französische Nationalversammlung erst dreißig Jahre später erlaubte, verließ Janah Frankreich. Sie ging nach Berlin, wo ihr ein Volontariat bei einem Verlag für Reiseliteratur vermittelt worden war. Der Verlag hatte eine Buchreihe zu Kultur und Sehenswürdigkeiten in den Maghreb-Staaten begonnen. Janah hatte zwar an Reiseliteratur kein Interesse, aber sie war glücklich, Frankreich verlassen zu können. Hätte sie nach Algerien zurückkehren sollen? Die Nachrichten von dort waren verwirrend. Janah hoffte auf den algerischen Sozialismus, den die FLN propagierte. Aber es gab innerhalb der Befreiungsfront auch traditionell-islamisch orientierte Kräfte, die durchsetzten, dass 1964 schon wieder an allen Schulen der Koran unterrichtet wurde. Janahs Eltern rieten ihr, mit einer Rückkehr noch zu warten. Es könne bald einen Militärputsch geben.

Als sie in Berlin, kaum ein Jahr nach ihrer Ankunft in Deutschland, im Schwarzen Café mit zwei Kollegen aus dem Verlag saß, es war ein Freitagabend, vor ihr das zweite Glas mit diesem seltsamen grünen Getränk, das Berliner Weiße hieß und für das sie eine Schwäche entwickelte, kam ein hochgewachsener, junger Blumenverkäufer ins Lokal und trat an ihren Tisch. Er sprach ein unsicheres Deutsch mit einem ganz ähnlichen Akzent wie sie. Und er hatte eine geradezu unheimliche Ähnlichkeit mit Fanon. Später behauptete sie, sie habe im ersten Moment wirklich gedacht, Fanon leibhaftig ins Café kommen zu sehen und womöglich einen kleinen Schrei nicht unterdrücken können. Der junge Mann hielt den Blick gesenkt, war schüchtern und als Blumenverkäufer außergewöhnlich erfolglos. Janah verliebte sich sofort in ihn. Sie fragte ihn auf Französisch, aus welchem Land er komme. Angeblich hat er darauf geantwortet, leise, mit kindlicher Würde, er komme aus dem Land, das Frankreich besiegt habe. Sechs Monate später heirateten sie und zogen in eine kleine Wohnung am Kottbusser Damm.

Luigi brachte das Essen. Vogelmann verstummte. Es war unmöglich seinen Gesichtsausdruck zu deuten. Das Erzählte haftete in seinen Zügen, es ging eine Entrücktheit von ihm aus, die im Gegenlicht wirkte, als befinde sich hinter seiner alten, durchsichtigen Haut statt lebendigem Fleisch nur noch Erinnerung. Verständnislos betrachtete er seinen Hefeblatz. Dann, mit einem Lächeln, murmelte er: Das ist alles schon lang her.
Ich wartete ab und blickte – vermutlich ebenso verständnislos – auf meine Reibepucks und hörte Luigis Schritte leiser werden. Vogelmann schlürfte etwas Kaffee und setzte die Tasse so geräuschvoll ab, als wolle er sich ihrer materiellen Realität vergewissern.
Essen Sie, Herr Dozent, essen Sie, während ich erzähle.

4

Zunächst verschaffte ich mir einen Überblick über das Manuskript. Zwanzig Seiten, eng beschrieben, Schreibmaschine, so gut wie keine Zwischenüberschriften, Absätze, aber keine Kapitel. Das Französisch war tadellos, was aber die Wirkung ausmachte war der Ton, waren die Gesten, die Bilder. Wie eine Fieberrede las sich der Text. Wie das klärende Fieber gegen eine Krankheit. Ich erinnere mich noch an eine Passage:

Die Vietnamesen waren vor dem Eintreffen der Franzosen in ihrem Land Menschen von alter, erlesener, verfeinerter Kultur. Diese Erinnerung verstimmt die Banque de l´Indochine. Schnell den Verdrängungsfilter eingesetzt. Und das Schweigen wird tief wie ein Geldschrank.

Der Vietnamkrieg war noch nicht vorbei. Die Geiselnahme von München hatte den Konflikt zwischen Israelis und Palästinensern in eine für uns ungewohnte Nähe gebracht. Seit einigen Jahren hatten wir überhaupt erst damit begonnen, Fragen zu stellen. Wo überall denn die Leute von damals hockten, die ehemaligen Braunhemden auf ihren Plätzen in den Kanzleien und Amtsstuben, und die nun Rechtsstaat spielten. Und da kommen diese algerische Französin und ihr obskurer Blumenverkäufer und wollen uns noch viel tiefer treiben: ins Blutmeer unserer

europäischen Kolonialgeschichte.
Rainer Tisch war zufrieden, als er die ersten Seiten der Übersetzung lesen konnte. Ich dagegen zweifelte. Ich glaube, ich fragte mich damals, ob jede weitere Zuspitzung angesichts der Fortschritte der letzten Jahre nicht kontraproduktiv wäre. Die Liberalisierung der Gesellschaft. Die neue Ostpolitik. Ich war sicher nicht der Revoluzzer, für den Rainer Tisch sich hielt. Aber letztlich war es seine Entscheidung, kollektive Verlagsführung hin oder her. Wir drucken das. Bleib am Ball. Ich solle mich jetzt endlich mit diesem Arh-Zidiane treffen.
Janah hatte uns eine Telefonnummer aufgeschrieben. Ich gestehe, Herr Dozent, wie Sie unschwer festgestellt haben, diese Frau hatte Eindruck auf mich gemacht und ich überlegte, wie ich sie wiedersehen konnte. Ich war mir nicht sicher, ob sie bei einer Verabredung zwischen mir und Arh-Zidiane dazu kommen würde, wenn wir uns zum Beispiel einfach in einem Café treffen würden. Oder bei mir zuhause. Vielversprechend schien mir also ein Treffen in Arh-Zidianes Wohnung. Ich wählte die Nummer, legte mich, den Hörer am Ohr, dabei auf die Liege in meinem Arbeitszimmer und hörte zum ersten Mal die Stimme von Arh-Zidiane. Obwohl aus derselben Stadt, klang sie hart und fern, als spreche er von jenseits des Ozeans. Ein wohlbekanntes Phänomen West-Berliner Telekommunikationstechnik damals. Unsicher, ob er überhaupt einigermaßen deutsch verstehe, versuchte ich es mit direkten, knappen Sätzen. Ich sei sein Übersetzer. Vom Verlag. Auch sein Lektor. Alles.

Ich hätte Fragen und Vorschläge. Wir sollten uns treffen. Er antwortete ebenso knapp. Treffen? Wann? Treffen? Wo? Ich schlug vor, zu ihm zu kommen. Der Vorschlag missfiel ihm, man merkte es schon an der Gesprächspause. Hier? Er wirkte überrumpelt, versuchte eine Entschiedenheit zu vermitteln, die nicht da war: Nein, nein, geht nicht. Darauf war ich vorbereitet. Das Verlagsbüro sei belegt, erklärte ich. Café? Zu unruhig, behauptete ich. Meine Wohnung? Viel zu klein, log ich. Schließlich gab er nach. Wir müssen in der Küche sitzen, warnte er.

Können Sie sich vorstellen, dass mir mulmig war wie in einer fremden Haut, als ich vor der Tür ihrer Dachgeschosswohnung stand? Das Mietshaus stand an einer der großen Verkehrsschlagadern der Stadt, direkt an der S-Bahn-Station Westend. Im Treppenhaus roch es schlecht, Topfpflanzen welkten vor sich hin, die Wandfarbe war ins Undefinierbare ausgebleicht. Alles wirkte überlebt und provisorisch. Die ganze Stadt ist so, schien mir mit einem Mal, das Leben simuliert sich hier nur noch selbst. So etwa war meine Stimmung, als ich klopfte. In der anderen Hand hatte ich einen kleinen Blumenstrauß, ein hilfloses Mitbringsel, besorgt auf dem Weg an einer Tankstelle, wo ich mich gegen eine Flasche Wein entschieden hatte.
Martin Arh-Zidiane war groß wie ein urzeitlicher Farn. Er überragte mich um mehr als einen Kopf und musste sich andauernd beugen, um nicht mit der Stirn gegen eine der vielen Dachschrägen in der kleinen

Wohnung zu stoßen. Tatsächlich hatte er Ähnlichkeit mit Fanon. Die hohe Stirn, das kurz geschorene schwarze Haar. Ich hatte seine Haut dunkler erwartet. Janah schien nicht da zu sein, was mich prompt enttäuschte. Wohin mit dem Blumenstrauß? Ich erkundigte mich. Mit einem vorsichtigen Lächeln zeigte er auf eine der Türen, die von dem engen Wohnungsflur abgingen. Dort ist die Küche. Ich zögerte, begriff dann seine Aufforderung, die Blumen selbst ins Wasser zu stellen. Ich trat in den kleinen Raum, er blieb auf der Türschwelle stehen. In der Küche war es heller. Zwischen Tisch und Kühlschrank eingezwängt stand ein Schaukelstuhl aus Bambusrohr. Später wusste ich, spürte es aber schon damals: dieser kleine Raum war Janahs Lebensnische, hier las und arbeitete sie, hier stritt sie Stunde um Stunde mit Bastin, der indischen Freundin ihres Mannes, über die politischen Wirrnisse der Zeit. Die übrige Wohnung war vollkommen in Beschlag genommen von Arh-Zidianes Büchern und Papieren. Die Zeitungsstapel und Hängeordnerkästen im Flur hatte ich nur beiläufig bemerkt. Aber im Wohnraum und, wie ich später feststellte, ebenso in der kleinen Schlafkammer, war jede mögliche Ablagefläche mit turmartigen Papierschichtungen und Wällen von Bandkassetten in ihren kleinen aufklappbaren Kunststoffkästchen belegt. Nur in der Küche gab es Stühle, auf denen man sitzen konnte, einen Tisch, auf dem Platz für Teller und Gläser war. Offensichtlich hatte Janah sich diesen Freiraum so entschieden erkämpft, dass Arh-Zidiane zögerte, überhaupt den

Raum zu betreten. Während ich eine kleine blaue Vase mit Wasser füllte und mit den Schnittblumen zusammen in die Mitte des Tischs stellte, beobachtete er mich, noch immer im Türrahmen stehend.
Und als ich aufblickte, wie um einen Blick der Billigung von Arh-Zidiane zu empfangen, stand Janah neben ihrem Mann, einen Arm um seine Taille gelegt und sagte in einem Ton, der ebenso ironisch wie vorwurfsvoll (gegen Arh-Zidiane) hätte wirken können: Margeriten, wie hübsch.
Stellen Sie sich vor, Herr Dozent, ich errötete.

Janah war nicht nur die ganze Zeit dabei (wie ich gehofft hatte), sie war es, mit der ich verhandelte, stritt, um eine Einigung rang, die freilich stets deutlich näher bei ihrer Position lag als bei meinen Vorschlägen. Zwischendurch lobte sie nochmals den unscheinbaren Blumenstrauß oder machte neuen Tee, um dann wieder, zurück am Küchentisch, zu sagen:
Menschenwürde ist genau so ein Begriff! Dazu geschaffen, die Aufständischen davon abzuhalten, ihre Peiniger so zu behandeln, wie diese ihre schwarzen Sklaven über Jahrhunderte behandelt haben. Um sie zu entwaffnen.
Sie nippte am heißen Tee, verzog das Gesicht, und betonte, den Kopf zu Arh-Zidiane gewandt, der bisher so gut wie nichts gesagt hatte: Ich verstehe, dass die Menschen in diesem Land keinen Terrorismus wollen. Ich verstehe auch, was Sie meinen: Parlament, öffentliche Debatten, Verhandlungen. Aber verstehen Sie mich denn? Verstehen Sie die Logik, in der

Herrschende und Beherrschte einander gegenüber stehen? Das Richtige ist zuallererst, was für die Unterdrücker das Falsche ist.
Arh-Zidiane, dessen Blick an den Margeriten haftete, rührte sich nicht.
Wieder muss ich gestehen, damals verstand ich diese Logik von Herrschenden und Beherrschten nicht. Ich hatte für die Perspektive der politischen Verständigung argumentiert, ob eine solche Möglichkeit nicht offen gelassen werden sollte. Später, während ich Arh-Zidianes Manuskript weiter übersetzte, erklärte Janah mir immer wieder ihren Standpunkt. Ich sei ein weißer Mittelschichtler, der die Menschenrechte für unteilbar hielt, dessen ganze Zivilisation aber auf dem genauen Gegenteil errichtet war. Auch wenn mir ihre Perspektive verschlossen blieb, ihre Leidenschaft beeindruckte mich. Und obwohl sie meine andauernden Kompromissvorschläge belächelte, so blieb sie geduldig und wenn sie mich gleichwohl wieder einmal mit Spott übergossen hatte, fragte sie, ob ich denn mit ihr irgendwo etwas essen ginge. Arh-Zidiane habe wieder einmal keine Zeit.

Also übersetzte ich und der Text blieb ohne wesentliche Änderungen. Auch wenn ich mich damals nicht in Janah verliebt hätte, wäre es so gekommen. Alles wäre so gekommen. Ich machte keinen Unterschied, obwohl ich damals das Gegenteil hoffte.
Als der Sammelband schließlich aus dem Druck kam, wählte ich Arh-Zidianes Nummer. Ich war immer glücklich, Janahs Stimme am Telefon zu hören. Wir

verabredeten uns in einem Café am Nollendorfplatz, was von ihrer Arbeitsstelle im Verlag aus gleich um die Ecke war. Sie strahlte, als ich das fertige Buch auf den kleinen, runden Tisch in die Abendsonne legte. Sie berührte es nur kurz mit den Fingerspitzen, sah mich an und schenkte mir das wunderbarste Lächeln. Während ich noch fürchtete, Arh-Zidiane könne doch noch plötzlich aus irgendeiner Ritze springen und sich wortlos zu uns setzen, legte Janah ihre Hand auf meine Hand. In meinem Kopf verwirrten sich die Dinge, die Perspektiven, die Hoffnung auf Zukunft. Während sie zufrieden von ihrer Berliner Weiße trank und das Buch noch immer nicht aufgeschlagen hatte, gab ich mich dem Gefühl hin, sie glücklich gemacht zu haben. Ich hatte nichts begriffen.
Arh-Zidiane war schon länger in Kontakt gekommen mit einer Gruppe, die sich Antiimperialistisches Zentrum nannte. Das waren Leute, die das Treiben der Roten Armee Fraktion als planlosen Aktivismus ablehnten, aber selbst davon träumten, den internationalen Befreiungskampf auch in die europäischen Hauptstädte zu tragen. Ich glaube, Janah befürchtete, er könne sich ihnen anschließen. Sie drängte ihn, den Kampf über seine Texte zu führen, unterstützte ihn darin, endlich sein Buch zu vollenden, seine große Analyse, in der er den Zusammenhang von Kolonialpolitik und Nazi-Barbarei aufarbeiten wollte. Soweit ich weiß, gab es dieses Buch bis dahin allenfalls als Ansammlung von Notizen und einigen fertigen Manuskriptseiten. Die Ankündigung, es werde im nächsten Jahr erscheinen,

war reines Wunschdenken. Es war Janahs Versuch, auf Arh-Zidiane einzuwirken.

Anfang 1974 war Janah schwanger. Es wurde ein Junge. Sie nannten ihn nach ihrem Großvater. Sie blieb sechs Wochen zuhause, danach arbeitete sie wieder im Verlag. Es war ihre Freundin Bastin, die sich dann tagsüber um das Kind kümmerte. Von Arh-Zidiane war wenig zu erwarten.

Dann geschah das für uns alle Unfassbare

Der kleine Jamel war noch keine vier Jahre alt, als Janah starb. Ein Verkehrsunfall. Der Lastwagenfahrer soll sie beim Rechtsabbiegen übersehen haben. Drei Wochen lang machten die Ärzte im Urbankrankenhaus uns Hoffnung. Aber Janah kam nicht wieder zu Bewusstsein. Sie starb am 30. Oktober 1978 früh um 5:35 Uhr, dem Tag, an dem Karpow seinen WM-Titel gegen Kortschnoi verteidigte.

Arh-Zidiane versuchte an diesem Tod nicht zu zerbrechen. Er hatte seine Frau geliebt, wie nur ein schwacher Mensch lieben kann. Und in dem Vorsatz, in ihrem Sinne zu handeln, versuchte er dann doch für Jamel zu sorgen. Letztlich aber war es eher so, dass der heranwachsende Junge sich um seinen innerlich zum Stillstand kommenden Vater kümmerte. Immerhin gab es noch Bastin. Sie ersetzte ihm die Mutter. Mit 19 machte Jamel sein Abitur. Noch im selben Monat zog er mit Freunden in eine kleine Wohnung an der Karl-Marx-Straße und machte, bevor das Wintersemester im begann, eine Reise nach Nordafrika. Er hat mir damals davon erzählt. Am dritten Tag habe er Arh-Zidiane aus Rabbat angerufen und ihm mitgeteilt,

das Unterwegssein bekomme ihm ausgezeichnet, alles verlaufe märchenhaft und manchmal verstehe ihn sogar ein Einheimischer, wenn er versuche, eine Frage auf Arabisch zu stellen. Noch an diesem Tag, wohl gegen Mitternacht, stellte Arh-Zidiane die große, gerahmte Fotografie, auf der Janah als junge Studentin in die Kamera eines Kommilitonen lächelte, auf den kleinen Tisch, dort, wo immer seine Schreibmaschine stand, und entzündete zwei kleine Kerzen. In dieser Nacht ging er zu den Gleisen. Es war der ICE zwischen Berlin und Frankfurt.
Nein, ein Abschiedsbrief wurde nicht gefunden.
Hatte Jamel seinem Vater jemals verziehen? Gab es etwas zu verzeihen? War es nicht vielmehr eine Leistung gewesen, den eigenen Tod noch fast sechzehn Jahre aufzuschieben? Jamel sprach nie wieder von seinem Vater, immer nur von seiner Mutter.
Vogelmann verstummt.
Wir sind beide erschöpft. Ich habe das Gefühl, nicht die Ursache für unser Zusammentreffen zu sein. Lediglich der Anlass. Oder täusche ich mich? Ich frage ihn, ob er nach Janahs Tod noch mit Arh-Zidiane in Kontakt stand. Er braucht eine Minute, bis er mich wieder anschaut und antworten kann. Vielleicht ist seine Geschichte zu Ende und was ich frage, kommt für ihn zu spät. Ja, sagt er schließlich. Ja, aber nicht mehr lange, immer seltener, ein paar Jahre noch. Bis mir klar war, er würde das Buch nicht mehr fertig bringen. Mehr als hundert Seiten waren geschrieben. Ich habe das Manuskript gesehen. Aber Arh-Zidiane hockte darauf wie auf einem toten Ei. Nichts geschah

mehr. Mit Bastin habe ich gelegentlich telefoniert und manchmal erfahren, wie es dem Jungen ging, was Arh-Zidiane machte, ob er wieder schreiben wollte. Es tat sich aber in dieser Hinsicht nichts mehr. Sein Tod war für niemanden eine Überraschung.
Ich frage nach Jamel. Ob er das Manuskript bei ihm vermute.
Wenn Bastin nicht mehr lebt, wahrscheinlich, murmelt er, zerrt sich die Brille wie eine Maske vom Kopf und beginnt, die Gläser mit seiner Stoffserviette zu polieren. Ohne mich anzusehen dann: Jamel Arh-Zidiane, Herr Dozent. Nicht schwer zu finden. Hat, glaube ich, bei der Polizei angefangen. Lebt auch irgendwo in der Nähe. Nicht schwer zu finden, wiederholt er.
Ich nicke ohne Überzeugung. Aber vielleicht hat Vogelmann recht, und jede nächste Polizeidienststelle gibt mir bereitwillig Auskunft. Ob er eine Telefonnummer von Bastin hat, frage ich. Er verneint. Das sei alles über fünfunddreißig Jahre her.
So, und nun genehmigen wir uns noch einen zum Abschied! Plötzlich sind Vogelmanns Lebensgeister zurückgekehrt aus den Tiefen seiner Erinnerungsspalten. Er winkt wild. Ich drehe mich um, Luigi steht hinter dem kleinen Tresen.
Schon räumt der Kellner unsere Teller ab, und Vogelmann bestellt zweimal Calvados. Zwei Minuten später ist Luigi zurück mit einem Wägelchen, auf dem zwei bauchige Cognacschwenker, eine große Standflasche mit Zapfhähnchen und ein dampfender Sektkübel stehen. Geübt und mit fachmännischem

Mienenspiel zündet er eine Kerze an, taucht einen der Schwenker in das heiße Wasser im Kübel, lässt es mit eleganten Auswurfbewegungen in den Raum spritzen und hält das Glas zwischendurch immer kurz an die Kerzenflamme. Schließlich füllt er Calvados ein und bedeckt das Glas mit einem kleinen Zinntellerchen. Das ganze wiederholt er mit dem zweiten Schwenker. Vogelmann rückt behaglich seine Brille zurecht. Er nimmt das Zinntellerchen hoch, riecht an der goldbraunen Flüssigkeit und hält mir seinen Schwenker zum Anstoßen hin. Luigi verharrt dabei in der Nähe und lächelt erwartungsvoll. Es läuteten die Kirchenglocken.

Auf der Rückfahrt, diesmal nahm ich den Linienbus nach Wuppertal und dort den Regionalexpress ins Ruhrgebiet, fragte ich mich, was eigentlich Knut Vogelmann mir sagen wollte. Sicher, es war auch die Rede von dem Buch gewesen, das fertig zu schreiben Arh-Zidianes Kraft nicht mehr ausgereicht hatte. Von seinem Sohn Jamel, der vermutlich wusste, ob das Manuskript noch existierte. Aber eigentlich, dachte ich und blickte auf die ersten sattgrünen Ruhrauen, eigentlich hatte er mir seine Liebesgeschichte erzählt. Sie schien mir unvollständig und folgenlos. Hatte Vogelmann die Absicht gehabt, mir alles zu erzählen? Vielleicht, anfangs, und während er erzählte, schwand ihm die rechte Überzeugung.
Das ist alles über fünfunddreißig Jahre her.
Vergeblich hielt ich nach der Dame mit dem Sonnenhut Ausschau.

III. Nur zwischen den Steinen liegt es sich weich

1

Von Frau Grünbein brauchte ich am nächsten Tag neue Formulare für meine Stundenabrechnung. Sowas druckt man sich natürlich selbst aus (PDF, Internet und so). Aber ich hatte einerseits gar keinen funktionsfähigen Drucker, andererseits wollte ich ja mal einen Blick in ihr Büro werfen. Die Verbindungstür zwischen Dekanat und Reths Alphatorium schien mir als vertretbares Risiko.
Frau Grünbein stand mit dem Rücken zu mir und goss mit einem spitz zulaufenden Kännchen ihre Azaleen. Niemand sonst da. Die andere Tür war geschlossen.
Ihre Formulare?, fragte sie, ohne sich umzudrehen.
Alle Achtung, dachte ich mir, wahrscheinlich hat sie meine Spiegelung in der Fensterscheibe gesehen. Ich grüßte erstmal und murmelte irgendwas von Druckerpatronen.
Die, die letztes Semester schon alle war?
Ich lächelte entwaffnend.

Sie kommen aber gelegen, mein lieber Hollander. Der Herr Professor will Sie sehen. Gehen Sie ruhig gleich mal rein.
Mir wich das Blut aus dem Hirn.
Worum geht´s denn?
Ich dachte, sie würde es mir verraten, Frau Grünbein war kein Engel der Diskretion, aber da war ja noch die Sache mit Banderas.
Sie drehte sich mir zu.
Will er Ihnen selber sagen.
Dann sehen wir uns also nie wieder?, tönte ich deklamatorisch.
Gut möglich. Sie machte eine Kopfbewegung zu Reths Tür. Gehen Sie schon. Er hatte heute noch kein Menschenfleisch. Und es ist schon nach drei.

Ich sah sofort den neuen kleinen Schreibtisch rechts an der Wand mit den Urkunden und gerahmten Pressefotos. Lilly blickte von ihrem Notebook auf und schenkte mir ein melancholisches Lächeln. Ich war so überrascht, dass ich zwei Schritte auf sie zuging, wie um besser sehen zu können. Sie trug eine schmale Brille mit schwarzen Rändern, die ihr ganz wunderbar stand. Ich hatte sie noch nie mit Brille gesehen. Ob sie sonst Kontaktlinsen trug?
Hier bin ich..., hörte ich Reths Stimme aus der anderen Ecke des Büros.
Ich fuhr herum und versuchte dabei äußerst gelassen zu wirken.
Herr Hollander, gut, dass Sie mich gefunden haben, sagte er unverhohlen sarkastisch. Wie Sie wissen,

steht bald ein besonderes Ereignis an. Gewissermaßen als geistiger Höhepunkt des Wintersemesters. Er sah mich forschend an. Wenn man mal von Ihrem Hegel-Seminar absieht, natürlich.
Ich gönnte ihm keine Regung.
Da dachte ich mir, fuhr er fort, Sie in unser kleines Organisationskomitee einzuladen. Wollen Sie mir die Freude machen und nächste Woche dazu kommen? Am Montag um zehn?
Obwohl ich montags und freitags eigentlich freie Tage hatte, wiederholte ich nur stupide Tag und Uhrzeit, was Reth dann schon als Zustimmung nahm. Eine negative Antwort lag ohnehin außerhalb seiner mentalen Einflugschneise.
Großartig. Frau Rother schickt Ihnen eine kleine Einladung mit den wichtigsten Punkten zur Vorbereitung.
Er entließ mich mit einem kurzen Nicken. Einen Moment erwog ich, den Raum wie Luigi im Piccolo Mondo rückwärts gehend zu verlassen.

2

Kaum hatte ich mich mit meiner Jumbotasse an die offene Terrassentür gesetzt, der dritte Satz von Bruckners Achten lief leise an, da klingelte das Telefon: Nummer unterdrückt.
Na...?
Hallo, ich bin´s, dein Schmetterling!!!
Ich freute mich, Mareiles Stimme zu hören. Sogar die Verbindung war akzeptabel.
Weißt du was?!!, legte sie gleich los.
Sag schon.
Ich hab ein Vorstellungsgespräch!! Nächste Woche!! Ich komm zurück!
Toll. Um was für einen Job geht's denn?
An der Uni! International Office.
Welche Universität?
Gießen.
Gießen?

Als ich Jamel beim spätabendlichen Bier auf der Terrasse davon erzählte, hatte ich schon im Internet recherchiert. Gießen, das lag in Hessen. Ich berichtete Jamel vom Rolatorgriechen. Der wohne in Obergreisendorf, nur dreißig Kilometer entfernt.
Zufall?, murmelte er und schaute weiter auf den Großen Wagen.
Glaubst du an solche Zufälle?
Du hast mir von den vielen Bewerbungen erzählt, die sie geschrieben hat.

Jaja.

Es war noch immer sommerlich mild, die Nacht sternenklar. Als unsere einzige Beleuchtung diente ein gusseisernes Laternchen mit Teelicht, das in seinem geschwungenen Metallständer vor sich hinschaukelte. Ich sah auch hoch. Dazu tranken wir Stern Pils. Ich sagte nichts, sondern dachte an die Milliarden von Galaxien. Sternhaufen. Spiralarme. Niemand wusste, wozu das alles.

Jamel nippte widerwillig an seinem Bier.

Wie weit bist du mit dem Manuskript?, fragte er und blickte vom Großen Wagen zu mir hin.

Mittendrin. Rassistische Traditionen in den Vereinigten Staaten...

Ah ja, da kommt dieses Hitler-Zitat, in dem er Nordamerika lobt, weil sich die weiße Rasse dort nicht so stark vermischt hat wie in Lateinamerika.

Die arischen Elemente...

Und der unvermischt gebliebene Arier ist zum Herrn aufgestiegen.

Zum Herrn über Nordamerika und selbst über die Welt.

Immerhin haben sie Obama gewählt.

Und wir haben eine Frau als Bundeskanzler.

Und die Energiewende.

Dann ist ja alles in Ordnung.

Ja.

Wir nippten am Bier.

Hat dein Vater mir dir darüber geredet?

Ich musste immer mal wieder die Rede auf Arh-Zidiane bringen, da Jamel anfangs nicht besonders

mitteilsam war, wenn es um seinen Vater ging.
Worüber?
Er starrte in den Himmel, als entdecke er neue Spiralnebel.
Über das Buch, mäanderte ich vorsichtig. Über solche Themen. Kolonialismus. Seine Herkunft. Was ihm das bedeutet hat. Oder euch.
Mann, ich war neunzehn, als er sich vom Intercity 243 hat schreddern lassen.
Ich ging den Ouzo holen.
Als ich eingeschenkt hatte, sagte er:
Natürlich hatte ich mitgekriegt, worum es ging. Er war ja sowas wie ein Freiheitskämpfer für mich. Ein eigenartiger Freiheitskämpfer, so vom Schreibtisch aus, er verließ ja selten mal die Wohnung. Nur zum Zeitungen austragen. Dann hörte ich ihn frühmorgens gehen, wenn ich nicht bei Bastin übernachtete. Aber damals, als Zwölfjähriger dachte ich, das ist alles nur Tarnung. Irgendwann kommen die Männer und Frauen mit den Patronengurten und Halstüchern und er führt sie in die Berge. In welche Berge?, hat Bastin immer gefragt. Die in Brandenburg?
Wortlos stand Jamel auf, suchte minutenlang in meinen Bücherregalen nach Zigaretten, fand statt George Karelias and Sons nur rote Gauloises, kam zurück und warf die Schachtel lässig auf das Terrassentischchen.
Erst kurz vor dem Abitur bekam ich Zweifel. Oder gestand sie mir endlich ein. Ich kaufte aus Scheiß ein Ché-Guevara-T-Shirt und schenkte es ihm zum Geburtstag. Mir war klar geworden, der

Partisanenkampf würde ohne ihn stattfinden. Er kriegte ja nicht einmal sein Buch fertig. Wahrscheinlich hatte er seit Jahren kaum eine Zeile geschrieben. Dieser ganze Revolutionsscheiß widerte mich plötzlich an. Ich sah ihn überhaupt nur noch selten. Bei Bastin konnte ich besser fürs Abitur lernen. Mehr Platz. Ich hatte ein eigenes Zimmer in ihrer Charlottenburger Wohnung. Das war zumindest eine gute Begründung, als ich anfing, gar nicht mehr bei ihm zu übernachten. Ich konnte ihn nicht mehr ertragen. Seine Unfähigkeit überhaupt noch etwas anderes zustande zu bringen, als im Dunkeln mit einem Handkarren Zeitungen auszutragen. Einmal, als ich ihn am Wochenende besuchte, trug er das Ché-T-Shirt. Vielleicht war das sogar Selbstironie. Aber ich fand's nicht mehr lustig. Er fummelte wie ein Blinder eine Zigarette aus der Schachtel. Ich gab ihm Feuer. Er inhalierte, und es dauerte, bis das Blut in seinen Lungen satt war, und er den Rauch wieder ausspie.

Als ich Bastin erzählte, ich hätte mich für die Polizeischule beworben, sagte sie, es sei doch nicht alles sinnlos gewesen. Aber sie versuchte nicht, es mir auszureden. Meine Entschlossenheit hielt sie davon ab. Die Entschlossenheit, mit der Menschen eine falsche Entscheidung treffen, weil sie falsch ist. Oder weil ich wusste, diese Entscheidung hätte ihn ins Mark getroffen.

Halb in einem meiner unbequemen Plastikstühlen liegend, legte er den Kopf in den Nacken und betrachtete wieder den Großen Wagen.

Weißt du, wie das Sternbild im arabischen Kulturraum

oft bezeichnet wird?

Nein. Vermutlich anders als bei uns. Ich glaube, die Engländer sehen statt Kasten und Deichsel einen Schöpflöffel.

Ich hörte ein verächtliches Geräusch aus seiner Richtung. Das Teelicht war am Verlöschen.

Schöpflöffel?, wiederholte er gedehnt. Und dann, nach einer kalkulierten Kunstpause: Die drei Sterne der Deichsel sind drei Klageweiber. Und der Kasten ist ein Sarg. So sieht man das da unten.

Manchmal dachte Jamel sich so etwas aus. Ich würde auf Wikipedia nachsehen müssen.

Als ich schon dachte, die Familiengeschichten seien für heute gestorben, sah mich Jamel mit dem Blick eines leidenden Pferdes an und sprach weiter.

Vor ein paar Jahren erst begann ich zu begreifen, dass ich immer noch auf derselben Seite stand wie mein Vater. Das war lustig. Dieser ganze staatstragende Scheiß, den ich auswendig gelernt hatte. Damals wurde gerade Gaza bombardiert. Ich begann das Manuskript noch einmal neu zu lesen. Eigentlich zum ersten Mal. Das Manuskript eines Selbstmörders. Eines Feiglings. Ich hatte mir eingeredet, er habe sich ja einen Dreck um mich geschert. Sich lieber vor den Zug geschmissen, als mein Vater zu bleiben. Aber Bastin hat auch später immer wieder Geschichten erzählt, die mir das Gegenteil beweisen sollten.

Das Teelicht ging aus.

Was für Geschichten?

Kleinigkeiten. Nichts besonderes. Alltäglicher Kram. Du weißt schon.

Nö.

Ich hörte, wie er sich eine neue Zigarette anzündete. Gut, mein Freund. Hier ist eine. Eine, an die ich mich selbst auch gut erinnere, teilweise jedenfalls: Ich war zwölf, vielleicht schon dreizehn. Auf meinem Schulweg (von Bastins Wohnung aus) lag eine Tierhandlung. Da gab es große Käfige im Schaufenster, voller Wellensittiche. Es gab auch Zebrafinken und Kanarienvögel, mich aber interessierten die farbenprächtigeren Wellensittiche. Manchmal stand ich lange nach der Schule am Schaufenster und versuchte herauszufinden, welcher mir am besten gefiel. Sie unterschieden sich durch ihre Farben, aber auch durch die Anordnung der schwarzen Punkte in ihrem Bartgefieder. Ich tendierte zu den Hellblauen. Einer von ihnen hatte fast weiße Schwanzfedern, was ihn von allen anderen Hellblauen unterschied. Meinen Vater darum zu bitten, mir den Wellensittich zu kaufen, kam natürlich nicht in Frage. Geld hatte er sowieso keins übrig. Ein Wellensittich kostete 12 Mark, und es musste ja auch noch ein Käfig her. Also fragte ich Bastin, schließlich hatte ich bei ihr auch mein eigenes Zimmer. Zwischen den Papiertürmen und Gerümpelgebirgen, die mein Vater über die Jahre vergeblich abzutragen oder einzusortieren versuchte (oder jedenfalls gelegentlich davon sprach, es zu versuchen), wollte ich meinen Vogel auch gar nicht fliegen lassen (und ich wollte ihn oft fliegen lassen, eigentlich sollte der Käfig gar kein Käfig sein, eher sein Vogelhäuschen, in das er sich zurückziehen konnte und Körner picken).

Bastin war natürlich nicht dagegen, aber sie stellte die Fragen, die Erwachsene immer bei solchen Gelegenheiten stellen: wirst du dich auch um ihn kümmern? Was ist mit dem Käfig? Der muss regelmäßig gesäubert werden! Und natürlich sagte ich, was alle Kinder mit einem klaren Ziel darauf antworten. Schließlich ging sie mit mir zur Tierhandlung (später erzählte sie mir, sie habe vorher mit meinem Vater telefoniert, damit er zustimmen konnte).

Es war ein sommerlich heißer Tag, die Sonne brannte, so dass hinter den Schaufenstern der Tierhandlung alle Jalousien herabgelassen waren. Vergeblich versuchte ich ihn durch die Ritzen zu erspähen. Ich hatte Angst, mein Wellensittich könnte schon an irgendeinen halbtauben Rentner aus Zehlendorf verkauft sein, der ihn nie wieder frei ließ und den ganzen Tag zwang, dröhnende Volksmusik zu hören.

Gehen wir erstmal rein, sagte Bastin.

Hinter einem altmodischen Tresen aus dunklem Holz stapelten sich Nagetierkäfige. Ich starrte auf die weißen Mäuse, die schwarzen Ratten, die Hamster in ihren Hamsterrädern, deren Quietschen die dunkle Tierhandlung erfüllte. Der Tierhändler muss hinter dem Tresen gekniet haben, mir schien er direkt aus einem der Rattenkäfige zu steigen. Bastin stupste mich an, und ich stotterte meine Frage nach dem Vogel. Der Tierhändler lächelte mit kleinen, spitzen Zähnen, die funkelten, wenn er sich in den schmalen Sonnenstreifen vorbeugte, der das Holz der Theke zerschnitt. Er begann einen kleinen Vortrag über die

richtige Pflege von Wellensittichen, beim Sprechen versprühte er Speicheltröpfchen. Bastin ließ sich nichts anmerken. Ich wartete nur auf den Moment, endlich auf meinen hellblauen Wellensittich zeigen zu dürfen.
Während er uns aufklärte, wie wichtig der Sand zum Ausstreuen des Käfigbodens sei, denn so ein Wellensittich besitze ja keine Zähne und die winzigen Steinchen brauche er für die Verdauung, bewegten wir uns unendlich langsam hinüber zu den Vogelkäfigen.
Ich entdeckte ihn sofort. Er hatte nicht nur weiße Schwanzfedern, was ihn schon von den anderen unterschied, sondern seine Federn auf der Stirn und um den Schnabel waren von einem besonderen, leuchtenden Gelb. Ich zeigte auf ihn.
Der Tierhändler nickte, griff zu einem Holzstiel mit einer Fangvorrichtung am anderen Ende und öffnete den großen Käfig. Schlagartig begann ein großes empörtes Pfeifen und Kreischen, und in einer einzigen blaugrünen Panik versuchten alle, dem Kescher zu entkommen. Rasch und geschickt fing er den richtigen Vogel. Ich hatte natürlich Angst um sein Leben, Aber kaum in einem neuen, kleinen Käfig wieder frei gekommen, schien er unbeschadet und neugierig seine veränderte Umgebung zu erkunden.
Ich habe ihn extra nicht mit der Hand gefangen, sagte der Tierhändler und beugte sich speichelsprühend zu mir herunter, damit du ihn leichter zähmen kannst, und er keine Angst hat, wenn du dich ihm mit der Hand näherst.
Sein grüner Kittel roch nach Essig.

Ein zahmer Welli ist etwas Schönes, fuhr er fort und kam noch näher. Es ist ein tolles Gefühl, wenn seine Füßchen sich sorglos um deinen Finger krallen, fest darauf vertrauend, dass Du ihm nichts zuleide tust...
Natürlich nickte ich wie blöd, auch wenn ich gar nicht sicher war, wen er denn mit Welli meinte.
Bastin bedeckte den Käfig mit einem großen Kopftuch, und mit diesem hellblauen Glücksgefühl trug ich ihn nach Hause.
Gleich, nachdem wir für den Käfig einen schönen Platz am Fenster ausgesucht hatten, machte Bastin mir noch einmal die Regeln klar: Füttern und Käfig sauber halten waren mein Job. Einmal die Woche hatte ich den Vogelsand zu wechseln. Ich wisse schon, die Verdauungssteinchen. Und so ein Vögelchen würde ja den ganzen Tag lang vor sich hinkacken. Wenn ich mal nicht dazu kommen sollte, aus gutem Grund, verreist war oder mit 40 Grad Fieber im Bett läge, dann würde sie das natürlich übernehmen. Sollte ich dreimal hintereinander unentschuldigt meine Pflichten versäumen, so würde das Vögelchen in ihren Besitz übergehen. Und dann, sagte sie gutgelaunt, gibt es am nächsten Tag ein schönes Wellensittichcurry. Ich kannte Bastin und glaubte ihr jedes Wort.
Das Vögelchen nannte ich Fipp. Das kam eigentlich von Very Important Person (keine Ahnung, wo ich das aufgeschnappt hatte).
Fipp war ein ausgesprochen geselliger, furchtloser und, wenn man so sagen kann, lebensbejahender Mitbewohner. Er ließ sich bereitwillig auf meinen Handrücken nieder, setzte sich auf hingestreckte

Finger und flog mich oder Bastin (und eigentlich jeden anderen Gast in der Wohnung) vertrauensvoll an und zupfte an Hemdkragen und Ohrläppchen.

Für einsamere Momente kaufte ich Fipp eine kleine Hängelaterne mit Spiegeln befestigte sie in seinem Käfig. Dann konnte er mit seinem Spiegelbild schnäbeln und es füttern (Widerlich, sagte Bastin jedesmal, wenn Fipp voller Hingabe eine schleimige Körnchenmasse hochwürgte und gegen das Spiegelglas pappte.) Oder er schnäbelte mit dem Ding und rieb sich dabei in Ekstase und wie vom Sturm aufgeplustert an seiner Sitzstange, bis er vor Erschöpfung den Halt verlor und glücklich auf den Käfigboden stürzte.

Die Käfig war eigentlich immer offen (außer wenn Bastin sagte, was für ein Gestank hier wieder herrscht, und ich alle Fenster zum Lüften öffnen musste). Und da meine Zimmertür eigentlich auch immer offen war, flog Fipp uns auch bis in die Küche nach, wogegen Bastin sonderbarerweise nichts hatte. Da ich aber bei ihr jeden Gedanken an die Essbarkeit von Wellensittichen ausschließen wollte, achtete ich darauf, alle kleinen Kothäufchen immer sofort zu beseitigen.

Wenn ich am Schreibtisch saß und Schularbeiten machte, dann tappste Fipp um meine Schreibhand herum als interessiere ihn, was ich da schrieb. Wenn ich ihm ein Stück Papier hinhielt, stanzte er mit seinem Schnabel sofort ein schönes Loch hinein.

Dann, nach vielleicht einem halben Jahr, geschah etwas Merkwürdiges.

Es war ein Freitagabend. Freitag ging ich nach dem Unterricht noch zum Schwimmen und kam ich erst spät zurück. Als ich mein Zimmer betrat, saß Fipp im offenen Käfig, kletterte nicht heraus, um mich anzufliegen und zeigte auch sonst keine Reaktion. Nur seine schwarzen Knopfaugen beobachteten mich. Als ich die Hand in den Käfig steckte, begann er zu kreischen und sprang so weit wie möglich zur Seite. Entgeistert machte ich einen Schritt zurück. Was war los? Krank wirkte er nicht. Hatte ihn irgendetwas verängstigt?

Ich ging Bastin fragen. Sie saß im Wohnzimmer in ihrem Lesesessel, ein Buch in beiden Händen, die Beine auf einen kleineren, dunkelroten Schemel ausgestreckt. Sie ließ das Buch sinken und hörte sich meinen Bericht an. Dann schaute sie mir lange in die Augen, seufzte, und sagte schließlich: Ich nehme an, dein Vogel hatte heute keinen guten Tag. Warte ein bisschen ab, dann wird er vermutlich wieder ganz der Alte sein.

Mit diesem für mich reichlich rätselhaften Rat kehrte ich in mein Zimmer zurück, setzte mich an den Käfig und wir – der Vogel und ich – betrachteten uns eine zeitlang, ohne dass einer von uns beiden auch nur einen Laut von sich gab. Ich überlegte hin und her und entschied mich schließlich, obwohl ich nicht die geringste Neigung dazu verspürte, den Tierhändler in seinem dämmrigen Bau aufzusuchen.

Als ich ihm von Fipps Verwandlung berichtete – diesmal trug er einen braunen Kittel, der aber auch nach Essig roch, und sein struppiges schwarzes Haar

stand in alle Richtungen ab – beugte er sich über den Tresen, so als wolle er sich vergewissern, dass ich auch ordnungsgemäß auf zwei Beinen stand, und fragte: Na, und wo ist dein Vogel? Würdest du ihn mir zeigen?
Also rannte ich los und brachte ihn zu dem Tierhändler zurück und stellte den Käfig auf den alten Holztresen. Der Tierhändler begann den Vogel aus allen erdenklichen Perspektiven zu betrachten, zog zwischendurch eine Brille aus seinem Kittel, betrachtete wieder, beugte sich ganz tief, beugte sich ganz hoch, und es fehlte nur noch, er wäre auf den Tresen gestiegen und hätte sich auf den Kopf gestellt. Junge, sagte er schließlich und nahm die Brille ab, sieht verdammt nach einer Geschlechtsumwandlung aus.
Ich verstand nicht.
Er schaute mich lange an, seufzte, wie Bastin geseufzt hatte, und meinte dann in verschwörerischem Ton, den Kopf weit über den Tresen gereckt: Nimm deinen Welli jetzt mal wieder mit und warte ein paar Tage ab. Vielleicht ist er dann wieder wie vorher.
Mehr wolle er nicht sagen, sagte er und zwinkerte mir zu.
Zwei Wochen vergingen, bis Fipp wieder erste Zeichen Zutrauen zeigte. Er flog mich an, wenn ich im Zimmer erschien, er setzte sich auf meine Hand und begutachtete, was ich am Schreibtisch machte. Papier lochte er nicht mehr.

Die drei Klageweiber waren mit ihrem Sarg ein gutes

Stück voran gekommen.

Was hat die ganze Geschichte jetzt eigentlich mit deinem Vater zu tun?, erkundigte ich mich vorsichtig.

Kommst du von selbst nicht darauf?

Nein, wirklich nicht.

Ich machte ein nachdenkliches Gesicht, zog die Augenbrauen zusammen, dabei war es zu dunkel für Jamel, um die Feinheiten meines Mienenspiels zu würdigen.

Er half mir auf die Sprünge.

Nach dem Tod meines Vaters erzählte Bastin mir, was wirklich geschehen war. Ich kam mir vor wie ein Idiot. Ich konnte auch nicht akzeptieren, was sie mir mit der Geschichte sagen wollte. Mein erster Gedanke war einfach: Meinen Vogel hat er also auch auf dem Gewissen.

Natürlich war es ein Versehen. Ein Unfall. An dem besagten Freitag war er am Morgen zu Bastin in die Wohnung gekommen. Sie tranken Tee im Wohnzimmer, redeten. Fipp war auch im Raum. Ich hatte den Käfig wie üblich offen gelassen und die Zimmertüren in Bastins Wohnung waren ohnehin so gut wie nie geschlossen. Mein Vater erhob sich, holte Sandgebäck aus der Küche, kam zurück und dann geschah es: als er das Wohnzimmer betrat, flog Fipp ihn an. Alles war eine einzige Bewegung. Es war Winter, mein Vater war es gewöhnt, in seinem Arbeitsraum stets die Tür zu schließen, denn er heizte nur den einen Raum. Er hatte Fipp vielleicht nicht gesehen, wahrscheinlich hatte er auch wenig dafür übrig, einem Wellensittich als Landeplatz zu dienen.

Jedenfalls machte er eine ausweichende Bewegung, die Fipp verleitete von meinem Vater als Anflugziel abzusehen und stattdessen die Oberkante der Tür zu wählen. Aber mein Vater zog die Tür hinter sich zu. Zwischen Türrahmen und Tür brach er Fipp das Genick. Ich nehme an, das zarte Knacken war kaum zu hören, und zunächst bemerkte mein Vater nur Bastins entsetzten Gesichtsausdruck, bevor ihm das Missgeschick auffiel. Ich kann mir die Stille vorstellen, die dann herrschte. Mein schweigsamer Vater sagte nichts. Und Bastin brauchte ein paar Sekunden, zuerst um eine Bemerkung nicht zu machen (Alle Himmel, Martin, was hast du wieder gemacht?), und dann zu sagen: Hol uns noch zwei Dosen Bier aus der Küche. Während sie so das Bier tranken und dabei auf den toten hellblauen Vogel schauten, der nun auf dem Wohnzimmertisch lag, Augen und Schnabel weit offen, fragte mein Vater schließlich: wann kommt er zurück? Und Bastin sagte: spät, nicht vor sieben. Und dann stand mein Vater wortlos auf, nahm den toten Vogel und ging zur Tür. Er drehte sich zu Bastin um und sagte: Ich hole einen neuen.

Er muss zuerst den Tierhändler gefragt haben, aber keiner der anderen Wellensittiche ähnelte Fipp genügend. Er ging in die Hardenbergstraße. Er fuhr nach Steglitz, Kreuzberg und schließlich nach Spandau. Stundenlang war er in der Stadt unterwegs, fragte sich von einer Tierhandlung zur nächsten durch, verglich hunderte Vögel mit dem toten Wellensittich in seiner Hand. In der S-Bahn trug er ihn in einer leeren Zigarettenschachtel in der Innentasche seiner

Winterjacke. Es war schon am späten Nachmittag, als er in Marienfelde in eine verwinkelte zoologische Handlung kam. Eine kleine, trollartige Kubanerin in selbstgenähten Flatterkleidern fütterte gerade drei schwarze Katzen. Entgegen seiner Gewohnheit lächelte mein Vater und begann ein Gespräch. Er habe sich wie in eine andere Welt versetzt gefühlt, muss er später zu Bastin gesagt haben, aber er wusste, hier sei er endlich richtig. Die kleine Kubanerin besah sich den toten Vogel, den mein Vater aus der Zigarettenschachtel zog, ließ sich das starre Tier geben und verschwand damit im Hinterzimmer. Es dauerte einige Minuten, bis sie mit einer buntbedruckten Pappschachtel zurückkam, in die sie meinen Vater kurz einen Blick werfen ließ. Beide nickten feierlich und mein Vater bezahlte.

Tatsächlich war der neue Wellensittich äußerlich Fipp zum Verwechseln ähnlich. Die weißen Schwanzfedern stimmten, das leuchtende Gelb und sogar die schwarzen Punkte im Bartgefieder. Als ihr mein Vater von der Zoohandlung in Marienfelde erzählt habe, sagte Bastin später zu mir, sei er sehr gesprächig gewesen. Und sie glaube, Martin Arh-Zidiane habe es damals für möglich gehalten, dass die kleine Kubanerin den toten Wellensittich in ihrem Hinterzimmer einfach wieder zum Leben erweckt habe.

3

Irgendwann wollte ich lieber meine Weltanschauung verteidigen, statt in Depressionen abzurutschen. Schon als Heranwachsender hatte ich akzeptiert, von einzelgängerischem Wesenskern zu sein und begann, hoffentlich nicht allzu weit von der Wahrheit entfernt, meine Schutzmauern um diesen Kern zu errichten. Wenn ich auch sonst wenig zu bieten hatte, in meinen Augen zeichnete mich die Resistenz gegenüber den Glücksversprechen von Wettbewerb und Konkurrenzfähigkeit aus. Ich war weder fähig noch willens, mir selbst und anderen den Eindruck zu vermitteln, ein toller Hecht zu sein. Schweigsam und zurückgezogen, wenn um mich herum die Stimmung stieg, verklumpte mir das Hirn, wenn um mich herum die angehenden Wissenschaftler geistesblitzten, spann ich an meinem Kokon, wenn es Zeit war, Praktikumsplätze und studentische Hiwi-Stellen zu ergattern. Bald schien ich mir unumkehrbar gezeichnet von edler Verweigerung und der tragischen Größe des Scheiterns. Nicht selten führten mir Faulheit und mangelndes Selbstvertrauen die Hand, zwillingshafte Scheinheilige der Apathie.
Aber wer sich dem Versagen hingeben will, läuft Gefahr, noch am Scheitern zu scheitern. Und als Privatdozent Krani, bei dem ich meine mündliche Abschlussprüfung über Kants Kritik der Urteilskraft absolviert hatte, eine Woche darauf mir eine Stelle als

wissenschaftlicher Mitarbeiter anbot, da war es doch nicht so weit her mit dem Adel der Verweigerung.

Aber wollte ich deshalb lieber einer sein wie Prof. Dr. Reth? Mal vorausgesetzt, dass nicht sogar er selbst sich als Versager sah: der Wissenschaftsverlag machte nämlich immer noch keine Anstalten, sein letztes Buch endlich ins Englische übersetzen zu lassen. Bertmann hatte uns berichtet von immer lauter werdenden Telefonaten, die Reth in letzter Zeit mit seinem Verleger führte und die in allen angenzenden Räumen hörbar waren. Seit über zehn Jahren warte Reth ja schon auf einen Ruf nach Harvard. Das nächste Buch schreibe ich gleich auf Englisch!, habe er, sagt Bertmann, beim Hinschmettern des Hörers gebrüllt.

Ich saß mit Bertmann in der Mensa. Ich versuchte, die blühende Landschaft frischer Pickel in seinem Gesicht nicht zu beachten und konzentrierte mich auf die Tintenfischringe mit Remoulade.
Reth in Harvard gäbe natürlich zu der berechtigten Hoffnung Anlass, dass er er nicht an zwei Orten zugleich sein kann, gab ich zu bedenken. Während Bertmann noch nickte, schwebte blonde Weiblichkeit mit einem gemischten Blattsalat an unseren Tisch.
Wer kann nicht an zwei Orten gleichzeitig sein?, sagte Almuth. Reth? Seid ihr da sicher?
Auch mit ihrer neuen Haarfarbe war sie die attraktivste Frau über dreißig im Saal, was auch Bertmann nicht entging. Er brauchte einen Moment, um sich zu

fassen.
Oh, Almuth.
Mahlzeit, fügte ich kreativ hinzu.
Möglicherweise plant er, Harvard nebenbei zu machen, gab sie uns zu bedenken und knabberte an einem Salatblatt.
Jetzt, da ich wieder zum Kreis der Männer gehörte, deren Existenz Almuth zur Kenntnis nahm, wollte ich die Gelegenheit nicht vermasseln und fürchtete, Bertmann würde ausgerechnet jetzt zum Schluss kommen, es sei höchste Zeit für einen Urologenwitz. Zu meiner Erleichterung aber sagte er nur:
Und hier weiter Dekan zu bleiben?
Natürlich, stimmte ich Almuth zu und versuchte es gleich mal mit einem Schuss ins Blaue. Außerdem hat er ja seine Leute, die ihn jederzeit auf dem Laufenden halten. Almuth und Bertmann waren beide langjährige Mitarbeiter des Fachbereichs, Festangestellte, die vielleicht mehr wussten als ich.
Beide sahen mich an, als hätte ich ein Zen-Koan aufgesagt.
Wie meinst du das?, fragte Almuth.
Die Grünbein?, fragte Bertmann.
Ich seufzte.
Was ist mit den Studenten, die er in seinen Eliteseminaren züchtet? In die man nur mit Einladung kommt? Das ganze elitäre Gehabe, nur, um Husserltexte mit Buntstiften zu traktieren?
Sie züchtet?, fragte Bertmann.
Almuth runzelte die hübsche Stirn.
Ich lehnte mich zurück, verschränkte die Arme und

schwieg.

Auf dem Weg quer über den Campus verabschiedete Bertmann sich in Richtung seiner anstehenden Logikvorlesung. Unwillig zu jeder Konversation trottete ich weiter neben Almuth und ihrem Stiefelchengeklapper.
Was läuft da zwischen Reth und dir eigentlich?, fragte sie endlich.
Weiß nicht. Die weißen Mäuse meiner Dauerpsychose?
Und haben die Namen, deine weißen Mäuse?
Sicher. Sie heißen Georg, Friedrich und Wilhelm. Letztere blinzelt besonders hinterhältig.
Jaja. Und das Seminar ist einzig und allein eine Schnappfalle für den revolutionären Karl Maus mit seinem langen roten Schwanz.
Wir betraten das Hauptgebäude. Die Schiebetüren zischten.
Wie kommst du denn auf so was?
Hast du das nicht vom ersten Seminar an befürchtet? Und Reth hat dich ja auch immer wieder gewarnt, belehrte sie mich.
Bei den Aufzügen angekommen, nickten wir uns zu. Da ich nicht mehr zurück ins Büro wollte, ließ ich Almuth allein einsteigen und stand noch ein bisschen dumm herum zwischen Pförtnerloge und Cafeteria. Ich entschied mich gegen einen revolutionären Sofortanschlag auf den Ordnungsdienst und für einen Milchkaffee.

4

Den Freitagabend verbrachte ich mit Jamel. Wir hatten uns am Kennedyplatz verabredet, und als ich eintraf, saß er schon in seinem schwarzen Anzug vor dem Café im ehemaligen Amerikahaus. Mittlerweile wurde das flache, garagenartige Gebäude als Veranstaltungsort für Bühnenkomik genutzt. Es war warm in der Sonne, der Herbst imitierte noch immer den Sommer und die jungen Frauen trugen weiterhin ihre kurzen Röcke.
Überall Fortpflanzungsbereitschaft!, rief er und schwenkte seine Apfelschorle. Ich setzte mich neben ihn und einem Kübel blühender Dahlien.
Bist du krank?
Du meinst liebeskrank?
Ich meine die Apfelschorle.
Die Tische um uns herum waren noch leer. Ein paar Spatzen hopsten und pickten suchend zwischen den Stühlen.
Reine Vorsichtsmaßnahme, der Abend ist noch lang. Und wir haben etwas Besonderes vor.
Eine Kellnerin, ebenso schwarz gekleidet wie Jamel, kam auf uns zu. Ich bestellte ein Alster.
Wie laufen die Vorbereitungen auf den großen Tag?, fragte Jamel.
Was für ein großer Tag?
Hab gehört, ihr bekommt hohen Besuch.
Ah. Hast du gehört. Ja, Mitte November.
Ich sah ihn an.

Jaja. Hat auch bei uns Wellen geschlagen, sagte Jamel. Es wird eine Sondereinheit geben, die für das Sicherheitskonzept zuständig ist.

Was denn, meinst du, dem Lamm Gottes könnte jemand was Böses wollen?

Ich meine gar nichts. Aber er hat mit seinem Gerede von Deutschlands Verantwortung in der Welt schon einige Leute gegen sich aufgebracht.

Er hob das halbvolle Glas Apfelschorle und spähte durch die Flüssigkeit, als beobachte er die sicherheitstechnisch bedenkliche Zone Kennedyplatz mit dem Nachtsichtgerät.

Ist aber normal. Bundespräsident bei öffentlicher Veranstaltung erfordert immer ein paar Vorsichtsmaßnahmen.

Die Kellnerin brachte mir das Alster.

Wir zahlen sofort, sagte er bestimmt und hielt einen 10-Euro-Schein hin. Stimmt so. Und zu mir:

In einer halben Stunde müssen wir da sein. Halt dich ran mit deiner Bierbrause.

Dann setzte er mit seinem Macho-Grinsen die Sonnenbrille auf und erinnerte mich an Thommy Lee in Men In Black (Der erste Teil, die Szene mit der Frau. Überhaupt die einzige Szene im ganzen Film, in der er lächelt).

Wir laufen durch die sich leerende Einkaufsstraße hinunter zum Pariser Platz. Wohin dann, eigentlich? Jamel steuert nach links. Offensichtlich will er den weitläufigen Verkehrsknotenpunkt - nichts anderes ist der Pariser Platz - in Richtung Altenessener Straße

überqueren.
Wir werden alle studentischen Gruppierungen rund um eure Geistesschmiede überprüfen!, ruft er mir durch das Gebrüll der Verbrennungsmotoren zu.
Flach atmend frage ich zurück:
Warum das denn? Sind das nicht alles junge Leute, die immerhin noch ein paar Ideale haben!
Eben.
Die Ampelanlage stoppt den tosenden Strom an Blech- und Kunststoffkonstruktionen.
Alles Idealisten, die nur darauf warten, ihren Idealen Nachdruck zu verleihen. Anarchisten. Linksrevolutionäre Ökologiestudenten. Rechtsrevolutionäre Ökologiestudenten. Radikalevangelische Friedensfreunde, zählt er auf.
Ich schiebe die Unterlippe vor und nicke. Klingt echt bedrohlich.
Wir biegen in die Altenessener Straße ein.
Und was erwartest du, werden die Nachdrückliches tun?, sage ich.
Was schon?, sagt er. Kleinscheiß allenfalls. Veranstaltung stören mit eingeübten arhythmischen Rufparolen. Vielleicht Farbbeutel werfen. Was die so unter radikal verstehen.
Bevor ich fragen kann, was wirklich radikal wäre, bleibt er unvermittelt stehen und zeigt auf die gegenüberliegende Straßenseite. Azadî . Kurdisches Kulturzentrum.
Sind das jetzt laufende Ermittlungen?, sage ich.
Mehmed Ashlars Abschleppseil fällt mir ein. Wie er es aus dem Kofferraum holt und mit ins Haus nimmt.

Wie es kurz auf der Kommode neben dem Spiegel im Flur liegt. Wie er es mit unters Dach nimmt.
Jamel klopft mir auf die Schulter. Die Straße ist gerade frei von mörderischen Verkehrsteilnehmern. Auf der anderen Seite stehen wir noch kurz vor dem mit Klebestreifen an der Eingangstür befestigten Plakat. Solidarität mit Rojava. Abendveranstaltung. Jamel zieht die Tür auf und nickt mir zu, was offensichtlich die Aufmunterung ist, voran zu gehen. Ich frage ihn noch, ob für verdeckte Ermittlungen der schwarze Anzug nicht zu auffällig sei. Er lacht. Die kennen mich hier.
Als erstes schlägt mir eine Welle von Wärme und der Geruch von abgestandenem Zigarettenrauch entgegen. Der Raum ist ein karges Rechteck mit weißen Wänden und ein paar verblichenen Fotografien ebenso karger Landschaften. Dreißig, vierzig Männer sitzen entweder an kleinen, am Rand aufgestellten dunkelbraunen Tischen oder mit ihren einfachen Holzstühlen direkt vor einer niedrigen Bühne. Es sind auch Frauen da. Sie haben sich auf einer Seite versammelt und sitzen mit den Kindern an zwei zusammen geschobenen Tischen. Ein paar Jugendliche in militärisch anmutender Kleidung hocken links von der Bühne auf dem Boden.
Niemand dreht sich zu uns um. Meine Vermutung, Jamels schwarzer Anzug würde auffallen, erweist sich als unbegründet. Viele der älteren Männer, dunkelhäutig, wie noch von der anatolischen Sonne verbrannt, tragen dunkle Anzüge, braun, dunkelgrau, altmodisch geschnitten, abgenutzt. Wer auffällt, bin

ich selbst. Meine Gesichtshaut ist zu hell, meinen Gesichtszügen fehlt das Südländische.
Wir sitzen weit hinten.
Ich kann gar kein Kurdisch, flüstere ich Jamel zu.
Brauchst du auch nicht. Die Veranstaltung wird auf deutsch sein. Die Jüngeren hier würden sonst nur die Hälfte verstehen.
Eine Tür neben der Bühne öffnet sich. Das allgemeine Gemurmel erstirbt. Eine Frau tritt auf die Bühne. Zuerst denke ich: jemand von der Kultureinrichtung, vielleicht die Begrüßung. Aber die Frau wirkt nicht, als habe sie nur jemanden anzukündigen und wolle gleich wieder gehen. Ich schätze sie auf Anfang fünfzig, ihr glattes, schwarzes Haar hat viele graue Strähnen. Sie trägt einen dunklen Rollkragenpullover, die Ärmel über die Ellbogen geschoben. Keine Uhr, kein Armband oder auch nur ein einziger Ring. Sie lächelt nicht, wartet, schaut uns an. Ihr Blick ist einnehmend, als sähe sie jedes einzelne Gesicht hier und doch auch alle zugleich.
Applaus setzt ein und die Leute beginnen dabei aufzustehen, erst vorne, dann auch um uns herum, schließlich stehen auch wir und klatschen. Sie ist die Rednerin, sie ist die, auf die alle gewartet haben.
Das ist Hacer Adalamar, sagt Jamel. Sie ist seit drei Tagen wieder in Deutschland.
Hacer Adalamar wartet geduldig am Mikrofon, bis es still wird.
Sie nickt uns zu. Ohne eine weitere Begrüßung sagt sie in flüssigem Deutsch und mit einer herben Melodie in ihren Worten:

Wir haben den Feind zurückgeschlagen. Ende Juni konnten etwa achtzig faschistische Mörder noch einmal in die Stadt einsickern. Auf belebten Plätzen begannen sie zu töten. Sie haben Granaten an Marktständen gezündet, Alten ihre Messer in die Hälse gestoßen und Kindern die Köpfe zerschossen. Sie wollten verhindern, dass die Menschen zurückkehren in die befreite Stadt und sie wieder aufbauen. Über Wochen haben wir jeden Straßenzug, jede Ruine, jede Wohnung durchsucht und von ihnen gesäubert. Die Unmenschen zwingen uns zur Unmenschlichkeit. Wir müssen lernen, das zu verhindern. Wir haben sie in den umliegenden Dörfern bekämpft, aber die Stadt nicht gesichert. Unser Fehler hat über zweihundert weitere Menschenleben gekostet. Wir lernen daraus. Wir haben Straßenmilizen gebildet, um die Grenzen der Stadt zu kontrollieren. Wir haben Kobanê ein zweites Mal verteidigt.

Wieder stehen die Menschen auf. Wieder wird applaudiert. Jubelrufe mischen sich in das Geräusch der Hände. Es dauert, bis wieder Stille einkehrt.

Wir müssen die Stadt wieder aufbauen, sagt Adalamar. Die Zerstörung liegt bei unvorstellbaren achtzig Prozent. Uns fehlen Werkzeuge, es gibt keine Stromversorgung mehr, Wasser wird nur noch über Tankwagen verteilt. Aber es gibt auch Menschen, die aus dem Ausland kommen und uns helfen wollen. Die ihr Werkzeug und Ausrüstung in ihren Koffern mitbringen, da die türkische Regierung offizielle Hilfslieferungen an ihrer Grenze nicht passieren lässt. Diese Menschen machen uns Mut. Sie glauben an

unsere demokratische Revolution, an einen Aufbau ohne religiösen Fanatismus, ohne Unterdrückung der Frauen und ohne Kapitalismus.
Ich frage Jamel nicht, wer diese Hacer Adalamar ist. Ich kann sehen und hören, dass diese Frau erlebt hat, wovon sie redet.
Sie erzählt von den Frauen im Norden Syriens, die gegen den Islamischen Staat kämpfen. Sie haben eigene Bataillone, eigene Kommandantinnen. Und das in einem Teil der Welt, in dem Frauen auf Sklavenmärkten verkauft und zu Haustieren abgerichtet werden. Diese Kämpferinnen machen den faschistischen IS-Banden Angst. Von einer Frau im Häuserkampf erschossen zu werden, sagt Adalamar und gestattet sich ein winziges Lächeln, bedeutet für sie, nicht in den Himmel zu kommen.

Sie berichtet von einem Flüchtlingslager im Kurdengebiet hinter der türkischen Grenze. Hier hilft man den Flüchtlingen, das Lagerleben selbst zu organisieren. Sie bilden Komitees und Arbeitseinheiten für alle Aufgaben: Krankenversorgung, Kochen, Sanitäreinrichtungen, Müllentsorgung. Es sind nicht nur Kurden, die aus Kobanê und den umliegenden Dörfern geflohen sind. Jessiden, Christen und Muslime sind dabei. Gemeinsam beraten und entscheiden sie darüber, was zu tun ist. So organisiert, soll auch Kobanê wieder aufgebaut werden. So organisiert ist Rojawa die Keimzelle wirklicher Demokratie in einer Region, in der die kleinen und großen

Mächte sonst versuchen, die einzelnen Volksgruppen und Religionsgemeinschaften gegeneinander auszuspielen. Für strategische Interessen, für Bodenschätze, für Öl.

Es ist still im Saal. Statt in meiner 20:00-Uhr-Nachrichten-Wirklichkeit, die sich aus dem Leid der Welt speist, aber mich zuverlässig paralysiert, meine Bio-Chips zu knabbern, bin ich unversehens unter Menschen geraten, die von dieser Frau hören wollen, dass es eine andere Wirklichkeit gibt.

Als die ersten Zuhörer zu applaudieren beginnen, begreife ich, dass Hacer Adalamar ihren Vortrag beendet hat. Sie lächelt andeutungsweise und beantwortet ein paar Fragen. Aber die Atmosphäre im Saal ist zu sehr aufgeladen mit dem Impuls des Publikums, selbst in den Befreiungskrieg ziehen zu wollen. Die Spannung entlädt sich zuerst an den zwei Tischen rechts: die Frauen beginnen etwas zu rufen, eine rhythmische Phrase, die von immer mehr Männern im Saal aufgegriffen wird. Ich verstehe die Wörter nicht, schaue Jamel an, der aber zuckt mit den Schultern und klatscht weiter im Rhythmus mit den anderen. Zwei alte Männer in braunen Straßenanzügen, laufen mit kleinen blauen Eimerchen durch die Reihen. Die Veranstaltung ist offiziell beendet. Hacer Adalamar steht bei den Tischen der Frauen und hört zu. Eines der Eimerchen kommt in unsere Richtung. Ohne zu zögern taste ich nach der Geldbörse, die Mareile mir geschenkt hat. Als ich dann einen 20-Euro-Schein in den Eimer werfe, bin ich selbst von mir überrascht. Ich schaue kurz ins Gesicht des Alten, aber er zeigt keine Reaktion, sondern hält das schon halb mit Scheinen gefüllte blaue Plastik Jamel hin. Der hält die Hand schon ausgestreckt.

Jamel ist schweigsam als wir wieder auf der Straße sind. Er trägt die Anzugjacke über die linke Schulter geworfen. Seine weißen Hemdsärmel sind hochgekrempelt.
Rüttenscheider Straße?, frage ich knapp. Das ist die Gegend mit den meisten Kneipen und Clubs.
Sicher, sagt er.
Wir nehmen die Straßenbahn vom Berliner Platz aus. Im Schickimicki bestellen wir Cocktails und begaffen die jungen Frauen, die zahlreicher werden, je später es ist. Wir sind beide nicht in der Stimmung zu tanzen, was aber nötig wäre, um mit einer ins Gespräch zu kommen.
Wir gehen in den Krähenwinkel auf der anderen Straßenseite und beginnen den Wodka pur zu trinken. Hier wird nicht getanzt, hier sind fast nur Männer über vierzig, die Musik ist leiser. Nach drei läuft The Ghost Of Tom Joad komplett durch. Ich warte auf Across The Border.
Was war denn nun mit Mehmed Ashlar, dem Araber und dem Kurdischen Kulturverein?, komme ich zurück auf unseren Under-Cover-Einsatz heute, als wir noch nüchtern waren. Jamel muss sich kurz besinnen, zwei neue Wodka kommen gerade, Wirtshände persönlich – wir sitzen an der Theke – räumen die Vorgängergläser ab. Hört der Kerl zu?

Jamel neigt sich mir zu, ich rücke vertraulich näher an ihn heran.
Es war der Sohn.
Der in Berlin?
Er hatte nur einen.
Und?
Ich wispere wie in einem Agentenfilm, was aber mehr an meinen Blutwerten liegt.
Der war freiwillig nach Kobanê, heimlich über die türkische Grenze.
Als IS-Kämpfer?
Ach, Jamel wedelt unbestimmt mit der Linken, Quatsch. Um für die kurdische Seite zu kämpfen. Und dabei ist er dann umgekommen. Kopfschuss. So wird's erzählt.
Ich bedenke das. Wer sein Leben nicht für etwas gibt, der gibt es letztlich für nichts, weiß ich von Sartre. Dennoch. Warum geht ein junger Student so weit in seiner Überzeugung? Ich schaue Jamel an, die Wörter sammeln sich nur langsam auf meiner schweren Zunge. Bevor ich einen Fragesatz zusammen habe, nickt er.
Seine Mutter war Jesidin. Vielleicht spielte das eine Rolle. Und Ashlar muss es gewusst haben. Er rief täglich bei verschiedenen Kulturvereinen an, nur um am Ende zu hören, was zu hören er gefürchtet hatte.
Deshalb das Abschleppseil? Rhetorische Frage. Darauf lief es hinaus. Jamel zuckt mit den Schultern und kippt den Wodka hinunter.

Auf dem Heimweg bin ich so betrunken, dass nur noch Bruchstücke von Erinnerung bleiben. Wir schwanken Richtung Hauptbahnhof. Ich weiß Jamel neben mir. Die Hauptstraße glitzert. Es wird gerade geregnet haben. Erster Herbstregen. Noch ist Nacht, aber bald wird die Morgendämmerung einsetzen. Hoch, die internationale Solidarität!, rufen wir im Chor, wenn man zu zweit im Chor rufen kann, in die sonst menschenleere Häuserschluchten. Und: Tod den Faschisten!
Irgendwo geht ein Licht an, aber wahrscheinlich nicht wegen uns. Ich muss mich übergeben. Ich kotze gegen den Reifen eines großen schwarzen Autos. Hoffentlich ein BMW. Oder eine S-Klasse. Egal, ein bräunlicher Strahl, der nach Wodka riecht, kommt aus mir empor, prallt auf das Hartgummi, und schließlich rinnt alles über die sternförmig zusammenlaufenden Chromstreben der edlen Radkappe. Und ich weiß noch, was einer von uns immer wieder schreit: Glaubst du wirklich, du kannst dich freikaufen mit 20 Euro?

5

Mareile bekam den Job in Gießen. Dabei, sagt sie, war das Vorstellungsgespräch mäßig verlaufen. Noch auf der Zugfahrt zurück ins Ruhrgebiet rief sie an und erzählte mir davon. Ein Dr. Blickel, Leiter des International Office, und zwei seiner Mitarbeiterinnen hätten ihr Fragen gestellt. Was machen Sie, wenn eine Delegation aus Mexiko kommt, aber der Universitätspräsident kann Mexikaner nicht leiden? Sie habe gar nicht gewusst, was antworten. Aber Dr. Blickel hatte sich sofort in sie verguckt. So was merkt Mareile. Ein paar Tage später kam die Zusage.

Was soll ich jetzt machen?
Wir stehen auf der Terrasse, und die Gladiolen blühen.
Nichts. Wer will schon nach Gießen.
Mareile zupft welke Blütenblätter weg.
Wenn man darin spezialisiert ist, Entscheidungen auszuweichen, sollte man nicht darauf vertrauen, bei wichtigen Entscheidungen mitreden zu dürfen. Andererseits war die Wortkombination Entscheidungen treffen auch nicht gerade für Mareile erfunden worden. Sonst wären wir wahrscheinlich nicht seit Jahren zusammen.
Ich muss ja nicht sofort antworten. Gehen wir erstmal in die Abstellkammer.
Ich gucke mir so eine Gladiole genauer an und zucke mit den Achseln.

Eine Woche später ging Mareile auf Wohnungssuche. Ihr Basislager für die Operation Tapferes Schneiderlein (zwei Fliegen mit einer Klappe: nächster Karriereschritt plus Liebhaber in Rufweite) schlug sie in Marburg auf. Dort konnte sie die ersten Tage bei Albert Plotz und seinem Schäferhund Wuschi, alte Bekannte von ihr, unterkommen. So richtig geredet hatten wir nicht mehr über die ganze Angelegenheit. Ich begriff, dass in diesem Fall eine Entscheidung eigentlich gar nicht wirklich nötig war, wenn Dinge passen, dann passen sie eben. Sie nehmen dann ihren Lauf. Nur welchen? Und so lange ich nicht sicher wusste, was alles in meinem Beziehungsleben in Trümmern lag und was nicht, wollte ich nicht riskieren, Unbeschädigtes zu beschädigen. Schließlich hatte Mareile diese unerfindliche Gabe, so liebevoll wie immer zu sein und mir mit entwaffnender Aufrichtigkeit ins Gesicht zu sagen: Ich weiß auch nicht, was ich da mache.

Albert Plotz war Anarchist. Er hätte das selbst nicht so gesagt, stimmt aber trotzdem. Frauen fand er wichtig, aber nur, wenn sie ihn so nahmen, wie sie ihn kennengelernt hatten. Also so, wie er war. Spätere Reklamationen oder Änderungswünsche schloss er aus. Gut, das Rauchen würde er schon gerne aufhören, aber sicher nicht, weil es eine Frau störte. Partnerinnen hatte er durchaus häufig. Immerhin verfügte er über einen soliden Charme, wenn er mit leicht hessischem Akzent erzählte, wie die Polizei wieder einmal seinen Hund aufgegriffen hatte, weil er herrenlos den ganzen Tag durch bessere Viertel gestreunt war, schwankend dabei zwischen gespielter Empörung und allerdings durch die Aussicht auf Geldbuße gedämpfter Belustigung. Mit ihm zusammenziehen wollte allerdings keine seiner Frauen, denn sein Hof, den er in halb verfallenem Zustand preiswert erworben hatte, befand sich noch – und das wohl auch noch länger – in der Konsolidierungsphase. Immerhin gab es mittlerweile warmes Wasser und illegal vom Nachbarn abgedrahteten Strom. Und da Albert ein eher praktischer als theoretischer Anarchist war, legte er auch selbst Leitungen und deckte das Dach und plante, bald mal ein richtiges Badezimmer in Angriff zu nehmen. Er holte Mareile vom Marburger Bahnhof in einem alten VW-Passat ab.

Mit ihrem großen, abgeschabten Hochgebirgsrucksack und ihrer auch mit vierzig noch jugendlichen Hippie-Mädchen-Mentalität passte Mareile auf Alberts Hof eigentlich wie die Hand in den Handschuh. Aber da sie ja nun doch bald Sachbearbeiterin im International Office sein würde und auch nicht wirklich Alberts Typ war (ein Gästezimmer gab es auf seinem Hof auch nicht), waren sich beide einig, dass sie für die Zeit ihrer Wohnungssuche doch eher eine solide Zwischenlösung benötigte. Abgesehen davon, dass Wuschi ein besonders geruchsintensiver Hund war.

Nach ein paar Tagen auf Alberts Hof rief Mareile mich an und verkündete, sie habe nun übergangsweise ein günstiges Zimmer in einer Wohngemeinschaft mit einer sehr netten Frau gefunden. Die Frau hieß Uschi, war Lehrerin und wohnte auch in Marburg. Albert habe sie – Mareile – in seinem Auto hingefahren und sie seien gleich zu dritt was trinken gegangen. Alle

hätten sich den ganzen Abend gut verstanden, sie glaube sogar, da könne was gehen zwischen Albert und Uschi.
Uschi war Hobbyimkerin. Am Telefon erzählte mir Inga vom Honigschleudern. Und dass Uschi vielleicht doch nicht mit Albert zusammen sein wolle.
Und die Wohnungssuche?, wollte ich wissen.
Schwierig, antwortete Mareile.

Die neue Wohnung hatte dann vier Zimmer, einen großen Flur und ein Gäste-WC. 86 Quadratmeter. Am Rande der Innenstadt gelegen, war sie dennoch preiswert, wenn auch kostspieliger als eine kleinere Zwei-Zimmer-Wohnung.
Ich fragte: Und das Haus?
Das sei schön, antwortete Mareile, ein schönes altes Haus, zwei Stockwerke, die Vermieterin, alt und schwerhörig, die neue Wohnung direkt unterm Dach.
Wie viel?
680 Euro.
Soviel brauche ich im ganzen Monat zum Leben.
Ich kann zur Universität laufen. Ist gleich um die Ecke.
Und die vielen Zimmer?
Ich kann ein paar Möbel von den Vormietern übernehmen.
Der Rolator-Grieche kriegt aber keins.
Was?
Kein Zimmer.
Nein, natürlich nicht.
Ich meine, er zieht nicht bei dir ein.

Nein.

Ich stand am Spielfeldrand und sah zu, wie sich alles entwickelte. Mir war meine Rolle nicht klar. Ich würde in diese neue Wohnung kommen, Mareile würde mir die neuen Sachen zeigen, die IKEA-Stühle mit den neuen grünen Sitzkissen für die Küche, die noch nicht zusammengebaute Kommode fürs Schlafzimmer, der große Spiegel im Flur. Da würde ein Werkzeugkoffer stehen, der nicht ihrer ist. Ich würde nicht fragen, wer denn geholfen habe, die ganzen Sachen zu transportieren. Wer denn die noch fehlenden Blenden für die Einbauküche sägen würde. Ich stand mit dem Rücken zum Spielfeld.

6

Drei Studenten verfolgten aufmerksam, wie ich in der Kritik der Praktischen Vernunft blätterte. Zwischendurch fragte ich, was ihrer Meinung nach geschehen würde, wenn der Kategorische Imperativ ins Grundgesetz aufgenommen werden würde. Schließlich sei Kants Philosophie gutbürgerliches Allgemeingut. Sie überlegten lange und einer sagte dann: Das eine sei halt die philosophische Maximalforderung, in der Politik aber ginge es um Kompromisse.
Ich sagte: Das mit der Würde des Menschen stehe aber drin.
Und er: Ja, aber das ändere ja auch nicht wirklich was.

Nach dem Kantseminar im Frühlingsregen zurück nach Hause gefahren. Dann wieder am Kaffeetisch. Durch die Terrassentür schaue ich auf die wenigen Pflanzenkübel, die dort in einer Armlänge Abstand im Halbkreis versammelt sind, damit ich fürs Wässern nicht die ganze Terrasse ablaufen muss. Drüsiges Springkraut blüht noch. Die Passionsblume daneben hat längst die Arbeit eingestellt. Wehmütig erinnere ich mich ihrer obszönen Blüten: drei Fruchtknoten, mit ihren dunklen, fleischigen Lippen, einer menschlichen Vagina durchaus ähnlich, prangen auf einer grünen Säule; darunter, im Kreis angeordnet wie sich verneigende Betende, verharren die fünf gelben Staubgefäße. Die ganze Konstruktion, das

Androgynophor, erhebt sich aus einem Strahlenkranz von fünfzig schwarz-weiß-blauen Staminodien, die wie indianischer Federschmuck aussehen. In ihrer Mitte befindet sich das Nektarium. Unter dieser spreizen sich schließlich, wie eine weiße Sonne, die zwei je fünfblättrigen Ringe von Kelch- und Kronblättern.

Zum Milchkaffee lese ich unbeirrbar Bolaños Die wilden Detektive und höre weiterhin Bruckners achte Sinfonie. Nach ihrem Verklingen bin ich schlagartig todmüde. Ich müsste noch meine Aufzeichnungen fürs Hegel-Seminar durchgehen, denn morgen ist bereits die erste Sitzung, kann mich aber nicht durchringen. Ich lege mich erstmal aufs Bett. In der rastlosen mentalen Fresssucht des Intellektuellen schalte ich den winzigen Radiowecker ein. Deutschlandfunk. Erst läuft irgendwas über Europa und die kindischen Griechen, dann höre ich im Halbschlaf eine Buchvorstellung. Die Sendung heißt Buch der Woche oder Ausgedruckt oder so was. Es geht um ein Buch von Baudrillard. Seine Sätze brechen allen Begriffen alle Knochen und rühren einem die Splitter ins Hirn. Dem zuständigen Redakteur scheint es gut gefallen zu haben. Ich kann nicht mehr liegen und wanke ins Bad. Beim Pinkeln lese ich in meinem aktuellen Klobuch mit dem Titel Antileninistischer Marxismus. Auf meinem Schreibtisch, fällt mir ein, wartet Arh-Zidianes Manuskript. Manchmal frage ich mich, ob ich nicht eine geistige Fastenzeit bräuchte.

Die Nacht über kann ich vor Aufregung nicht schlafen.

Gegen sieben Uhr früh gebe ich auf und koche Kaffee. Mit meinen Notizen für das Hegel-Seminar und in der Hand die Phänomenologie des Geistes, dick wie die Bibel, setze ich mich an den Küchentisch. Gleich die ersten Zeilen meiner Notizen erscheinen mir unverständlich, allenfalls wie die Einleitung zum sicheren Untergang. Schon die Schrift ist schwer zu lesen. Das Sein als umfassendster Begriff, entziffere ich mühsam, aus dem alle Bewegung ihren Anfang nimmt. Leere. Leere in meinem Kopf. Da ist nichts. Nichts ist. Also Sein. Einheit der Gegensätze. Übergang von Sein zum Nichts und wieder zum Sein, denn das Nichts als Begriffenes ist ja nicht mehr Nichts, also doch Sein. Und der Übergang ist ein Werden. Dialektische Bewegung. Na, also. Ich nippe am nicht mehr ganz so heißen Kaffee und schließe kurz die Augen. Wie eine Fieberversion erscheine ich mir selbst, komme in den Seminarraum und nur Reth sitzt da. Er ist mein einziger Student. Er hält mir einen Buntstift hin. Stellen Sie alles auf die Füße und geben ihn mir dann zurück, sagt Reth. Als ich den Buntstift greife, fällt mir auf, dass Reth ja wirklich auf dem Kopf steht. Also mache ich mich daran, alles umzudrehen, Tische, Stühle... Als ich aufwache, ist der Kaffee kalt und meine Notizen liegen auf dem Küchenboden.

Ich gehe duschen. Mein treues Uralthandy zeigt kurz vor neun. Zeit für die Zielgerade: um kurz nach zwölf will ich lässig und gut riechend in den Seminarraum federn, die wissbegierig blitzenden Augenpaare dichtgedrängter Akademikerkinder an meinen Lippen hängend.

Es sind fünf, als ich in den Seminarraum komme. Drei zu viel, sonst könnte ich die Jagd nach dem Absoluten abblasen und säße innerhalb von zehn Minuten mit einem Milchkaffee und sich normalisierender Herzfrequenz in der Cafeteria.
Zwei von ihnen erkenne ich sofort.
Der eine ist Helmut. Jeder Philosophiedozent kennt ihn, manche schätzen seine Semesterzahl auf jetzt bald dreistellig. So gut wie kein philosophisches Thema ist ihm fremd. Er trägt immer ein beige-bräunliches Tweedjacket und unterm Arm eine Ausgabe der Frankfurter Rundschau. In der Cafeteria hat er meist eine Pfeife zwischen den Lippen. In seinen Anfängen war Rauchen noch überall erlaubt, dann wurden in den 90er Jahren die Raucherbereiche eingeführt. Aber Helmuts Tabak brennt gar nicht. Wenn gesagt ist, was gesagt werden konnte, saugt er am leeren Mundstück und taxiert seinen Gesprächspartner, um die Überlegenheit seiner Argumente einwirken zu lassen. Im vertrauten Kreis nennen alle Dozenten Helmut einfach Die Pfeife.
Der andere heißt Thomas Jaskolla, ein großer, stiller Typ, jemand der von Herbst bis Frühjahr Parka trägt, um zu demonstrieren, wie unwichtig Äußerlichkeit sind. Anders als bei Bertmann, dem die Pickel unerschöpflich sprießen, sind Jaskollas Aknevernarbungen im Gesicht vernarbte Erinnerung. Umgestülpte Seelenhaut. Er ist mir durchaus sympathisch, seine Hausarbeiten über Adorno

waren uneitel. Ich denke, beide kommen für Reths Spähabteilung eigentlich nicht in Frage.

Direkt mir gegenüber, erste Reihe und exakt in der Mitte, sitzt ein grauhaariger älterer Herr. Offensichtlich einer von den Rentnern, die als Gasthörer die Philosophievorlesungen bevölkern. Nach 35 Dienstjahren in der Atomaufsichtsbehörde will er sich endlich den wirklich wichtigen Fragen widmen.

In der letzten Reihe (es gibt nur vier) sitzt die einzige Frau. Klein, rothaarig und sehr beschäftigt mit ihrem Notebook und diversen auf dem Tisch verteilten Papieren. Sie wirkt, als wäre sie nur zufällig im Seminar, mehr noch, als finde das Seminar zufällig in dem Raum statt, den sie sich zum Arbeiten ausgesucht hat. Ihr Name ist Marga Strowski, sie schreibt Kolumnen über Gender und Sex, die in der Studentenzeitschrift erscheinen und die ich regelmäßig lese. Ihre letzte hieß Plötzlich wird das Weiche hart.

Und schließlich ist da der Lockenkopf. Kariertes Hemd, Brille. Ich meine ihn schon einmal gesehen zu haben. Die Phänomenologie liegt vor ihm. Aufgeschlagen! Irgendwo Buntstifte? Einen Bleistift hat er in der Hand. Ein bisschen links-alternativ wirkt er schon. Dennoch. Für mich ist er zweifellos Prof. Dr. Reths ausgefahrene Antenne.

Der Raum ist übrigens fensterlos. Hier dem Gedanken an Selbsttötung nachzugehen, erfordert mitgebrachtes Werkzeug oder ein hohes Maß an Phantasie. Hinter mir hängt immer noch – digitale Revolution hin oder her – eine der guten alten dunkelgrünen Wandtafeln. Allerdings fehlt die Kreide, stelle ich fest und drehe mich dann frontal zu meiner Zuhörerschaft, so zwischen Dozententisch und erster Reihe. Na, dann mal los, sage ich mir und unterdrücke ein frisch tönendes Guten Morgen, Elite.

Mein Plan war, zum allgemeinen Lockerwerden mit ein paar Anekdoten zum Thema Hegel und die Frauen anzufangen, aber angesichts der Anwesenheit von Marga Strowski frage ich mich, ob das wirklich eine gute Idee ist. Wahrscheinlich komme ich bald schon in der Überschrift ihrer nächsten Kolumne vor. Zweifelnd lehne ich mich haltsuchend gegen die Härte der Tischkante hinter mir, finde eine annehmbare Position zwischen Sitzen und Stehen und versuche, einen eher beiläufigen Plauderton anzuschlagend, vom berühmten Kanonendonner der Schlacht von Jena und Auerstedt zu erzählen, Die letzten Seiten der Phänomenologie soll Georg Wilhelm Friedrich nachweislich während des abebbenden Gemetzels geschrieben haben. Um den Wirren der französischen Besatzung zu entgehen und weil die Universität, an der er gegen Hörergeldern Vorlesung gehalten hat, längst geschlossen ist, verlässt er Jena. Ein paar Monate später gebiert seine ehemalige Hauswirtin Christiane Burkhardt allerdings ein Kind, das nicht von ihrem Gatten ist. Und auch nicht vom absoluten Geist, sondern vom ehemaligen Untermieter Hegel.

Helmut entlocke ich damit immerhin einen Lacher. Aus der letzten Reihe kommt dagegen ein undefinierbares Geräusch. Ob Marga Strowski die Hegel-Biografie kennt, aus der ich das alberne Zeugs geklaut habe? Bin ich damit in Altherrenpikanterie abgedriftet?

Das uneheliche Kind, Hegels Sohn Ludwig, wird anerkannt, Unterhalt wird gezahlt und nach dem Tod der Mutter wird Ludwig auch in den Hegelschen Haushalt aufgenommen. Als er aber in Berlin acht Groschen unterschlägt, wird er abgeschoben und muss den Mädchennamen seiner Mutter annehmen.

Der Lockenkopf hebt die Hand.

Da ich weiß, was er sagen will, tendiere ich dazu, ihn erstmal zu ignorieren.

Später lässt sich Ludwig von der holländischen Armee anwerben und landet in Indonesien. 1831 stirbt er schließlich auf Java an Malaria, vollende ich.

Die Hand ist immer noch oben.

Ja?

Was hat das alles mit der Phänomenologie des Geistes zu tun?

Einstimmung, sage ich.

Was?

Einstimmung. Ich rede mich warm und stimme das Seminar ein auf unser Thema, ich taste nach Ihren Gehirnmuskeln und lockere sie auf. So was.

Er schweigt, starrt mich an. Dann macht er sich eine Notiz. Für Reth natürlich.

Dann aber sagt Thomas Jaskolla ganz gelassen: Man sollte diesen Ludwig aber auch nicht als Opfer erscheinen lassen. Wahrscheinlich hat er sich anwerben lassen, weil ihn die Aussicht verlockt hat, Eingeborene niederzumetzeln und dabei für sich selbst ein bisschen Beute machen zu können.

Helmut nickt und zückt seine Pfeife. Der Lockenkopf macht sich noch eine Notiz.
Ich greife nach dem Strohhalm. Ja, schon möglich, stimme ich zu. Ich muss an das junge Gesindel denken, das dem Islamischen Staat zuströmt und vom Köpfe abhacken und Sklavinnen halten träumt. Bloß nicht!, ruft meine kleine milchkaffeeverwöhnte Bequemlichkeit aus einem ihrer vielen Ruhewinkelchen. Zurück zu Hegel! Aber ich bin schon drauf und dran, die europäischen Kolonialarmeen des 19. Jahrhunderts und die faschistischen IS-Truppen in Beziehung zu setzen. Noch einmal tief einatmen... da geht die Tür auf, und ich sehe Lilly hereinkommen. Sie lächelt mich an, ein Lächeln, das ihre Verspätung entschuldigen soll. Das schimmernde Grün in ihren braunen Augen erhellt den monadischen Raum wie Sonnenlicht. Während mir kurz die Luft wegbleibt, setzt Lilly sich gleich neben Marga Strowski, quittiert mit einem skeptischen von-oben-nach-unten-Blick.
Mit einem asthmatischen Rasseln in der Stimme ergreife ich das Steuer und reiße es herum: Was verstehen Sie unter dem Begriff SEIN?
Die nächste halbe Stunde gelingt es mir, den Kurs zu halten. Wir kommen vom kritischen Idealismus zum subjektiven Idealismus, zum objektiven Idealismus und schrauben uns schließlich vom objektiven Idealismus zum absoluten Idealismus empor. Der Atomrentner erweist sich als belesen und mitteilsam. Immer wieder meldet er sich, um die großen Leistungen eines Kant, eines Fichte, sogar eines Schleiermacher zu benennen, alles schwimmt in einer verbalen Sauce

aus Ehrfurcht und ehrlicher Begeisterung. Ich werde irgendwie neidisch. Bei seiner nächsten Meldung erteile ich ihm das Wort, indem ich ihn unseren Kenner der Materie nenne, ein, wie ich finde, drolliges Wortspiel, das er aber überhört. Besonders redselig wird er bei Schelling. Schelling! Das Genie! Mit 23 Professor! Entdecker der intellektuellen Anschauung, mittels derer das Göttliche als das Innere allen Lebens geschaut werden kann! Sein Naturbegriff! Werdender Geist! Seine Augen funkeln aufgeregt, er schlägt sich die Brille vom Gesicht, blickt um sich, ob auch alles Göttliche im Raum noch zuhört. Seine Stirn schwitzt. Helmut saugt entzückt an seiner leeren Pfeife.
Dann hebt der Lockenkopf die Hand.
Um mal zum Punkt zu kommen, hebt er an, Schelling war doch philosophisch gesprochen eine Pfeife. (Helmut guckt erschrocken, der Atomrentner wirkt überrumpelt) Wie aus der Pistole geschossen, zitiert der Lockenkopf und macht weiter, so hat Hegel das genannt, wie das Absolute bei Schelling plötzlich auftaucht. Ganz anders dagegen in der Phänomenologie: wie sich der Geist entfaltet, wo er überall in Entwicklung begriffen ist, begriffen, ich sage das mit größtmöglicher Absicht! Überall ist Geist, der zu sich selbst kommen will. Letztlich ist alles Wirklichkeit des Geistes. Das ist es, wovon man uns doch immer ablenken will!
Überall?, sagt Marga Strowski.
Und wer will uns denn ablenken? Wenn doch alles Geist ist? fragt Thomas Jaskolla.
Der Lockenkopf dreht sich nach beiden um, als

vermute er nun doch Quellen der Geistlosigkeit.
Das ist doch gerade die Dialektik! Dass es Widerstände gibt! Der Geist täuscht sich selbst! Bleibt in der Entwicklung behindert!
In der Entwicklung behindert, wiederholt Marga Strowski in ihr Notebook tippend.
Ich finde, es ist an der Zeit, in den Verlauf der Entfaltung der Widersprüche einzugreifen. Ganz neutral natürlich.
Also, sage ich beschwichtigend. Wir müssen uns einer Position erst einmal nachvollziehend nähern, wir sind ja noch vor Marx, der das philosophische Gedröhne vom Absoluten Geist materialistisch einordnen und die Dialektik aus Hegels Verkehrung retten wird.
Stille.
Der Pensionär blättert im Kommentierten Vorlesungsverzeichnis. Der Lockenkopf läuft langsam und gleichmäßig rot an und zischt dann: Der Materialismus ist der Tod des Geistes. Seine absolute Negation! Wo nur noch die physischen Kausalitäten zählen, dort werden letztlich alle Werte von Menschlichkeit geopfert, wie siebzig Jahre Kommunismus beweisen!

Manchmal gibt es im Leben Situationen, in denen der gangbare Weg vor einem liegt, eine ruhige Ebene, das Ziel in erreichbarer Entfernung am Horizont, aber alle Nervenenden schreien danach, sich seitlich ins Gestrüpp zu schlagen, auf der Suche nach neuen Wegen und wahrscheinlich auch anderen Zielen.
Also sage ich nicht, der wirkliche Materialismus sei

dialektisch, und führe diese Wahrheit philosophisch aus, sondern frage den Lockenkopf, an welche Art Werte er überhaupt denke, an die Werte des 19. Jahrhunderts, an den Geist und die Werte des europäischen Kolonialismus? Denke er an den damals berühmten französischen Naturforscher Armand de Quatrefeges, der mit seinen Studien zur Schädelanatomie zu dem Schluss kam, der Neger sei eine intellektuelle Missbildung? Oder an den Geist der Menschenzoos, die es seit den 1870er Jahren in Europa gab, und in denen sich die dichtgedrängten Besucher aus den Kolonien importierte Eingeborene ansehen konnten? Oder später noch den Geist der Pariser Kolonialausstellung 1931, auf der eine aus Neukaledonien beschaffte Gruppe von Kanaken gemeinsam mit exotischen Tieren präsentiert wurde? Oder meine er den Geist, der in Leon Litwacks Buch dokumentiert wird, in dem die Fotografien gesammelt sind, auf denen sich weiße amerikanische Bürger stolz mit gelynchten Schwarzen präsentieren, Fotos auf denen ehrbare Bürger und sogar angesehene Persönlichkeiten neben Leichen posieren, und das alles bis 1965, zwanzig Jahre nach Auschwitz? Die Minderwertigkeit anderer, scheint mir, gehört zum Grundbestand der westlichen Werte, sagte ich und wandte mich noch einmal direkt an den Lockenkopf. Worin besteht also Ihr gegen den Materialismus zu verteidigender Geist?
Marga Strowski meldet sich.
Aber haben wir nicht wenigstens in Europa die Wiederkehr der Barbarei nach 1945 vermieden? Die

Folterkeller? Hier gibt es keine politischen Gefangenen mehr. In Europa zählen die Menschenrechte.
Vielleicht hier, im Auge des Taifuns.
Sie zögert. Wie, bitte?
Ich sagte, ja, aber es ist eine trügerische Idylle. Eine weitgehend befriedete Zone, jenseits derer wir uns genauso eifrig und immer noch bereichern. Warum fliehen denn Menschen und riskieren auf dem Weg nach Europa im Mittelmeer zu ertrinken?
Wir können nicht alle aufnehmen!, behauptet der Lockenkopf. Zeit der offenen Visiere.
Ja, sage ich, die Vorstellung macht dem Angst, der etwas zu verlieren hat. Aber die Frage ist, gehört ihm wirklich, was er zu verlieren fürchtet?
Was soll das heißen? Der Lockenkopf ist kurz davor aufzuspringen.
Ich taste nach meiner Tischkante.
Das soll heißen, bevor wir unsere schöne abendländische Welt und Lebensweise verteidigen, müssen wir uns fragen, auf wessen Kosten wir sie aufgebaut haben, auf Kosten welcher Kulturen, wie vieler Sklaven, wie vieler Toten, wie vieler Ausgebeuteter.
Also gut, meldet sich eine neue Stimme. Es ist Lilly.
Wir sind also im Unrecht. Wir verteidigen, was wir besitzen, weil wir es anderen genommen haben. Aber was wäre jetzt eine realistische Lösung?
Ich nicke. Glaube ich wirklich, angekommen zu sein zwischen den Gräben, auf einer Lichtung zwischen den Monokulturen?
Wunderbare Lilly.

Ich schnappe mir den Sammelband und es gelingt mir, sofort die richtige Stelle zu finden. Es sind die letzten Zeilen. Ich lese sie, auch wenn ich weiß, dass ich damit niemals durchkommen werde, nicht einmal vor mir selbst:

Kurz, die Rettung Europas ist nicht Sache einer Revolution in den Methoden, sondern Sache der Revolution: der Revolution, die die engherzige Tyrannei einer entmenschten Bourgeoisie ersetzen wird durch die Vorherrschaft der einzigen Klasse, die noch einen universalen Auftrag zu erfüllen hat, denn sie allein leidet unter allen universalen Übeln der Geschichte: das Proletariat.

Ich greife meine Tasche, werfe einen blinden Blick auf mein Handydisplay (Ah! Schon so spät!) und rufe in die Stille vor dem Sturm: Soweit als Anregung für die Diskussion nächste Woche!

Und schon bin ich aus dem Raum.

Nach ein paar Schritten hörte ich ihn hinter mir.

Auf ein Wort, Herr Dozent!

Er winkte und eilte. So wie er das Wort Dozent betonte, hätte er auch in sein Stofftaschentuch würgen können. Ich tat ihm nicht den Gefallen, langsamer zu gehen. Aber auch nicht schneller. Er war schon neben mir.

Auf ein Wort!, wiederholte er sich. Ich bin gegen jedwede Gewalt! Gegen alles, was an Gestapo und GULAG erinnert!, spritzte er mir wie mit giftigem Speichel entgegen (der flog tatsächlich in feinen Tröpfchen) und sah mich herausfordernd an.

Eine Überreaktion, psychologisch verständlich,

erklärte ich geradeaus fortschreitend, den Blick nach vorne gerichtet. Allerdings realitätsfern. Wenn auch nicht gänzlich unsympathisch.

Sein Blick – immerhin nicht blutunterlaufen, eher waren das die wässrigen Augen eines übernächtigten NGO-Mitarbeiters, der im Morgengrauen endlich die Fördermittelanträge komplett hat – sein Blick verriet keinerlei Achtung mehr vor meinen intellektuellen Kapazitäten. Offensichtlich überlegte er, ob ein moralisch-politisch so verkommenes Wesen wie ich tatsächlich beanspruchen konnte, sein Philosophiedozent zu sein.

Ich blieb stehen und wir standen nun frontal zueinander.

Sehen Sie, die rein moralische Empörung ist ehrenwert. Aber was ist Ihr Standpunkt? Wessen Interessen dienen Sie damit? Auch wenn es angeblich nur um Wahrheit geht, sollten Sie doch aufdecken, durch wessen Brille Sie auf die Welt blinzeln.

Keine Reaktion. Er guckte, als hätte ich gefurzt.

Egal. Ich war gerade in Stimmung. Von mir aus konnte er gleich danach zu Reth rennen.

Und übrigens, für mich ist die Geschichte nicht ein blutiger Klumpen Irrationalität. Gewalt erscheint uns oft unverständlich, aber die Psychopathen schreiben keine Weltgeschichte, genauso wenig wie sie die Drehbücher der Fernsehkrimis, in denen sie immer wieder auftauchen, selbst schreiben.

Ich nickte ihm zu und ließ ihn stehen.

7

Am Nachmittag briet ich mir ein paar Eier, machte mir den zweiten Milchkaffee des Tages und hörte dabei die achte Sinfonie. Dann trug ich die dunkelblaue Gießkanne ins Bad, stellte sie in die Badewanne und füllte sie mit Wasser. Ich brauchte zwei volle Kannen, um alle Pflanzen zu wässern. Herbstblüher erhielten eine üppigere Wasserration (das gute alte sozialistische Verteilungsprinzip).
Am Abend, kurz vor sieben, ich suchte mir gerade einen Film auf DVD aus, den ich beim Abendessen laufen lassen wollte (Ein Herz im Winter mit Emanuelle Béart), klingelte das Telefon. Display: Almuth. Sie hatte mich seit einem halben Jahr nicht mehr angerufen. Nach ihrer Gesprächsoffensive letztens in der Mensa, war dies ihr zweiter Schritt in Richtung auf eine Normalisierung unserer Bekanntschaft. Keine Frage, was der Anlass war. Sie ließ mich gar nicht erst zu Wort kommen.
Was ist denn in dich gefahren? Erst erzählst du mir, wie das alles nach einer Falle aussieht, und dann stellst du dich am Ende des Seminars hin und rufst, wie Liebknecht von seinem Balkon, die Diktatur des Proletariats aus...
Das war nicht sein Balkon. Und ich habe nichts ausgerufen. Ich habe vorgelesen. Zitiert.
Und das musste sein? Du bist doch selbst nicht überzeugt davon. Warum musstest du so provozieren?
Nicht überzeugt wovon?

Du weißt, wovon ich rede.

Himmel, ich habe aus einem Text zitiert, von der Notwendigkeit einer wirklichen Revolution und dem Proletariat, ohne das es eben nicht geht. Warum regt dich das überhaupt auf?

Ich hörte Almuth ausatmen. Dann, betont sachlich, einem Tonfall, den sie bestimmt für neunmalkluge Erstsemester eingeübt hatte:

Was weißt du denn vom Proletariat? Wann warst du das letzte Mal in einem Großbetrieb? Mal ehrlich. Findest du nicht, es gibt genug Möglichkeiten, sich wirklich für etwas zu engagieren? Und was denn für ein Text?

Immer noch dasselbe. Ich hatte dir während der Zugfahrt nach Berlin davon erzählt. Erinnerst du dich?

Ja, natürlich. Der Vater von diesem Jamel. Das nie fertig gewordene Buch. Triffst du dich noch mit ihm?

Mit dem Vater? Seit er tot ist, selten.

Sehr witzig.

Wir machen öfter was zusammen, ja.

Ich finde ihn unheimlich. Woher war sein Vater? Algerien?

Haiti.

Ach, ja. Merkt man gar nicht. Er wirkt eher wie...

Sizilianischer Mafiosi, schlug ich vor.

Genau. Aber vielleicht ist der ein oder andere weiße Sklavenhalter mit in der Vererbungskette, mutmaßte sie.

Unwahrscheinlich, schon um 1900 gab es in Haiti die erste und übrigens auch einzige erfolgreiche

Sklavenrevolution überhaupt. Schwarze Generäle haben ehemalige Sklaven gegen die französischen Truppen angeführt.

Ja, wusste ich schon.

Ach. Und woher?

Isabel Allende hat ein Buch darüber geschrieben. Ich hab den Titel vergessen.

Wahrscheinlich, dachte ich, hatte so ziemlich jeder außer mir schon davon gehört. Dann fiel mir wieder ein, was mich augenblicklich mehr interessierte.

Sag mal, wer hat dir denn sofort von meinem kleinen Schlusswort erzählt?

Die Grünberg natürlich. Sie fand´s ziemlich amüsant. Sie sagt, du hättest die Revolution verlangt und wärst dann sofort aus dem Raum gelaufen, als wolltest du rechtzeitig am Kennedyplatz sein, wo schon das revolutionäre Proletariat auf dich wartet.

Das waren ihre Worte?

Ja, ziemlich genau so.

Und sie hat es direkt von Reth?

Was weiß ich.

Der Lockenkopf hat jedenfalls sofort Bericht erstattet.

Wer?

Ein Student, der im Seminar war und versucht hat, mich zu provozieren. Von Reth geschickt.

Jedenfalls hast du Reth nicht enttäuscht. Meinen Glückwunsch.

IV. Jede Geburt ist blutig

1

Was wusste ich von Jamel über die Herkunft seines Vaters? Vielleicht fühlte er sich ihm fern, vielleicht zu nah. Vielleicht entdeckte er, wie wir alle, mit zunehmender Distanz von unserer Herkunft, dass da keine Distanz ist. Von seiner Mutter, die er kaum kannte, hat er immer gesprochen wie Ambrosius über die heilige Agnes. Einmal hat er mir einen Silberohrring von ihr gezeigt und behauptet, den trage er immer mit sich. Ein kleiner Reifen mit einem Stern in der Mitte, besetzt mit winzigen Steinen. Das einzige Schmuckstück, das seine Mutter überhaupt je besessen habe.
Kannte er seinen Vater? Da war der Mann zwischen den Zeitungsstapeln und Büchertürmen in der immerwährenden Dämmerung des kleinen dachschrägen Wohnzimmers mit den zwei winzigen Fenstern. Der Mann, der ihm morgens in der Küche begegnete, der ihm Tee aus seiner Thermoskanne einschenkte und manchmal auch ein belegtes Brot

für die Schule mitgab, der es aber lieber hatte, wenn er bei Bastin übernachtete, von wo aus der Schulweg kürzer sei. Und doch hockte dieser Mann in ihm, auch wenn er es lange abgestritten hätte.

Arh-Zidiane war in der Nähe von Belladère geboren, einem Ort in Haiti. Mir kamen bei dem Namen Haiti nur Begriffe wie Armut, Erdbeben, Elend usw. in den Sinn. Ich bin mir nicht einmal sicher, ob ich gewusst hätte, dass Haiti keine Insel, sondern der heutige Name des ehemals französischen Teils der Insel Hispaniola ist. Der andere, einst von der spanischen Krone beherrscht, ist heute die Dominikanische Republik. Doch Haiti, das wusste ich mittlerweile aus seinem Manuskript, war überhaupt die erste Kolonie, die sich die Unabhängigkeit erkämpfte. Mehr als hundert Jahre früher als Algerien.

Die schwarze Bevölkerung des französischen Teils der Insel Hispaniola – damals Saint Dominique – hatte im Jahr 1791 einen Aufstand gegen die Kolonialherrschaft begonnen. Dieser erste bewaffnete und siegreiche Kampf war verbunden mit den Namen Toussaint Louverture, dem Anführer der Aufständischen, und Maurepas, einem ihrer bedeutendsten Generäle. Mit Maurepas scheint sich Arh-Zidiane besonders beschäftigt zu haben. In seinem Manuskript schildert er dessen Erfolge gegenüber den französischen Truppen, die Napoleon Bonaparte über den Atlantik schickte, um auf Saint Dominique die Sklaverei wiederherstellen zu lassen. Maurepas´ Tod ist Arh-Zidiane einen detaillierten Bericht wert: nachdem die französische Militärführung ihn in eine Falle locken und gefangennehmen konnte, wurde er an einen Schiffsmast gebunden, gedemütigt und gefoltert und vor seinen Augen wurden seine Soldaten, seine Frau und seine Kinder ertränkt. Vorsichtshalber.

Ich fragte Jamel, ob er von Ereignissen aus der Familiengeschichte seines Vaters wisse, bevor dieser nach Europa gekommen sei. Was ich mir von solchen Ereignissen verspreche, fragte er zurück, ob ich es nicht für möglich halte, dass sich Leidenschaft und Empörung gegen die europäische Selbstgefälligkeit allein aus dem Studium der Geschichte von Ausbeutung, Unterdrückung und Versklavung speise? Ehrlich gesagt, nein, antwortete ich. Und er: Von fast einer Millionen Schwarzen und Nicht-Weißen auf Santo Domingo haben nur vierhunderttausend den Befreiungskrieg überlebt. Und Frankreich setzte später gegenüber der am 1. Juli 1804 ausgerufenen Republik Haiti eine millionenschwere Entschädigung für den entstandenen wirtschaftlichen Nachteil durch. Und ich: Auch das ist schwer vorstellbar. Und er: Siehst du.

Das war am Anfang des Sommersemesters. Das letzte Semester, in dem Almuth noch braunhaarig war. Jamel hatte mir ein paar Wochen vorher, seine Besuche waren immer regelmäßiger geworden, Besuche die keinen besonderen Anlass mehr brauchten, endlich das Manuskript mitgebracht. Tatsächlich handelte es sich um einen dieser grau-marmorierten uralten Aktenordner mit Metallkanten und einem Runden Loch in der Rückseite. Ohne ein Wort legte er ihn beiläufig auf meinen Schuhschrank und kam zu mir

an den Schreibtisch.
Das ist es?
Gibt´s zur Belohnung was zu trinken?
Ich ignorierte die Frage und ging den Ordner holen. Das Rückenschild war abgerissen, auf dem kleben gebliebenen Papierrest hatte jemand mit Bleistift Ad´i gekritzelt.
Ad´i?
Jamel zuckte mit den Schultern.
Ich brachte den Ordner zum Schreibtisch. Seit vier Monaten hatte Jamel auf jede meiner Nachfragen immer dasselbe geantwortet. Er lese gerade die letzten Seiten. Dann könne ich es haben, so lange ich wolle. Jetzt lag das Ding auf meinem Schreibtisch wie ein gestrandetes Meereswesen ohne Flossen und Beine, das runde Auge vor Schreck geweitet.
Ich wollte eigentlich irgendwas sagen wie: Danke, ich weiß das zu schätzen. Ist schließlich nicht irgendein Manuskript.
Ouzo?
Wir tranken und rauchten im Stehen an der offenen Terrassentür. Draußen war alles feucht vom Aprilregen, aber vielleicht hinderte uns auch die marmorierte Anwesenheit Arh-Zidianes daran, uns entspannt zu setzen. Ich fragte Jamel, ob er noch regelmäßig nach Berlin fahre, Bastin besuchen. Du willst sie kennenlernen? Ja, antwortete ich. Wie wär´s im Juni? Schon mal von Jaques Lacan gehört? Eine der Berliner Universitäten veranstaltet eine Fachtagung zu seinem Werk. Irgendein Jahrestag.
Jamel blickte mich an, Bolaño hätte vielleicht gesagt,

wie ein rettungslos verlorener Prostatapatient. Du willst mich da nicht etwa dabei haben?
Vom Dachrand gegenüber stürzte sich vor unseren Augen eine Taube senkrecht in den Innenhof.
Das würde ich dir nicht zumuten.
Zum Zeichen unseres Einverständnisses ließen wir die Gläser klicken. Eine Kollegin will dahin. Erklärte ich vage. Wenn du auch nach Berlin kommst, zeigst du mir zwischendurch die düsteren Gassen deiner Kindheit. Er zögerte. Juni, mal sehen, sagte er und dann: War dieser Lacan nicht Psychoanalytiker?
Almuth wollte zu dieser Lacan-Sache nicht allein fahren. Ihre Ehegeschichte wurde immer melancholischer, und Mareile würde den ganzen Juni in der Ägäis Kellner küssen. Da hatten Almuth und ich gerade eine Phase, in der unsere alte Vertrautheit miteinander wieder auflebte. Da war es für mich auch kein Hinderungsgrund, dass ich von Lacan nie ein Wort gelesen hatte. Außerdem teilte ich dieses Schicksal ja mit dem überwiegenden Teil der Menschheit. Almuth dagegen hatte Dichtung und Wahrheit in der Neurose und Namen des Vaters mindestens sechsmal auf Französisch durchgearbeitet.

Als Jamel gegangen war, lag das einäugige Strandgut noch immer auf meinem Schreibtisch. Sollte ich es mit der Schuhspitze zurück ins Meer treten? Würde der Wellengang es mitnehmen, wäre es noch schwer genug, um wieder in irgendeine lichtlose Tiefe zu versinken? In welcher Gestalt würde es dann zurückkehren? Ich klappte das Ding auf. Modriger

Papiergeruch stieg mir in die Nase. Die über hundert Blätter waren rau und vergilbt. Schreibmaschine. Wie Vogelmann gesagt hatte. Und dann erst, obwohl ich es vorher schon hätte wissen müssen, ja wusste, war ich im ersten Moment doch wie vor den Kopf gestoßen.

Am Ende meiner Grundschulzeit befand Frau Storp, meine Klassenlehrerin, ein Ausreichend im Unterrichtsfach Lesen und Schreiben rechtfertige keine Empfehlung für den Besuch eines Gymnasiums als weiterführende Schule. Meine Mutter, damals noch nicht so weit, die akademische Fachkompetenz von Lehrern, Ärzten oder Bundespräsidenten in Frage zu stellen, wäre wahrscheinlich auch einverstanden gewesen, hätte Frau Storp eine Ausbildung zum Steineklopfer als nächste pädagogisch gebotene Maßnahme vorgeschlagen. Immerhin wurde es die Realschule. Dort entschied ich mich nach zwei Jahren zwar gegen den mathematisch-naturwissenschaftlichen Zweig, nahm dafür aber sieben Jahre Französischunterricht in Kauf. Ich kassierte halbjährlich mein Ausreichend und verabschiedete Französisch nach dem Wechsel zum Gymnasium in die Abteilung misslungene Bildungsprojekte.
Wollte ich das Manuskript also lesen und nicht nur gelegentlich den Aktenordner auf meinem Schreibtisch betrachten, so standen nun entweder zwei Jahre Abendkurse in Französisch an, oder ich würde jemanden darum bitten müssen, mir die weit über hundert getippten Seiten zu übersetzen.

2

Prof. Dr. Armin Reth war nicht irgendein verschrobener Philosophieprofessor, kein Exemplar der Spezies einsamer Wahrheitssucher in einer Berghütte in den Sinn von Sein vertieft. Armin Reths Steckenpferde waren Risikoabwägung und Ethikkonferenzen, sein Augenmerk als Dekan galt den expansiven Aspekten der universitären Selbstverwaltung: Prestigeerweiterung und Drittmittelerhöhung. Außerdem war er Mitglied in zwei Ethikkommissionen und einem wissenschaftlichen Beirat der Industrie- und Handelskammer.

Widerwillig gebe ich zu, sein scharfer, verschiedene Logiken meisternder Verstand und eine sogenannte eiserne Disziplin waren die hilfreichen Eigenschaften, die Reths akademische Karriere befördert hatten. Wenn ich mich gelegentlich so kurz nach zehn aus dem Bett quälte, kam mir nicht selten der Gedanke, Reth habe nun schon einen Vorsprung von vier Stunden geistiger Tätigkeit inklusive Hometrainer und Vollwertfrühstück. So was kann einen schon in die Kissen zurückwerfen.

An diesem Morgen war Punkt zehn allerdings Reths erste Generalstabssitzung für das große Ereignis anberaumt. Wahrscheinlich standen heute selbst die Reinigungskräfte auf Abruf bereit. Als aktuelle Pausenbeilage des Flurfunks hegte ich die Befürchtung, selbst zur eigentlichen Attraktion des Tages zu avancieren. Vielleicht sollte ich als deeskalierende

Maßnahme mein Lenin-T-Shirt tragen. Tatsächlich war mir unwohl bei dem Gedanken, mich gleich in Reths Circus Maximus zu begeben. Zwanzig vor zehn stieg ich in Zeitlupe aufs Rad, verfluchte meinen Mangel an Selbstdisziplin und hoffte unterwegs auf rettende Sattelschlepper.

Ignatius von Loyola soll einmal gesagt haben, wahrscheinlich während einer Inquisitionssitzung, wenn Gott der Herr gewollt habe, dass die Menschen glücklich lebten, dann hätte er ihnen wohl kaum das Bedürfnis nach Liebe, die Fähigkeit des Fragens und die Sehnsucht nach Veränderung geschenkt. Außerdem beweise allein schon die Geschlechtlichkeit des Menschen, wie wenig Gott vom irdischen Glück und wie viel er von Selbstbeherrschung und Gesetzestreue halte. Natürlich war für Loyola, einem Gegner der Prädestinationslehre, die Freiheit des Menschen die Voraussetzung für seine Unterwerfung.
Freiheit sei also eine bemerkenswerte Eigenschaft, erklärte Bertmann mir, das Käsebrötchen in der Hand, und sicherlich immer der erneuten Zuwendung wert. Wir standen im Flur vor der weit offenen Sekretariatstür. Keine Spur von Frau Grünberg. Lilly hielt die Stellung am PC-Arbeitsplatz hinter der Empfangstheke. Fünf vor zehn. Privatdozent Rudolf Janisch war gerade erst mit minimalem Nicken an uns vorbei ins Sekretariat und dann gleich Richtung Allerheiligstes gefedert. Wir warteten lieber noch auf Almuth.
Bertmann trug ein hellblaues Polohemd. Zwischen

Käse und was einmal Brötchenhälften waren ragte gekräuselt und grün ein Salatblatt heraus. Ein Speicheltröpfchen glänzte in Bertmanns linkem Mundwinkel. Noch immer keine Anspielung auf die Weltrevolution.

Dann ihre Stimme: Kurzes Innehalten direkt vor dem Gipfel, Jungs?

Plötzlich stand Almuth zwischen uns und machte eine Kopfbewegung, die soviel heißen sollte wie: jetzt ist es noch früh genug. Oder vielleicht auch: jetzt ist alles zu spät. Ohne Zögern ging sie voran. Bertmann schaffte es, den Rest Käsebrötchen im Mundraum unterzubringen und folgte ihr. Ich setzte mich in Bewegung, ließ meine Augäpfel über die Theke in Lillys Schoß rollen, aber sie blieb ganz auf den Computerbildschirm konzentriert.

Reth hatte zwei Seminartische in seinen Raum stellen lassen. Sechs Stühle. Ich nahm neben Almuth Platz, die gleich ihren Laptop aufklappte. Armin Reth und seine Getreuen, die Grünberg rechts, Janisch links, saßen uns gegenüber wie die Heilige Dreifaltigkeit. Reth im dunkelblauen Zweireiher, dazu unwirklich weißes Hemd und zartrosa Krawatte. Er begrüßte uns knapp.

Aber was immer ich befürchtet hatte, niemand machte eine Andeutung, keine Erweiterung der Tagesordnung aus besonderem Anlass, nicht einmal einer von Frau Grünbergs skeptischen Blicken, unter denen sich Blattläuse freiwillig von den Blättern ihrer Dahlien stürzten. Nichts. Sie alle hier hatten besseres zu tun, als sich mit mir zu beschäftigen. Ich hätte erleichtert sein sollen.

Ohne Umschweife machte Reth sich daran, die Tagesordnungspunkte abzuarbeiten. Frau Grünberg protokollierte. Pressemitteilung. Pressemappe. Hochglanzausdruck der Selbstdarstellung des Fachbereichs. Würdigung der Lebensleistung des Bundespräsidenten, knapp aber aussagekräftig: Aufrecht in der Diktatur, Aufarbeitung derselben, Vollendung der Einheit. 20 Extrazeilen zum philosophie-historischen Rang und der tagesaktuellen Bedeutung des Vortragsthemas. Janisch übernahm alle inhaltlichen Aufgaben mit feierlichem Ernst, und jedes Mal dankte Reth ihm so ausdrücklich, als habe er inmitten der Völkerschlacht bei Leipzig einen neuen Freund gefunden. Almuth erklärte, sie kenne einen Redakteur bei den Ruhrnachrichten und der kenne die anderen in Frage kommenden Redakteure, überhaupt sei die lokale Presse ja ziemlich eng beieinander, was heißen sollte, so ziemlich alle wichtigen Zeitungen hier gehörten sowieso der Funke Mediengruppe, da lasse sich mit wenig Aufwand große Wirkung erzielen.

Mir entfuhr ein Glucksen, was Reth zu der Frage veranlasste, ob ich denn meine Heiterkeit in den Dienst der Sache stellen wolle und mich verantwortlich erklären könnte für den drucktechnischen Prozess zur Erstellung der Pressemappen. Dankbar, keine inhaltliche Arbeit beitragen zu müssen, erklärte ich, drucktechnische Prozesse zählten keinesfalls zu den ganz schwarzen Löchern in meinen Alltagskompetenzen.

Unser kleines Treffen schien seinen geordneten, auch für mich nicht weiter beunruhigenden Lauf zu nehmen. Selbstredend kam nur Reth selbst für die zentrale Aufgabe in Frage, im Namen des Fachbereichs Philosophie Begrüßungsansprache und Einleitungsrede zu halten. Er wolle da den angemessenen Bogen schlagen. Niemand wagte zu fragen, von wo aus der, wohin eigentlich führen solle. Schließlich wurde Bertmann beauftragt eine studentische Arbeitsgruppe zusammenzustellen, um die Einladungen zu organisieren. So dass ein dem Anlass angemessenes Publikum im Hörsaal gewährleistet sei.

Reth hielt kurz inne, um Bertmann die Gelegenheit zu geben, seine Freude über die willkommene Aufgabe kund zu tun. Frau Grünberg lächelte ihn tippbereit an. Aber Bertmann räusperte sich, signalisierte mit auf der Tischplatte ruhendem Ellbogen außerordentlichen Redebedarf, indem er den Füllfederhalter in die Luft hielt, ganz so, als gedenke er, obwohl er doch schon das Wort habe, etwas außerhalb der üblichen Vorgehensweise zu sagen.

Reth hob eine Augenbraue.

Ich hielt die Luft an.

Nur ein ausgewähltes Publikum?

Reth raschelte mit seinen Papieren. Offensichtlich brauchten die Schallwellen noch einen Moment.

Bertmann nutzte ihn, um in einem Ton, den ich von ihm noch nicht kannte und der gut dafür geeignet war, die Zimmertemperatur um ein paar Grad abzusenken, hinzuzufügen:

Was soll das werden? Kim Jong Uns Gratulationsansprache bei der 4. Kriegsveteranenkonferenz?

Almuth hielt sich, glaube ich, an der Tischplatte fest. Reths Blick war der Blick eines Löwenmännchens, das gerade die besten Teile einer gerissenen Antilope verschlingen will und dabei von einem Rotarschzwergpavian gestört wird.

Dann, mit einem Funken Nachsicht im Blick und einem gläsernen Lächeln, sagte Reth:

Unser lieber Kollege Bertmann, den wir alle wegen seiner unterhaltsamen Art schätzen, weist völlig zurecht auf die besonderen Herausforderungen hin, denen wir uns hier stellen müssen. In diesem Zusammenhang habe ich mich nach Rücksprache mit einem zuständigen Beamten vom Landeskriminalamt dazu, sagen wir, durchringen müssen, den anstehenden Besuch des Bundespräsidenten an diesem Fachbereich nicht als Möglichkeit zum Aggressionsabbau für linksextremistische Randgruppen zu konzipieren, sondern als einen geordneten akademischen Beitrag zum gesellschaftlichen Diskurs.

Janisch gab ein zustimmendes Geräusch von sich, hielt offensichtlich alles für gesagt und lehnte sich mit verschränkten Armen zurück. Bertmann zeichnete mit seinem Füllfederhalter imaginäre Kreise auf die Tischplatte. Ohne aufzublicken erwiderte er, seine Vorstellung akademischer Diskurskultur gründe sich auf breiter gesellschaftlicher Teilhabe. Man könne auch sagen, er sei da demokratischer gesinnt. Und er denke doch, man sollte zumindest allen interessierten

Angehörigen der verschiedenen Fachbereiche die Gelegenheit geben, sich für die Veranstaltung anzumelden. Gewiss seien die Kapazitäten begrenzt, das sei ihm schon klar, man müsse also im Falle zu vieler Anmeldungen auswählen. Er schlage ein Losverfahren vor.
Ich starrte Bertmann an. Dabei wurde ich von Reths jetzt schon in etwas höherer Tonlage vorgetragenen Hinweis unterbrochen, Demokratie sei das eine, die Sicherheit insbesondere eines, wenn er so sagen dürfe, Staatsgastes das andere. Ein Losverfahren komme daher überhaupt nicht in Frage.
Frau Grünberg tippte los, obwohl es nach meinem Verständnis noch nichts zu tippen gab. Ihre Finger auf der Tastatur erzeugten eines dieser leisen Geräusche, die mangels angespannter Stille selten zu hören sind. Bertmann legte mit einem feinen Klacken den Füllfederhalter auf die Tischplatte. Almuth atmete so leise, man hätte sie für im Sitzen verstorben halten können. Und ich fühlte mich bereits wie der letzte Hosenscheißer, als Reth unvermittelt erklärte, zur Stärkung der fachbereichsinternen Demokratie schlage er eine Abstimmung vor. Nicht über ein Losverfahren allerdings, aber vorstellbar wäre ja, eingegangene Anmeldungen nach gewissen sicherheitsrelevanten Kriterien zu bescheiden. Ob er, Bertmann, damit einverstanden sei.
Bertmann war vielleicht zu überrascht von seiner Gnaden Kompromissvorschlag, um nach Art und Inhalt der Kriterien zu fragen, und nickte nur. Ich zählte zur Sicherheit die Anwesenden durch. Damit

würde Reth nicht durchkommen.
Bertmann und Almuth sahen sich fragend an.
Dann wandte Reth sich direkt an mich:
Wie ich sehe, zählt der werte Kollege Hollander schon die Stimmberechtigten. Lobenswert. Dann können Sie ja sozusagen als Wahlbeobachter fungieren. Ich nehme an, sie alle stimmen mir zu, dass Herr Hollander als Honorardozent leider in Fachschaftsangelegenheiten kein Stimmrecht zukommt. Sie ahnen, wie sehr mich das dauert.

Nach der Wahlniederlage verzogen wir uns in die Cafeteria. Wie der traurige Rest einer aufgeriebenen Armee, dachte ich, aber in den Krieg gezogen war ja nur einer von uns. Ich ging die drei Bier holen, Almuth und Bertmann setzten sich an einen Tisch bei den Fenstern.
Als ich mit den offenen Flaschen zu ihnen kam, schien mir, als verstummten sie. Ich verteilte die Flaschen und setzte mich.
Wir tranken schweigend.
Ich hatte Almuth noch nie ein Bier trinken sehen.
Also, Bertmann, was ist nun in Sie gefahren?, sagte ich. Und dann noch das mit Kim Jong Un. Ich meine, Mensch, das war schon großartig.
Er sah mir ein paar Sekunden in die Augen um herauszufinden, ob ich ihn verarschen wolle.
Nein, wirklich, sagte Almuth, gut, dass Sie es wenigstens versucht haben.
Sie warf mir einen kurzen Blick zu. Bertmann machte eine Geste, um die Geringfügigkeit seines

Aufbegehrens anzudeuten.

Reths Vorgehen kam ja nicht wirklich unerwartet, erklärte er, ballte eine kleine Faust und wischte damit einen Schwitzwasserkringel von der Tischplatte. Also habe ich mir gestern das mit Kim Jong Un vorgenommen. Meine Frau meinte aber schon, der Vergleich sei ein bisschen krass.

Seine Frau? Bertmann war verheiratet? Womöglich Kinder?

Ich hatte ihn mir bisher als anti-sexuellen Freak vorgestellt, in allen Rangordnungen tief unter mir dümpelnd.

Na, jedenfalls, Bertmann, setzte ich wieder an, fand aber wieder nicht die richtigen Worte. Ich hätte mich gerne entschuldigt. Für die Rangordnung. Für das Pickelzählen. Für mein Schweigen in Reths Büro. Warum fiel mir das so schwer?

Prost, sagte ich nur und hielt mein Stern-Pils hoch.

Wir hätten Sie natürlich unterstützen müssen, sagte Almuth, das war feige von uns. Entschuldigen Sie.

Ach, Unsinn, murmelte Bertmann und lächelte glücklich.

Ich schaute mich in der Cafeteria um, die halb leer war. Ein paar Studenten in kleinen Gruppen hockten hier und dort an Tischen, bedeckt mit Zetteln, Laptops und Verpackungsmüll. Ein paar einsame Kaffeetrinker spähten hinter Tageszeitungen hervor. Ganz hinten an der Wand mit dem großen Werbeplakat saß Marga Strowski und schaute mich an. Oder vielleicht auch durchs Fenster hinter mir.

Am nächsten Tag, dem zweiten Samstag im Oktober, kurz nach zwölf und immer noch viel zu früh für mein Gefühl, klingelte das Telefon. Tommy Lee stand auf dem Display. Ich saß immerhin schon am Bildschirm, den Milchkaffee zur Seite, und hatte selbst schon davon gelesen.
Hast du´s gehört?, fragte er. Die Schweine haben auf einer Friedensdemonstration in Ankara Bomben gezündet. Über hundert Tote.
Ja. Ich hab´s im Internet gelesen. Mehrere Selbstmordattentäter. Die Zahl der Toten wird noch steigen. Es gibt viele Schwerverletzte.
Der türkische Außenminister hat sich sofort geäußert und messerscharf erkannt, dass es sich ja wohl um einen Terroranschlag handelt. Der Mann ist kompetent. Und dann sagte er allen Ernstes, vielleicht war´s ja die PKK. Dabei haben auch kurdische Organisationen zu der Demonstration aufgerufen.
Der Mann hat halt Phantasie. Mittlerweile heißt´s aber auch, es sähe nach einem Anschlag des IS aus.
Ja. Oder es soll so aussehen, sagte Jamel.
Was? Traust du das den Faschisten nicht zu?
Die Frage ist welchen Faschisten. Erdogan und seinen Höllenhunden von der AKP kommt jede Verschärfung der Situation gelegen. Bald sind die Neuwahlen. Gebt mir die absolute Mehrheit zurück, dann sorge ich wieder für Sicherheit. Ganz egal, wer die Attentäter waren. Aber denk mal nach: Die Bomben sind auf türkischem Staatsgebiet gezündet worden. Es war eine linke Demonstration. Da protokolliert der türkische Geheimdienst jeden Furz

und die türkische Armee zählt noch mal nach. Und dann kommt ein IS-Kämpfer über die syrische Grenze und sprengt sich mitten unter den Demonstranten in die Luft. Hups. Und was ist mit Suruc? Vor ein paar Monaten? Siebenundzwanzig Jugendliche getötet, auf einer Konferenz für den Wiederaufbau Kobanês.
Ich schwieg. Einerseits kam ich mir ziemlich naiv vor, andererseits überlegte ich, was das alles zu bedeuten hatte. Aber Jamel war ohnehin nicht zu stoppen.
Als nächstes werden sie sagen, sie müssen die Türkei verteidigen. Und dann werden sie die Armee schicken, aber nicht wirklich gegen diesen Islamischen Staat. Oder vielleicht machen sie ein paar Luftangriffe auf ihre Stellungen. Wen sie aber eigentlich angreifen werden, das sind die Kurden. Das sind all die Kräfte, die in den Grenzregionen darum kämpfen, sich nicht von der einen oder anderen Barbarei überrollen zu lassen.
Die Türkei ist in der NATO, überlegte ich laut.
Die NATO und die Amerikaner werden der Türkei jedes Recht zusprechen, gegen Terroristen vorzugehen. Und auf unseren Terrorlisten steht immer noch die PKK. Das reicht allemal als Vorwand. Oder glaubst du auf einmal an die westlichen Werte?
Sein Tonfall war irgendwas zwischen gallig und giftig.
Komm wieder runter. Ohne den Westen wären die westlichen Werte schon okay.
Aha.
Und was die Höllenhunde angeht, vielleicht bellen sie auch nur. Wenn Erdogan seine absolute Mehrheit

zurück will, dann muss er vorher gut sichtbar mal richtig mit dem Schwanz wedeln.
Mit dem aus Eisen.
Auf dem eingraviert ist: Wir sind alle Türken oder Terroristen.
Wer nicht für mich ist, ist gegen mich.
So ungefähr.
Bis dahin werden viele bei türkischen Luftangriffen sterben, sagte Jamel. Hoffentlich hast du Recht, und die türkische Armee wird nicht in die Kurdengebiete einmarschieren. Naja, mit soviel Mumm hat Allah unseren Erdogan-Eisenschwanz vermutlich nicht ausgestattet.
Vielleicht, vielleicht auch nicht, dachte ich, wollte ihm aber nicht widersprechen. Ein paar Sekunden sagte keiner von uns beiden ein Wort, dann murmelte Jamel bis bald, klang aber immer noch wie jemand, der zum Platzen voll ist mit Adrenalin, und legte auf. Ich ging ins Bad, ließ Badewasser ein, entkleidete mich und stieg nachdenklich in die Wanne. Um mich abzulenken, masturbierte ich das erste Mal in Gedanken an Marga Strowski.

3

Zwei Wochen vergingen. Rudolf Janisch hatte sämtliche Werbetexte für die Öffentlichkeitsarbeit verfasst, in der zu erwartenden Qualität, gediegen, makellos, sogar Spuren von feinster akademischer Selbstironie waren auszumachen, wenn er über Prof. Dr. Reth schrieb, dieser habe den Fachbereich Philosophie an der hiesigen Universität nicht nur maßgeblich geprägt, sondern sei gewissermaßen mit ihm identisch. In der Mensa fragte ich Almuth beunruhigt, wie viel Reth dann eigentlich dann in uns stecken müsse. Sie sagte, nicht Gott habe den Menschen nach seinem Ebenbild geschaffen, sondern der Mensch Gott. Dann erzählte sie von ihrer erfolgreichen Kontaktaufnahme mit dem Lokalredakteur, der jetzt nur noch auf die Pressemappen warte.
Sind seit gestern im Druck, sagte ich wahrheitsgemäß und befand kauend, alles laufe reibungslos.
Sogar das Hegel-Seminar stabilisierte sich, es erlebte sogar einen kleinen Aufschwung, zumindest was die Teilnehmerzahlen betraf. Wahrscheinlich hatten Gerüchte die Runde gemacht und Schaulustige angelockt, die sich die Wiederholungstaten eines politisch überbelichteten Dozenten nicht entgehen lassen wollten. Der Lockenkopf tauchte allerdings nicht wieder auf. Der Atomrentner blieb an Bord, und immer saß Marga Strowski in der letzten Reihe und tippte.
Auch die zwei Proseminare, Kant am Dienstag, der

Französische Existentialismus am Donnerstag, waren ausreichend besucht, die Philosophieanfänger waren ausreichend motiviert und ich selbst gab mich dem seltenen Gefühl hin, ausreichender Teil eines Ganzen zu sein.

Jamel scheint sich wieder beruhigt zu haben seit unserem letzten Telefongespräch. Er sitzt seit zwei Stunden auf meiner Terrasse und arbeitet an der Ouzo-Flasche. Obwohl der Oktober zu Ende geht, trinken wir nicht, um uns zu wärmen. Ganz im Gegenteil, die Temperaturen sind beinahe sommerlich. Die glänzenden Streifen seines Jogging-Anzugs reflektieren das letzte Sonnenlicht. Wir debattieren über Sex und Religion.
Jede Religion sei lebensfeindlich, leibesfeindlich, sexuell verklemmt, sage ich. Und dann, alles ein Abwasch: Dieser ganze Unfug mit der Unsterblichkeit! Wir sind alle sterblich! Wer das Gegenteil behauptet, will aus dem Leben etwas machen, das der Einförmigkeit des Todes gleicht.
Jamel sieht mich mit diesem Ausdruck an, der mir schon vertraut ist. Sein Gesicht fügt sich zu einer Komposition von Milde und Geduld, so als wolle er dem mit Tomatenketchup besudelten Kleinkind noch einmal in Ruhe etwas erklären. Dabei ist er selbst schon einigermaßen angeschlagen. Alkoholtechnisch. Den Islam eine sexuell verklemmte Religion zu nennen, belehrt er mich, trifft nur teilweise zu. Sicher, sexuell repressiv, und wenn du zu arm bist zum Heiraten, dann besteht wenig Aussicht. Aber

dann wirst du eben IS-Kämpfer. Warum, meinst du, gehen da viele junge Männer hin? Hat sich herumgesprochen: man kann da ungläubige Frauen vergewaltigen. Und denk mal daran, was einem für den Märtyrertod versprochen wird. Der Märtyrer kommt nicht nur ins Paradies. Der kriegt noch die Jungfrauen dazu. Was meinst du, was er im Paradies dann so macht?
Sehe ich ein Leuchten in seinen Araberaugen?
Deflorieren?, frage ich vorsichtig.
Richtig. Und zwar alle.
Ich schütte uns Schnaps nach.
Wieviele genau?
Jamel grinst. Huh. Ein Konvertit.
Er leert sein Glas zur Hälfte. Seine schwarzen Augen verlieren schon den Fokus. Er nennt die Zahl.
Ich nicke betäubt. Warum nur 72?
Sie werden übrigens als glutäugig und vollbrüstig beschrieben. In westlichen Texten werden sie manchmal als Huris übersetzt. Geht da nicht auch dem islamophobesten Hutzelmännlein vor Freude an dem Gleichklang einer ab.
Huris?
Eigentlich al-hūr, die Blendendweißen.
Ich fülle nach. Westliche Angewohnheit.
Und Alkohol? Da oben?
Klar, doch. Weißwein.
Ich will lachen, aber es sammelt sich nur noch Schaum.
Plötzlich ernst sagt Jamel:
Vorher gibt es immerhin Anstrengungen für den

Glauben.
Ich hebe beschwichtigend die Hand, weiß aber nicht, worauf er hinaus will.
Du weißt, was Anstrengungen sind?
Ich schaue ratlos.
Der Koran kennt vier davon: Kampf gegen die eigene Untugend, Eintreten für die Wahrheit, Ringen um die richtige moralische Einstellung, der Griff zum Schwert für die gute Sache.
Ich mache eine unbestimmte Bewegung, mehr ein letztes Zucken.
Jaja, murmelt Jamel. Die haben immerhin einen Plan.
Haben wir den nicht?
Haben wir den?
Ich fülle nach.
Und er:
Was meinst du? Ich könnte mich mit dem Prediger in die Luft sprengen. Wenn er schon mal da ist. Was für eine Gelegenheit. Euer Fachbereich kriegt die ganz große Presse.
Das war beiläufig gesagt, bestimmt spielte auch die Zahl der Schnäpse eine Rolle. Er sah mich an.
Ich werde unseren Prof. Dr. Reth fragen, ob er die ganz große Presse will, sagte ich. Aber sollten wir nicht eher über Istanbul nach Syrien und ein paar Islamisten umbringen?
Er schien das zu bedenken und sagte:
Jeder muss daheim aufräumen.
Auch wieder richtig.
Wir stießen an und lachten. So besoffen waren wir lange nicht mehr.

Und Reth?, dachte ich, fragte aber:
Was würde das denn ändern? So ein toter Bundespräsident?
Jamel nickte. Was würde das ändern? Es wäre ein Zeichen. Immerhin. Und du kennst das doch. Irgendwas frisst einen von Innen auf. Die Tierchen wären dann frei.
Du hast doch gar keinen Sprengstoffgürtel.
Was weißt du, was wir alles in der Asservatenkammer haben.
Jaja. Und die Unschuldigen?
Welche Unschuldigen?
Die Leute drumherum. Die zufällig in der Nähe sind, wenn Mister Zeichensetzer sich in die Luft sprengt.
Na, zufällig, das findet ja nicht in der Bahnhofshalle statt. Alles eine Frage der richtigen Dosierung. Angenommen, man schafft es bis zum Stehpult, dann kriegen die Herrschaften in der ersten Reihe nur ein bisschen Blutsauce aufs Jackett.
Und im Dosieren bist du auch Jahrgangsbester.
Mit Abstand. Drei Kilo dürften schon reichen.
Unsere Gläser waren leer. Ich wollte nicht mehr nachschenken, und er bat mich auch nicht darum.

4

Manchmal, nachts, wache ich von einem Geräusch auf und denke, die Zombies haben mich gefunden. Der Bocor hat sie geschickt. Sie tragen schwarze Uniformen und Ray-Bean-Sonnenbrillen. Die Klingen ihrer Macheten glitzern in der Sonne. Oder es ist die Tante, die mich zurückholen will, damit ich die Latrine putze und ihre Kloake sauber lecke. Dann kann ich nicht wieder einschlafen. In solchen Nächten ist es gut, wenn Matil zu mir kommt. Dann hört das Zittern auf.

Matil ist selten zuhause. Wenn er nicht in der Botschaft ist, hat er oft auch am Abend Verabredungen. Er sagt, die Empfänge und Abendessen seien langweilig. Er sieht nur zu, wie die anderen langsam betrunken werden. Besonders die von der Regierung sind maßlos, aber auch die Europäer. Selbst die aus dem Osten. Derzeit aber ist alles anders. Matil sagt, es liege an der Situation. Die Russen planten auf Kuba ihre Raketen aufzustellen. Und wenn ihr Chef, Matil nennt ihn immer den Totengräber, es wirklich ernst meint, dann gebe es uns bald nicht mehr. Es sei denn, wir kommen rechtzeitig hier weg. Er sagte wir.

Gestern fragte mich Matil, wann mein Geburtstag sei. Ich machte gerade die Küche. Er stand im Türrahmen, die Teetasse in der Hand, und betrachtete mich. Ich sagte, ich wisse es nicht. Wir hätten zwar zusammen

Geburtstagslieder gesungen, aber immer nur für die Kinder der Tante. Lange dachte ich, jemand wie ich habe keinen Geburtstag. Matil schaut mich traurig an. Dann sagte er nur, er brauche ein Datum für die Papiere. Ob mir der 15. August recht sei, das wäre der Unabhängigkeitstag in Indien, dann könne er sich meinen Geburtstag gut merken. Ich hörte mit dem Wischen auf und antwortete, es sei mir eine Ehre, am Unabhängigkeitstag geboren zu sein. Dann fragte ich, in welchem Jahr der denn war. Er lachte und sagte: 1947. Da rechnete ich nach und sagte: also bin ich vor ein paar Tagen fünfzehn geworden. Matil nickte wieder. Herzlichen Glückwunsch, murmelte er und ging in sein Arbeitszimmer. Ich wischte den Küchenboden fertig und machte mich dann ans Abendessen. Heute Abend kommt wieder Monsieur Farrokh zu Besuch. Er ist auch aus Indien. Und der dickste Mann in Haiti. Bastin sagt, fürs Huhn solle ich viel von dem Masala nehmen, das Farrokh uns geschenkt hat.

In Matils Haus ist es immer kühl. Hier gibt es Bäume, die Schatten werfen. Man muss nicht um den Müll herumlaufen, wie in den anderen Vierteln. Und sie haben hier Strom. Die Lampen der Tante brannten mit Kerosin.

Madame Rapeulle zeigte uns heute, wie man sich verhalten muss, wenn die Atomraketen kommen. Wir sind unter die Schultische und haben unsere Köpfe mit den Armen geschützt. Man darf nicht aufschauen.

Miss Rapeulle sagte, wer in den Blitz schaut, wird sofort blind. Das sind alles die Russen schuld. Die wollen die ganze Welt erobern. Das war schon bei Stalin so. Niemand hat sich getraut zu fragen, wer Stalin war.

Nachts höre ich die Trommeln. Wenn ich träume, sehe ich die Tante tanzen. Ich muss ihr das Blut von den Füßen waschen. Die ganze Zeit spricht sie wieder vom Marinette-Bois-Chéche. Von Dessalines. Ich kenne die Namen, weiß aber nicht, was sie bedeuten. Wenn die Füße sauber sind, geht die Tante in ihre Schlafkammer. Ich höre sie singen. Viva la liberté. Aber wenn ich aufwache, liege ich nicht mehr in ihrem Haus und auf gestampftem Lehm.

In der Schule darf nur Französisch gesprochen werden. Wer versehentlich kreolisch spricht, bekommt ein Stück Holz, das Eselszeichen. Man darf es nur weitergeben, wenn ein anderer etwas auf kreolisch sagt. Wer das Eselszeichen hat und der Unterricht ist vorbei, der wird von den anderen geschlagen. Madame Rapeulle schlägt uns nur für die Fehler im Diktat. Drei Fehler, drei Schläge.

Heute muss ich in der Küche eingeschlafen sein. Ich kam erst wieder richtig zu mir, als Bastin mich schüttelte und mir Wasser zu trinken gab. Du hattest das Kartoffelmesser in der Hand. Sie sagte, es sei ihr unheimlich gewesen. Ich schaute auf die Schalen vor mir, die geschälten Kartoffeln im Topf, andere waren auf den Boden gerollt. Ich sammelte sie ein. Mein Kopf war jetzt leicht und klar. Du hast geredet dabei, mit offenen Augen. Wirklich, was habe ich denn geredet?, frage ich. Von den Loas. Von Marinette-Bois-Chéche. Von Baron Samedi. Wirklich?, frage ich wieder. Wer Marinette-Bois-Chéche ist, weiß ich nicht. Palayo hat mir von Baron Samedi erzählt. Den Herrn der Friedhöfe nennt er ihn. In der Schule sitzt er in der letzten Reihe. Palayo, meine ich. Bei der Tante durfte ich auch in die Schule. Aber nur, bis ich ihre Einkaufslisten lesen konnte. Dann nicht mehr. Wozu?, sagte die Tante. Willst du Bürgermeister werden? Oder Minister? Ich erzähle Bastin von Palayo. Sie schaut mich lange an, dann sagt sie: ich habe ein Geburtstagsgeschenk für dich, du hast doch Geburtstag gehabt! Ich bin verwirrt. Der 15. August, erinnere ich mich, der Unabhängigkeitstag. Ja, sagt sie und lächelt. Komm, sagt Bastin, ich gebe dir dein Geschenk.

Heute nacht ist Matil zu mir gekommen. Es hat ein wenig geblutet. Aber er war vorsichtig.

Nach dem Unterricht erzählt Palayo wieder von dem Hoffest. Es ist heute Abend. Wir können in Coca-Cola baden, behauptet er, aber ich glaube ihm nicht. Palayo sagt, ich soll auch kommen, sein älterer Bruder werde aus Santo Domingo kommen. Matil mag die Hoffeste nicht. Palayo mag er schon, auch wenn er ihn immer einen schmutzigen Vorstadtköter nennt. Einmal hat er mich von der Schule abgeholt und Palayo und mir in

der kleinen Bar gegenüber Sandwiches bestellt.
Matil muss heute mit den Amerikanern trinken. Sie sollen ihm von den Raketen erzählen. Die Yankees wissen mehr als wir, sagt er. Vielleicht gehe ich heimlich mit Palayo und bin rechtzeitig wieder zurück.

Heute ist das Viertel von Saline verbrannt. Auf dem Weg zur Schule konnte ich Flammen und Rauch sehen und Leute, die mit ein paar geretteten Sachen vor dem Haus der Salesianer standen. Bastin hat schon davon gehört. Das sind die Macoutes gewesen, sagt sie, die stecken mit den Grundstücksspekulanten unter einer Decke. Ich frage, was Grundstücksspekulanten sind. Was die Macoutes sind, weiß ich. Das sind die Zombies.

Madame Rapeulle fragt, was ist das für ein Symbol da um meinem Hals? Ich antwortete, das ist ein Geschenk. Und? Was bedeutet es? Alle anderen schauten zu mir. Für einen Moment hört man nur den alten Ventilator, wie er mühsam seine Runden dreht. Nichts, sage ich.

Palayo sagt, man kann fünf Dollar für einen Liter Blut bekommen. Er sagt, er weiß, wohin man gehen muss. Von seinem Vater, der jeden Monat geht. Das Blut wird von amerikanischen Labors gekauft. Zusammen laufen wir zur Rue des Césars, wo ein großer Bus am Straßengraben steht. Aber als wir uns anstellen, kommt eine Frau in weißem Kittel und sagt, wir sollen wieder verschwinden, wir sind zu jung.

Den ganzen Tag schon sind alle aufgeregt. Dienstboten kommen und gehen, mehrmals klingelt das Telefon und Monsieur Farrokh von der Botschaft ist dran. Bastin sagt, wenn Matil am Abend heimkehrt, dann hat er wichtige Neuigkeiten. Wir packen Koffer und füllen Kisten. Aber niemand weiß, in welches Land die Regierung ihn schickt. Bastin sagt, wir werden weit weg gehen. Neuseeland. Oder Helsinki. Ich schaue ratlos. Das ist in Finnland, sagt sie dann und lässt einen Riesenstapel orange-roter Kleider in einer Reisekiste verschwinden. Da ist es natürlich immer kalt. Aber du wirst dich daran gewöhnen. Ich komme wirklich mit?, frage ich. Hol dir eine von den kleineren Kisten. Aber pack nur ein, was dir wichtig ist.

Am Abend zeigt uns Matil die Papiere. In ihnen steht, dass ich jetzt der Sohn von Matil und Bastin bin. Geboren am 15. August 1947. Mein Name ist von nun an Martin Arh-Zidiane.
Dann klingelt wieder das Telefon.
Als Matil aufgelegt hat, sagt er: Wir fliegen morgen schon. Nach Berlin.
Das ist Deutschland, sagt Bastin.
Ich schaue wieder ratlos und frage, ob es da auch so kalt ist wie in Finnland.
Ja, antwortet Matil.

V. Wer stirbt, verdient den Tod
Jegor Gaidar

1

Der gebürtige Berliner und Stellvertreter Gottes auf Erden, der junge Kaiser Wilhelm II., war stets bemüht, das Erscheinungsbild seiner Stadt zu verschönern und so seiner würdiger zu gestalten. Neben einer Unzahl von Denkmälern, ließ er Kirchen errichten, vierunddreißig insgesamt. Auch der Kunst widmete Wilhelm sich, erschien höchstselbst auf den Proben seines geliebten Hoftheaters und gab fachlichen Rat. Sein Lieblingsmaler war natürlich Anton von Werner, Träger des Rothen-Adler-Ordens und der Preußen Berichterstatter mit Pinsel.
1904 ließ Wilhelm II. seinem Oberbefehlshaber in Südwestafrika, Lothar von Trotha, den Befehl übermitteln, das Problem mit den Hereros, die für das deutsche Interesse nach Bodenschätzen in ihrem Land

nicht ausreichend Verständnis aufbrachten, endgültig zu lösen. Verschonen sie weder Mann noch Frau noch Kind. Töten Sie alle.
Trotha ließ das Hererovolk in die namibische Wüste treiben, deren Wasserstellen er vorausschauend hatte vergiften lassen.
Der Generalstab in Berlin sprach zustimmend von Rassenkampf.

Jetzt freu´ ich mich erst Recht auf Berlin, sagt Almuth, während der Intercity Spandau hinter sich lässt und auf den Berliner Hauptbahnhof zurollt. Dann springt sie auf, zupft ihren schönen blauen Rock glatt und beginnt, Sachen aus der Gepäckablage zu räumen. Ihren knallroten Rollkoffer hebe ich herunter.
Jamel ist nicht im Zug mit uns, er wohnt nicht in unserem Hotel und natürlich wird er nicht zur Lacan-Tagung kommen. Am Telefon hatte er mir versichert, er werde in Berlin sein, und an unserem ersten Abend, wenn unsere akademische Neugierde gestillt sei, werde er sich glücklich schätzen, Almuth beim Abendessen kennen zu lernen.
Er schlug einen Asian Deli im Prenzlauer Berg ganz in der Nähe unseres Hotels vor.

Die Fachtagung startete um haargenau 10:15 Uhr im Audimax. Ein Professor von der Sorbonne, Robert Micheline, den Almuth sehr zu schätzen erklärte, hielt den Eröffnungsvortrag. Sie hatte zwei Semester in Paris studiert und bei Micheline eine wichtige Semesterarbeit geschrieben. Ich erzählte ihr, ich habe immerhin einmal ein Semester lang eine Vorlesung an der Universität Bochum besucht, worauf sie antwortete, kurz bevor sie vor mir ins Hauptgebäude stürmte, ohne Auslandsaufenthalte könne sie sich gar kein Studium vorstellen.

Leider hielt Micheline seinen Vortrag auf Französisch, und ich verstand kein Wort. Was mir eigentlich egal war. Ich fühlte mich in meine Studienzeit zurückversetzt, mir kamen Vorlesungen von Professor Herz wieder in den Sinn, Nebenfach Germanistik. Herz war ein fürchterlicher Pedant, sprach das Mittelhochdeutsche in all seinen regionalen Variationen, aber seine große Leidenschaft war die Oper. Regelmäßig brachte er sein Abspielgerät für Audiokassetten in die Vorlesung und ließ eine in nur unklarer Verbindung zum Thema stehende Oper erklingen. Dabei vergaß er dann die Zeit, begann selbstvergessen mit dem Dirigieren und glitt in einen so trancehaften Zustand, dass wir schließlich wagen konnten, leise die Schreibflächen hochzuklappen und geduckt aus den Sitzreihen davonzuschleichen.

Applaus herum reißt mich aus meinen Erinnerungen. Leute um mich herum stehen schon. Beim Rausgehen flüsterte ich Almuth ins Ohr, wobei meine Nasenspitze ihr braunes Haar berührt, dass ich mangels Sprachkompetenz keine von Michelines Geistesperlen der Kette meiner Bildungserlebnisse habe auffädeln können. Sie sieht mich an, wie nur schöne Frauen einen eben ansehen, wenn man ihren Erwartungen nicht entspricht.

Obwohl du dich jahrelang mit Sartre beschäftigt hast?

Kaum zu fassen, wie miserabel dein Französisch ist. Sie läuft zielstrebig vor mir ins Foyer, wo die Informations- und Verpflegungsstände stehen.
Es folgt die offizielle Begrüßung der französischen Delegation, ein paar organisatorische Ansprachen und schließlich die Gelegenheit, in einem für Hochschullehrer reservierten Teil der Mensa ein Mittagessen zu bekommen. Wir entscheiden uns gegen die Führung durch die historischen Gebäude der Universität und machen uns auf den Weg zurück ins Hotel. Da es ein sonniger Winternachmittag ist, laufen wir zum Alexanderplatz, vorbei an Zeughaus, Lustgarten und Protzdom. Da sie sich auf das gemeinsame Abendessen eingelassen hat, beginnt Almuth mir auf dem Weg Fragen über Jamel zu stellen.
Seine Mutter kam aus Algerien?
Ja. Du kannst dich mit ihm auf Französisch unterhalten.
Und wo ist er geboren? In Frankreich?
In Berlin. Seine Eltern haben sich hier kennengelernt.
Und er ist bei der Polizei?
Wir sind schon auf dem Alexanderplatz. Almuth überblickt wie ein geübter Fährtensucher das eintönige Gelände und zeigt auf den richtigen Treppenabgang für die U-Bahn-Linie 2.
LKA.
Echt? Findest du das nicht seltsam?
Was?
Dass du dich mit einem Polizeibeamten anfreundest.
Man muss den Staatsapparat beizeiten infiltrieren.
Am Treppenabsatz spielt ein Russe fingerfertig eine

Bach-Toccata auf dem Akkordeon. Almuth zeigt aufs linke Gleis. Richtung Pankow.

In der U-Bahn hängen Monitore, auf denen Kurznachrichten verbreitet werden. Apple verzeichnete im vergangenen Quartal Bargeldreserven in Höhe von 178 Milliarden US-Dollar. Damit würde Apple in der Rangliste der reichsten Länder auf Platz 55 liegen, hinter Neuseeland und knapp vor der Ukraine.

Außerdem ist er kein guter Staatsbürger, sage ich.

Wer?, fragt sie mit Blick auf den CD-Tipp-des-Monats, präsentiert vom Berliner Kurier.

Na, wer wohl.

Die U-Bahn hält am Rosa-Luxemburg-Platz. Zwei junge Männer mit Gitarren und eine Frau, in einer Hand eine Geige, in der anderen den Bogen, steigen ein.

Ein völlig ausgebrannter BVG-Bus stand am Mittwoch am Gendarmenmarkt - was war geschehen? Passanten dachten am Mittwoch, hier sei ein Terroranschlag verübt worden. Doch dann gab es Entwarnung: der Bus wurde für Dreharbeiten dort platziert. Laut Berliner Kurier dreht die Firma Enigma derzeit „Unterm Radar" - ein neuer ARD-Film mit Heino Ferch und Christiane Paul.

Almuth drehte mir das Gesicht zu.

Was ist er dann?

Die Band beginnt zu spielen. Ich erkenne die Melodie von Ghost Riders In The Sky.

Ich wusste nicht, was ich sagen sollte, jedenfalls nicht in wenigen Worten. Vielleicht nicht mal in zehn

Sätzen. Hatte ich bisher nicht darüber nachgedacht? Die U-Bahn hielt wieder.

Almuth lacht. Senefelder Platz. Wir müssen hier raus. Als wir die leere Hotellobby betreten, sage ich formelhaft, als wären es Sätze, die man immer beim Betreten von Hotellobbies ausspricht: Er ist nichts anderes. Er weiß es nur nicht.

Wir nehmen die Treppe. Irgendjemand hier hat ein Faible für Grün. Im ganzen Hotel scheinen die Teppiche und Tapeten, Bettbezüge und Vorhänge smaragdgrün zu sein, als Kontrastfarbe dient hin und wieder Aubergine, zum Beispiel für Klobrillen und Eierlöffel.

Ich frag ihn dann beim Essen selbst mal. Wird bestimmt ein lustiger Abend, sagt Almuth.

Sie ist schon an ihrer Zimmertür und steckt den Schlüssel ins Schloss. Sie hält inne und sieht mich an. Einen Moment erwartet ich, sie werde fragen, warum wir eigentlich zwei getrennte Einzelzimmer haben.

Wir müssen nur eine Station mit der U-Bahn, erklärt sie mir stattdessen. Es reicht, wenn wir und uns in einer Stunde in der Lobby treffen.

Die Türschlösser klacken und wir nicken uns zu.

Jamel stand auf, als wir an die zwei zusammengerückten rechteckigen Tischchen traten. Er breitete die Arme aus, schlug mir dann aber auf die Schulter und griff nach Almuths Hand.

Wie schön, Sie endlich kennenzulernen, schnurrte er in genau der richtigen Lautstärke und lächelte wie der junge Tommy Lee Jones in Nur der Tod ist umsonst.

Jetzt noch ein Handkuss und ich würde ihn für den Goldenen Bären vormerken. Zugegeben, er sah gut aus in seinem diesmal dunkelblauen Anzug. Ich guckte, ob Almuths Wangen Anzeichen von Errötung zeigten.
Wir setzten uns Jamel gegenüber auf harte Hocker. Aus einer kleinen Kanne schüttet er sich Tee in ein winziges Tässchen nach. Wortlos stellte ältere Asiatin ein Körbchen mit Servietten und Stäbchen zwischen uns und legte drei Speisekarten dazu. Wir bestellten Ingwertee. Sie nickte und war schon wieder verschwunden.
Berliner Freundlichkeit, sagte Jamel und hielt mit seinen in der gedämpften Beleuchtung schwarzen Augen Kontakt mit Almuths Rehblick. Ohne wegzuschauen fragte sie:
Kommen Sie nicht auch aus Berlin?
Ich bin hier geboren.
Er nahm, ohne hinzusehen, eine Speisekarte.
Und Sie?
Bielefeld. Almuth griff nach einer der anderen Karten.
Können Sie was empfehlen?
Er schaute sie wieder an, sie schaute wieder zurück.
Knusprige Hähnchenschenkel.
Fußballreporter sagten dazu früher: Abtastphase. Passender war vielleicht: Zwei Raubkatzen begegnen sich auf einer Urwaldlichtung und umkreisen sich. Ich wollte gerade sagen, ich sterbe für Kokosmilch und rote Currysauce, da kam die Asiatin mit den Getränken.
Ich bestellte Pho Bo, Almuth Pho Ga. Jamel bat um

Kapan mit Tofu. Die Asiatin nickte zufrieden.
Ich bin in Berlin auf die Polizeischule gegangen, sagte Jamel zu meiner Überraschung, in einem Ton als habe er in der letzten halben Stunde schon ausführlich von früher Kindheit und halsbrecherischer Pubertät erzählt.
Almuth machte ein aufmunterndes Ah.
Mir schien, Jamel überlegte, ob er einen Fehler machte.
Dann fiel mir auf, sagte er, dass diese Stadt für mich eine Art Käfig ist. Ich wollte kein Leben führen mit dieser täglichen Frage: gehst du heute endlich wieder zu ihren Gräbern? Also bin ich zum Studium weg von hier.
Ich rührte geräuschvoll in meinen Ingwerstäbchen.
Wo studiert man, um Mörder jagen zu können?, fragte Almuth.
Fachhochschule für öffentliche Verwaltung, erwiderte Jamel trocken, man erwirbt einen Bachelor of Arts für den Polizeivollzugsdienst.
Ach, machte Almuth amüsiert, und dann ist man Kriminal-kommissar?
Kriminalkommissaranwärter.
Mordkommission?
Nicht sofort, aber ja, Mordkommission. Und der erste Fall war der von der Presse sogenannte Pferdemädchenmord.
Oh, machte Almuth.
Oh nein, sagte ich, eine Hand theatralisch vor Stirn und Augen gehoben. Glaub ihm kein Wort, seine Mordfälle schildert er immer sehr kreativ.

Um so besser, sagte Almuth, was war an dem Pferdemädchenmord so besonders?

Also... Jamels Blick signalisiert uns: keine Sorge, alles Fakten, ...die Zeitungen im Ruhrgebiet waren damals voll davon. Nicht weil der Mord selbst spektakulär war, mehr wegen der Hintergründe. Obwohl, jemanden erwürgen sind schon zehn Minuten harte Arbeit.

Wir nickten, als ob wir das nur bestätigen könnten.

Das Opfer war eine junge Frau. Ihre Leiche wurde in der Nähe eines Pferdehofs gefunden. Der gehörte ihrer Schwiegermutter. Und dann gab´s noch den Sohn, also ihr Ehemann, und dessen neue Geliebte.

Man wollte Platz schaffen?

Nein, das Pferdemädchen hatte Hof und Mann schon verlassen.

Natürlich musste Jamel erstmal am Tee nippen. Dann, leicht vorgebeugt und konspirativ:

Bei den Ermittlungen stellte sich heraus, dass auf ihren Namen sieben Risikolebensversicherungen abgeschlossen waren. Nur eine davon von ihr selbst.

So was geht?, fragte Almuth.

Die gesprächige Asiatin brachte unser Essen.

Jamel nahm zwei Stäbchen, legte beide wieder zurück, griff zur Gabel.

2,1 Millionen war ihr Leben wert. Also tagte gelegentlich der kleine Familienrat und kurz darauf kam es zum ersten Mordversuch: dem Pferdemädchen wurde die Mistgabel mit einem abisolierten Kabel unter Strom gesetzt. Das Ding hatte allerdings einen Holzstiel, der natürlich nicht leitete. Danach

versuchte es die Schwiegermutter mit einem Messer, das sie ihr im Wohnhaus in den Rücken stoßen wollte, aber das Pferdemädchen wehrte sich erfolgreich. Die Schwiegermutter zerschnitt ihr zwar im Kampf die Hände, gab dann aber auf und simulierte einen Anfall von Bewusstseinsstörung. Obwohl die Schwiegertochter Anzeige erstattete, blieb die Schwiegermutter frei. Kein Tatmotiv.
Das gibt´s doch nicht, murmelte Almuth.
So war es wirklich. Natürlich verließ das Pferdemädchen aus Angst vor der Schwiegermutter den Hof. Danach wurde ein Auftragsmörder engagiert, ein Kerl, den der Bruder der Geliebten aus seiner Gefängniszeit kannte. Der Mann des Pferdemädchens gab sich scheinheilig, konnte sie zu einem Treffen am Ruhrufer überreden, keine 500 Meter vom Hof entfernt. Dort wurde sie dann erwürgt. Schwiegermutter, Sohn und Geliebte gestehen später sogar, zugesehen zu haben.
Habgier, stellte Almuth sachlich fest.
Habgier und Blödheit, sagte ich, wie konnten die nur glauben, mit so was durchzukommen?
Ivan Boesky glaubte auch, er kommt mit allem durch, merkte Almuth an. Und er hat jedem, der es hören wollte versichert, es ist gut, wenn man habgierig ist.
Ivan wer?, fragte ich.
Boesky, antwortete Almuth. Ein Börsenspekulant, in den 80ern. Viel bewundert. Wurde natürlich auch Ivan der Schreckliche genannt. Bevor Ivan Boesky wegen Insidergeschäfte eine Strafe von 100 Millionen Dollar zahlen und für drei Jahre ins Gefängnis

musste, wurde ihm noch eine Transaktion erlaubt. Er verkaufte Aktienpakete, was ihm 400 Millionen Dollar einbrachte.

Man muss halt was riskieren, sagte ich.

Man muss die Regeln kennen, dann ist der Rest Risikokalkulation, sagte Jamel.

Das klingt jetzt nicht wie ein guter Polizist, sagte Almuth.

Oh, tut mir leid, antwortete Jamel, aber der Rechtsstaat war ja nicht gefährdet. Aktive Habgier ist immer noch nicht verboten.

Almuth blickte ihn kauend an.

Nur in den Weltreligion zählt Habsucht zu den schwersten Verfehlungen, sagte er.

Ach ja, spricht jetzt der große Islamexperte?

Islam, Christentum, Judentum, egal, alle sind sich da einig.

Und Sie meinen, man könnte Habgier verbieten? Per Gesetz?

Man muss sie nicht erlauben. Denken Sie an das Zinsverbot. Aber Sie haben recht, welche Aussicht hat der Versuch, einer Zivilisation zu raten, sie möge ihren Antriebskräften abschwören: Expansion, Ausplünderung, Konkurrenzkampf?

Er lächelte jetzt, fast entschuldigend, wie ein Dompteur, der sich fragt, ob die Raubtiere heute denn mitspielen werden.

Verstehe, sagte Almuth zögernd.

Andererseits, sagte Jamel, vielleicht leben wir in einer Zeit, in der sich Veränderungen anbahnen. Europa ist ein Pygmalion, dem seine geliebte Statue bröckelt. Als Kontinent der Kolonialmächte hat es die Welt behandelt wie einen Selbstbedienungsladen. An der Seite der USA ist es geduckt mitgelaufen, um die abfallenden Brocken zu schnappen. Und jetzt scheint das Chaos vor seiner Haustür perfekt.

Draußen schlenderten die nachtschwärmenden Touristen vorbei, immer auf der Suche nach einem Restaurant oder einer netten Bar. Bunte Lichter fielen auf die winterkahlen Straßenbäume vor den hübschen Altbaufassaden.

Jamel nippte wieder an seinem Teetässchen, sagte:

Die Menschen bleiben nicht in Flüchtlingslagern, wenn sie nicht mehr auf Rückkehr hoffen können. Sie ziehen weiter. Über Griechenland Richtung Westen. Viele werden es zwar nicht so weit schaffen, aber nicht alle versinken mit klapprigen und überfüllten Booten, die ihnen die Schlepper organisiert haben. Oder ersticken in irgendwelchen Kühllastern, die nur für Rinderhälften gedacht waren.

Almuth kriegte endlich einen Ingwerraspel zu packen und biss ihn halb durch.

Ja, schrecklich, sagte sie, offensichtlich unschlüssig, ob sie wirklich wissen wollte, worauf das alles hinauslaufe. Man muss natürlich alles tun, damit nicht noch mehr Menschen auf ihrer Flucht umkommen. Aber Europa wird sich schwer tun mit so vielen Flüchtlingen. Es brannten schon so oft Asylantenheime in Deutschland.

In Sachsen hat die CDU schon immer lieber die Antifaschisten und nicht die Neonazis bekämpft, stimmte ich Almuth zu, und wie sich erst die ungarische

Regierung schon auf muslimische Flüchtlinge freut.
Ach was, widersprach Jamel, in Deutschland werden die Flüchtlinge mit offenen Armen empfangen, mit Luftballons an den Bahnhöfen. Deutschland wird seine Willkommenskultur entdecken. Die Medien müssen nur rechtzeitig mitziehen.
Ich guckte zweifelnd. Almuth brachte ein skeptisches also, ich weiß nicht zustande und biss ihrer letzten Garnele ein bisschen was ab.
Und die Bildzeitung wird eine Extrabeilage auf Arabisch machen, sagte Jamel vollkommen ernsthaft. Jetzt musste ich lachen. Warum sollten die Medien mitziehen, allen voran die BILD-Zeitung?
Der Bundespräsident wird sagen, Deutschland sei endgültig aus dem Dunkel ins Licht gewandelt, fuhr er ungerührt fort.
Sicher, und überall in der Welt reibt man sich die Augen und man gratuliert uns, die letzten Schuldscheine aus der Finsternis des Dritten Reichs eingelöst zu haben.
So wird es kommen, sagte Jamel noch immer ohne jeden ironischen Unterton.
Ihr spinnt komplett, vermutete Almuth.
Jamel zuckte mit den Achseln.
Vielleicht, sagte er, aber betont die deutsche Wirtschaft nicht immer wieder, man könnte schon ein paar gut ausgebildete Facharbeiter brauchen. Das sind schließlich erstmal nicht die Ärmsten der Armen, die da kommen, das sind Leute, die ein kleines Vermögen für ihre Flucht gezahlt haben und in Syrien eine gesicherte Existenz hatten.
Gib ihnen Arbeit, und es sähe sogar noch nach

Nächstenliebe aus, steuerte ich bei.
Das ist doch an den Haaren herbeigezogen, beharrte Almuth.
Gut, lenkte Jamel ein, dann ist es eben nur Nächstenliebe.
Oder eine US-Kampagne, schlug ich vor, Flüchtlingsströme auslösen, Refugees-Welcome-Aufkleber verteilen und die Wirtschaftsmacht Europa so destabilisieren. Und Merkel ist eigentlich eine US-Agentin.
Und das abgehörte Kanzlerhandy?, warf Jamel ein.
Tarnung, entschied ich.
Ja sicher, stöhnte Almuth.

2

Glaubst du an den Kommunismus?, will Jamel wissen. Die Frage klingt, als habe er sie schon länger stellen wollen. Es ist Freitagabend, unser zweiter Tag in Berlin. Wir laufen gerade über die Jannowitzbrücke, auf der anderen Straßenseite kann man die chinesische Botschaft sehen.
Wahrscheinlich nicht ganz so fest wie die KP China, mutmaße ich. Ich bin mir unsicher, was Jamel will.
Und vergiss nicht, rufe ich ihm zu, den Kommunisten darf man nicht einmal glauben, wenn sie die Wahrheit sagen.
Es ist noch früh am Freitagabend. Wir laufen von der S-Bahn-Station zu einem Geheimtipp in der Köpenicker Straße, ein fränkisches Lokal, das zu besuchen Almuths Idee war. Aber dann klingelte in letzter Minute ihr Handy. Wir standen schon im Foyer, als sie mir mitteilte, sie könne unmöglich eine Einladung für das offizielle Abendessen mit der französischen Delegation ausschlagen. Vielleicht komme sie noch nach.
Auf dem Rückweg gestern ins Hotel, nach dem gemeinsamen Abendessen mit Jamel, wirkte sie verstimmt. Sie mag an sich selbst, Menschen gut einschätzen zu können. Natürlich sind Menschen komplex, ich will da nicht vereinfachen, aber jeder hat eine Hauptseite. In diesem Fall schien ihr die Hauptseite nicht zu gefallen. Der Mann ist eine Zeitbombe. Wie, bitte? Ach, vergiss es. Wie meinst

du das? Vergiss es, ich bin müde.
Natürlich will ich auch Jamel fragen, wie er Almuth findet, so als Mensch, geistige Qualitäten et cetera, aber da dreht er sich zu mir, die Hände beim Laufen in die Hosentaschen gestemmt, und fragt:
Wie weit geht deine Entschlossenheit eigentlich? Du bist doch der theoretische Typ. Ich meine, was gesellschaftliches Handeln angeht.
Danke. Wie du schon sagtest.
Ich mache das beleidigte Gesicht, das mir als Kleinbürger, Schreibtischrevolutionär und Erkenntnisjäger zusteht. Ich bewege mich ungern in der wirklichen Welt, antworte ich, würde aber gern an ihr rütteln.
Am Sage-Club biegen wir links in die Köpenicker Straße ein. Die Kreuzung ist weitläufig und überaus hässlich.
Ich versuche, den Lärm der LKWs zu übertönen, und schreie:
Und du, Fidel? Bist du wirklich zu allem entschlossen und so gefährlich, wie alle denken?
Er grinst und nickt. Dann sind wir da. Im Frankenland. Draußen gibt es ein beheiztes Zelt. Das soll die Gäste in Oktoberfeststimmung versetzen. Wir bleiben im eigentlichen Lokal, an einem Tisch nicht weit von der Theke, bestellen Nürnberger Würstchen mit Sauerkraut und immer wieder Hochmoorgeist. Die ersten Runden serviert der Wirt noch brennend im Glas. In seinem Trachtenhemd und mit Backenbart wirkt er auf dem ersten Blick wie dem unterfränkischen Dorfleben entsprungen.

Aber sein rollendes R ist antrainiert. Im Laufe des Abends gibt er zu, aus Braunschweig zu kommen und gelangt zu der zutreffenden Einschätzung, dass uns Flambiervorgänge wenig beeindrucken. Also bringt er den Kräuterlikör ohne Firlefanz. Ist halt für die Berlin-Touristen. Seine Stimme klingt konspirativ gedämpft, als ob wir keine wären. Jeder braucht hier seine Nische, sagt er. Wir nicken verständnisvoll, wie man nickt, wenn jemand von den Beschwerlichkeiten einer langwierigen und fiesen Erkrankung im Schambereich nicht allzu ausführlich reden, sie aber auch nicht unerwähnt lassen will.

Irgendwann muss ich aufs Klo. Mit einer gewissen Mühe, das Hochmoorzeugs hat immerhin 56%, stehe ich auf, klettere zwei Treppen runter ins Kellergewölbe und entdecke eine Tür mit diesem seltsamen Zeichen fürs Geschlecht. Kreis mit Kreuz unten dran. Das habe ich seit meiner Studienzeit nicht mehr an Toilettentüren gesehen. Kreuz unten dran, erinnere ich mich, bedeutet Frauenklo. Die Assoziation damals war, erinnere ich mich auch, Kreuz-gleich-Pimmel-gleich-Frauen, das Ganze sozusagen mathematisch mal minus eins. Schon etwas beeinträchtigt vom Hochmoorgeist suche ich die Tür mit Kreis und Pfeil. Mir fällt sogar der Gott des Krieges wieder ein, der alten Mars. Der Kreis ist sein Schild und der Pfeil, na ja, der Pfeil eben. Als ich so pinkelnd dastehe und über Mars und Venus nachdenke, fallen mir die bunten Bildchen am Kondomautomat neben den Urinalen auf. So was gibt's also auch noch. Die ersten zwei Bildchen zeigen Kondome, mit und ohne Noppen.

Dann kommt eine Art benoppte Röhre, oben offen. Für die dauerhafte Erektion. Das vierte Angebot ist dann doch etwas seltsam. Travel Pussy. Das Bild dazu zeigt ein fleischfarbenes Etwas. Vier Euro. Leider habe ich kein Kleingeld dabei. Interessiert bin ich aber schon, wie so eine Travel Pussy aussieht.
Schon komisch, murmelt Jamel, noch bevor ich irgendwas über die Welt der Kondomautomaten sagen kann, und hält mir das halbvolle Glas zum Anstoßen hin.
Wir reden immer noch über Gott. So als wüssten wir, was das sein soll.
Reden wir über Gott?
Wir stoßen an, trinken, entzünden Lucky Strikes, die er unterwegs im Spätverkauf besorgt hat.
Wir nicht. Oder eher selten. Aber überleg´ mal...
Ich überlege und sage: Auf Deutschlandradio gibt´s diese Sendungen, christlicher Gottesdienst am Sonntagvormittag oder täglich die Morgenandacht.
Er nickt, winkt dem Wirt zu.
Und wie selbstverständlich erscheinen diese infantilen Vorstellungen da. Als grundiere die Dreifaltigkeit unseren Reden und Handeln. Von wegen Religion im Alltag. Da musst du nicht erst nach Saudi-Arabien fahren und dir die Amputierten anschauen.
Und das Wort-zum-Sonntag auf ARD, ergänze ich.
Und der Kirchentag, ergänzt er.
Und die CDU.
Und ein Pfarrer ist Bundespräsidenten.
Sicher, Gott ist ein öffentliches Thema, sage ich, Gott ist gerne das, was den anderen fehlt. Oder

nützlich ist. Wem die Angst nützt, der zitiert aus der Offenbarung des Johannes: Engel mit Schwerter, Heuschrecken in Rüstungen, Massentötungen. Wer sein Gewaltmonopol schützen will, der bevorzugt allerdings die Bergpredigt. Love is all you need.
Aber was wissen wir nun wirklich?, beharrte Jamel, Tausende Jahre religiöser Traditionen, philosophischer Abhandlungen, inquisitorischer Maßnahmen bis zu öffentlichen Debatten, ob man Mohammed nun mit oder ohne Sprengstoffgürtel darstellen sollte. Und was ist die Grundlage? So ein Gefühl, dass doch nicht alles zufällig sein kann. Dass da doch nicht Nichts sein kann. Dass wir alle aus einem großen blutigen Schoß gekrochen sind. Und was wissen wir?
Der Wirt bringt die nächste Runde und sagt ganz ohne fränkischen Zusatz: Die Moslems sind ja alle verrückt. Genau so wie früher die Christen.
Wann denn, früher?, will Jamel wissen.
Na, im Mittelalter, da mit den Kreuzzügen und den Hexen, die sie verbrannt haben.
Und danach?
Dann kam der Luther. Und so einen gab´s bei den Moslems eben nicht.
Wir schauen ihn an, als habe er uns seine Hämorrhoiden gezeigt.
Dann auf den alten Luther und den Protestantismus!, ruft Jamel viel zu laut und reckt den Hochmoorgeist.

Schließlich ist es weit nach Mitternacht. Ich habe Almuth versprochen, mit ihr am Frühstücksbuffet zu sein. Jamel zieht eine schmale Geldbörse aus

dem Jackett und wedelt damit in Richtung Theke. Das Signal, uns nicht noch zwei Hirnerweicher, sondern besser die Rechnung zu bringen. Nach ein paar Minuten kommt nicht der Wirt, sondern eine Kellnerin, die wir noch nie gesehen haben. Ich schaue sie an, während Jamel konzentriert Scheine und Münzen auf die unfränkisch blau-weiß gerautete Tischdecke stapelt.
Vor dem Lokal erinnert er mich an meine Verabredung am Sonntag. Bastin erwartet dich, sie freut sich auf das Kennenlernen.
Wir stehen kurz in der Abendkühle, atmen. Ja, sage ich, ich auch.
Die Luft draußen ist mir angenehm. Ich nehme mich deutlicher wahr, meinen Körper, seine organische Existenz --- aber auch wie viel Blutalkohol schon in mir kreist. Morgen früh werde ich mir wieder schwören: nie wieder Schnaps und Zigaretten. Auch wenn Selbstzerstörung der letzte Akt der Freiheit ist. Was sage ich, der letzte und allerhöchste.

3

Darf ich Sie beim Vornamen nennen? Jürg? Kommen Sie herein, nein, lassen Sie die Schuhe an, diese Altbauwohnungen sind fußkalt. Hier entlang. Den Flur ganz durch. Die Küche ist hinten links. Ja, die Küche, ich habe den Tee schon fertig. Und dort können wir rauchen. Es sollte sie nicht verwundern, ich habe mein Leben lang geraucht. Sollte es mich umbringen, so weiß ich wenigstens, warum. Wozu länger leben als notwendig? Um die Not zu wenden, sagte mein Vater immer, Jürg, ja hier, setzen sie sich ans Fenster, in die Nachmittagssonne. Ich habe Kaffee gemacht, seien Sie nicht enttäuscht, wenn Sie indischen Gewürztee erwartet haben. Wir haben damals immer Kaffee getrunken. In Pondicherry. Das ist weit im Süden. Eine Enklave an der Küste Madras, damals, heute nennen sie es Tamil Nadu. Dort bin ich aufgewachsen, in Pondichery. Auch der Name der Stadt hat sich verändert. Sie gehörte zu den französischen Besitzungen. Die meisten Leute denken bei Indien nicht an Frankreich, sie denken an die britische Herrschaft, manche vielleicht noch an das portugiesische Goa. Aber es gab auch französische Kolonien. Chandannagar im Norden, Pondicherry im Süden.
Milch? Nehmen Sie Milch?
Als Indien 1947 unabhängig wurde, haben sich die meisten französischen Besitzungen dafür entschieden, weiter zu Frankreich zu gehören.

Mein Vater hat dagegen gestimmt. Er war Richter in Pondicherry. Damals ging es für ihn los mit der Politik. Er schloss sich Leuten an, die sich auch für die Unabhängigkeit von Frankreich engagieren wollten. Verwaltungs-angestellte, Journalisten, aber auch Gewerkschaftsfunktionäre. Ihr Ziel war der Anschluss an ein unabhängiges Indien. Man blieb auf Distanz zu den tamilischen Seperatisten. Man mied auch die Kommunisten. Seine Frau, meine Mutter, forderte ihn auf, vorsichtig und offen zu sein für Kompromisse. Sie stammte aus einer besser gestellten Familie von Hindus, die ganze Dörfer und Zuckerrohrplantagen besaßen. Mein Vater machte sich schnell einen Namen, er war ein guter Redner, er war nicht eitel, er wirkte überzeugend auf seine Zuhörer. 1951 hat sich die Union démocratique et socialiste de la Résistance bereiterklärt, ihn als assoziierten Kandidaten für die französische Nationalversammlung aufzustellen. Tatsächlich errang er den Parlamentssitz für Französisch-Indien, den einen, den es überhaupt gab. Er musste nach Paris. Zuerst wollte er nur allein in die französische Hauptstadt ziehen, eine provisorische Arbeitswohnung finden. Aber meine Mutter sorgte dafür, dass wir alle zusammen gingen. Paris!, rief sie mit Tränen in den Augen und reckte die Arme empor, so dass ihre goldenen Armreifen klirrten. Was für ein Traum! Sie war es, die innerhalb der Familie die Entscheidungen traf. Mein Vater mochte für das Wohl Pondicherrys kämpfen, mochte vor 500 Textilarbeiterinnen sprechen und sogar in Frankreich Aufmerksamkeit erregen, zuhause ordnete er sich

unter. Also ging die ganze Familie nach Europa. Ich war zehn. Meine kleinen Brüder sechs und fünf.
Holen Sie uns noch mehr von den Nüssen, Jürg? Dort im Schrank. Und mögen Sie Datteln? Wenn es Ihnen Recht ist, erzähle ich noch weiter. Sie sind wegen Jamel hier. Ich vergesse es nicht, aber eine alte Frau hat so selten geduldige Zuhörer.
Danke. Nehmen Sie doch auch eine.
Für meine Mutter war die Politik ein Mittel zum Zweck. Allenfalls sympathisierte sie mit den Nationalisten, egal wo in Indien, denn unter ihnen gab es die Industriellen, die Bankdirektoren mit ihren reichen Familien. Und wenn mein Vater auch lange auf seinen sozialistischen Überzeugungen beharrte, so hoffte meine Mutter eben auf die Wunder der Korruption. Erstmal aber bot Paris neue Möglichkeiten.
Auch in Frankreich setzte mein Vater sich selbstverständlich weiter dafür ein, dass Pondicherry zu Indien gehörte. Er besuchte Pondicherry und nannte den möglichen Anschluss an Indien bei einer Kundgebung vor dem Parlamentsgebäude eine Befreiung. In Frankreich verlangten die Konservativen daraufhin die Aufhebung seiner Immunität, wollten ihn des Landesverrats anklagen. Aber dazu kam es nicht mehr. Kurz darauf erklärte die Regionalverwaltung in Pondicherry die Unabhängigkeit. Wir kehrten ganz nach Indien zurück und mein Vater, dem Drängen meiner Mutter nicht mehr gewachsen, arbeitete ab 1956 für den Indischen Nationalkongress. Wir zogen erst nach Chennai, zwei Jahre später nach Mumbai, wo mein Vater für den Nationalkongress ein wichtiges

Amt übernahm. Und dort änderte sich für mich alles. Trinken Sie ein Glas mit? Ein eau de vie? Ja? Man sollte das Leben konzentriert genießen, nicht wahr? Dort im Eisschrank.
Wissen Sie, Jürg, meine Mutter, wenn sie sich etwas in den Kopf gesetzt hatte, war wie ein Zug in voller Fahrt. Mein Vater war davon immer fasziniert, auch dann, wenn er das Fahrtziel nicht sonderlich schätzte. Er spekulierte dann auf möglicherweise nützliche Zwischenstationen. Als die beiden auf einer Wohltätigkeitsveranstaltung Ratanji Rata und dessen Frau Roshanara kennenlernten, sah sich meine Mutter kurz vor dem Ziel ihrer Wünsche: sie schwor sich, die Gunst des Schicksals zu nutzen und die beiden Familien zu verbinden. Ich glaube Sie ahnen, welche Art von Verbindung meiner Mutter vorschwebte. Tatsächlich war die Gelegenheit außerordentlich, besonders, da Mutter und Roshanara Rata sich ausgezeichnet verstanden und dem Kennenlernen rasch eine Einladung ins Haus der Ratas folgte. Sagt ihnen der Name Rata etwas, Jürg? Sonst können Sie sich keine Vorstellung machen. Nein? Seltsam eigentlich, aber vielleicht auch nicht. Die Rata Group ist eine der größten Unternehmensgruppen Indiens. Rata Steel. Rata Power. Mittlerweile sind es 90 Firmen in 85 Ländern. Ja, ich weiß das alles ziemlich genau. Man schickt mir noch immer einmal im Jahr die entsprechenden Unterlagen. Aber was auch immer Sie sich nun vorstellen können, es wird nicht an die Wirklichkeit der Rata-Familie heranreichen. Und Matil war die Hintertür oder besser die defekte Stelle,

die meine Mutter schließlich aufspürte und ohne die es niemals zur Hochzeit hätte kommen können.

Ich erfuhr natürlich als letzte davon, wie die Dinge wirklich lagen. Quasi in der Hochzeitsnacht. Matil hat sich bemüht, war zärtlich, aber irgendwann haben wir beide lachend abgebrochen. Ich war nicht einmal enttäuscht, vielmehr war ich froh, dass ich ihn mochte, dass der Mann, den meine Familie für mich bestimmt hatte, mir gefiel. Er war liebenswürdig, charmant, ziemlich groß für einen Inder. Dennoch dachte ich nicht, es liege an mir, wenn Matil es zu keiner Erektion brachte. Ich war ein junges, unerfahrenes Ding, aber ich war hübsch genug, um das zu wissen. Wir lagen nebeneinander auf dem Rücken, betrachteten die kunstvollen Ornamente der Hotelzimmerdecke und lachten. Matil zündete erst mir, dann sich selbst eine Zigarette an und sagte:

Da ich dich mag und wir nun verheiratet sind, sollten wir keine Geheimnisse voreinander haben. Meine Familie hat die Heirat verlangt und mir eine Bedingung gestellt.

Was für eine Bedingung?

Ich muss in den diplomatischen Dienst.

Was ist daran schlecht?

Es ist eine Art Strafe. Der Sinn ist: wir müssen weit weg.

Wohin?

Ich fragte nicht warum, und der Name, den er mir nannte, sagte mir nichts. Wie ich so neben diesem Fremden lag, erfüllte mich das Gefühl, der Verbundenheit mit ihm. Wir waren dem Wohl unserer

Familien geopfert worden, aber wir würden das gemeinsam aushalten. Wir würden Verbannung in Freiheit ummünzen, das Beste daraus machen.

Wir versuchten noch einmal, miteinander zu schlafen, ich hätte als eine Art Besiegelung des Paktes gern meine Jungfräulichkeit verloren, aber ich musste wieder lachen. Matil spielte den Beleidigten und sagte immer wieder, es mangele mir an Achtung, wenn ich mehr Achtung und weniger Brüste hätte, wäre es leichter.

Jürg? Entschuldigen Sie, wenn ich alte Frau so daherrede und Sie verlegen mache. Nein, das dachte ich mir. Ich wollte nur sichergehen.

Matil hatte in Bangalore seinen Doktor in Ökonomie gemacht und dort den Skandal verursacht. Als die Sache aufflog, stand er gerade vor der mündlichen Abschlussprüfung. Der Junge, mit dem er eine Affäre hatte war minderjährig. Es gingen Gerüchte um, es sei nicht seine einzige Liebschaft gewesen. Das Wissenschaftsinstitut in Bangalore gehörte quasi der Rata-Familie. Irgendein Onkel, in der Familienhierarchie höher angesiedelt als Matils Vater, sorgte dafür, dass die Abschlussprüfung abgesagt wurde, Matil dennoch seinen Titel bekam und umgehend nach Mumbay zurückkehrte. Dort verkündete man ihm die Konsequenzen: eine rasche Hochzeit, um allen Gerüchten entgegenzuwirken, und dann Antritt einer Stelle im diplomatischen Dienst an einem möglichst abgelegenen Ort. Nach ein paar Jahren sei vielleicht auch Europa möglich. Er müsse sich bewähren.

Unsere ersten Monate in Port-au-Prince waren glücklich. Wir spielten in den diplomatischen Kreisen unsere Rollen als Mann und Frau und amüsierten uns, wenn wir wieder alleine waren, über uns selbst. Dann, wenn wir, beide noch wach, nachts auf die tausendfachen Geräusche der Hauptstadt lauschten, Hand in Hand sogar, dann waren wir wie ein Liebespaar, das seinen heimlichen Triumph genießt. In dieser Zeit gelang es Matil sogar, mich zu entjungfern.

Port-au-Prince? Ein Meer aus Armut und Elend mit kleinen paradiesischen Inseln für Reiche. Viertel ohne einen einzigen Baum, weil die Armen das Brennholz brauchten, überhitzte Wellblechhütten ohne Elektrizität oder Kanalisation. Stattdessen Berge von Abfall, in denen man die unterernährten Ratten wühlen hörte. Verrottete Straßen, weil eine korrupte Verwaltung ihre Mittel lieber an die eigenen Familien verteilt. Wir wohnten natürlich auf einer der Wohlstandsinseln, in einem prächtigen, steinernen Bürgerhaus, umgeben von Schatten spendenden Kalebassenbäumen und einem blühenden Vorgarten. Aber wenn man aus Indien kommt, wissen Sie, sind das vertraute Gegensätze. Man wundert sich stattdessen über die fremden Gerüche, die anderen Farben, das Kreolische.

Seine Arbeit im diplomatischen Dienst nahm Matil nicht wirklich ernst. Wir haben gar keine Botschaft, behauptete er nach den ersten Tagen. Wir haben nur zwei Räume auf einer Etage mit den Neuseeländern. Das ist höchstens eine Dépendance. Und unser

Botschafter ist ein fettes Schwein, immer in einem weißen Lungi eingewickelt und Betelnüsse kauend. Die einzigen, die hier ein richtiges Botschaftsgebäude haben, sind die Yankees.
Das fette Schwein hieß Zubin Farrokh und war genauso wenig wie wir davon überzeugt, ein echter Botschafter in einer richtigen Botschaft zu sein. Gleich nach unserem ersten gemeinsamen Abendessen waren wir beste Freunde. Er hatte uns eingeladen und stolz sein selbst zubereitetes Mutton Rama präsentiert – aussichtslos hier eine Köchin zu finden, die zustande brächte, was auch nur einem indischen Gericht ähnelt. Für den Gegenbesuch verlangte er natürlich, ich solle etwas für mich Landestypisches kochen. So, wie man in Pondicherry isst. Natürlich war ich miserabel in allem, was Essenszubereitung anging. Lisette, unser Hausmädchen, verdrehte nur die Augen, als ich ihr von südindischer Küche erzählte, und meine Mutter für den Abend einfliegen zu lassen, kam wahrlich nicht in Frage. Also versuchte ich es selbst. Massala Dossa. Erbsen und Kartoffeln eingerollt in dünnem Teig, in der Pfanne ausgebacken. Dazu versuchte ich mich an einem Kokosnuss-Chutney. Es war sicherlich das schlechteste Massala Dossa, das jemals serviert wurde, aber Farrokh kostete davon und sagte nur freundlich: Sie machen sich keine Vorstellung davon, wie sehr ich das Leben daheim vermisse. Wir fragten ihn, wie lange er schon hier sei und warum er nicht nach Indien zurückgehe.
Verwickelte Geschichte, murmelte er kauend und ließ langsam die rechte Hand sinken.

Seine Familie stamme aus Siliguri, also aus West-Bengalen, und er habe dort schon als kleiner Junge Freundschaft geschlossen mit dem berühmten Revolutionär Charu Mazumdar. Beide waren Kinder politisch liberaler Großgrundbesitzer. Charu, der schon mit vierzehn erklärte, den landlosen Bauern die Hälfte der Ernte als Pacht abzuverlangen, sei pure Ausbeutung, überredete den braven Farrokh jeden Schulaufsatz mit der Forderung nach Senkung der Pacht auf ein Drittel enden zu lassen. Man müsse sich halt nur eine überzeugende Überleitung zum eigentlichen Thema einfallen lassen. Und schließlich hänge ja alles mit allem zusammen. Beide schlossen sich in den 40er Jahren der Kommunistischen Partei Indiens an. Charu, der hagere Intellektuelle, und Farrokh, der immer runder werdende Pragmatiker, beide hielten fest an ihrer Freundschaft, auch als Mazumdar sich dem linken, an die chinesischen Kommunisten orientierten Flügel zuwandte, und Farrokh schließlich Assistenten von Ajoy Ghosh wurde, dem Generalsekretär der KPI. Innerhalb der Kommunistische Partei Indiens waren längst die Grabenkämpfe ausgebrochen. Die nationalistische Rechtsfraktion war bereit zur Zusammenarbeit mit Nehru. Die linksradikale Fraktion lehnte schon Verhandlungen als Verrat ab. Ghosh versuchte lange zu vermitteln zwischen den ideologischen Fronten und Farrokh hoffte auf einen wundersamen Kompromiss. 1957 gewann die KPI die Wahlen in Kerala. Die Zusammenarbeit mit der Kongresspartei entwickelte sich, gefordert auch von der Sowjetunion unter Chruschtschow, der in Nehrus sozialistischer Regierung einen strategischen Partner sah. Mazumdar dagegen plädierte dafür, die armen Bauern für den bewaffneten Kampf zu gewinnen. Die offene Spaltung drohte und Farrokh geriet zwischen alle Stühle, wie man so sagt. Den nationalistischen Genossen galt er als Freund Mazumdars, also als gefährlicher Abweichler, die maoistischen Genossen trauten ihm nicht, da er für Ajoy Ghosh arbeitete. Im März 1959 kam es in der Freundschaft zwischen Farrokh und Chadu zum Wendepunkt. Farrokh hatte sich nach längerer Zeit um ein Treffen bemüht, er wollte Chadu überreden, sich noch einmal mit Ajoy Ghosh zu beraten. Chadu war skeptisch, meinte, gemeinsam gesehen zu werden, könne ihnen beiden schaden. Sie verabredeten sich gegen Mitternacht in Farrokhs Wohnung im Norddistrikt Delhis. Als Chadu vor dem Haus direkt am Yamuna River stand, fielen Schüsse. Er wurde nur leicht verletzt und konnte fliehen. Farrokh war sich sicher, er hatte niemandem von dem Treffen erzählt. Aber er hatte es in seinem privaten Terminkalender im Parteibüro notiert. Vielleicht war er naiv gewesen und hatte die Situation unterschätzt. Der Verdacht, Chadu eine Falle gestellt zu haben, fiel auf ihn. Drei Tage später brannte das Parteibüro aus. Farrokhs Familie befand, er sei in ernster Gefahr. Beziehungen zur Kongresspartei wurden intensiviert, Gelder flossen, sechs Wochen später packte Farrokh seine Lungis zusammen, legte einen Vorrat an eingerollten Betelnüssen dazu und flog mit Air India International von New Delhi nach Paris, lief einmal die Champs-Élysées hoch und runter, stieg am Flughafen Paris-Orly in eine Maschine zum Charlotte Douglas International Airport und von dort schließlich nach Port-au-Prince. Sie können sich denken, Jürg, dass Matil und ich ein Jahr später genau so nach Haiti gekommen sind. Hochzeitsreise, gewissermaßen.

Da saßen wir also zusammen, das exilierte Schauspielerpärchen und der geflohene Kommunist, und waren füreinander Indien.

Auf die maoistische Revolution!, rief Farrokh, wenn er betrunken genug war und hielt uns sein mit Whisky gefülltes Glas zum Anstoßen hin, Ach was, rief er dann: Auf Parvati, die Göttin des dialektischen Wandels!

Auf die Verstaatlichung von Rata-Airlines!, erklärte Matil und sah mich grinsendm an.

Auf Fidel Castro!, ergänzte ich übermütig, und gemeinsam saßen wir im Garten hinter Farrokhs Haus und lauschten auf die Trommeln in der haitianischen Nacht.

Aber wir lernten schnell, wohin es uns verschlagen hatte.

Kennen Sie das Lied Strange Fruit, Jürg? Es ist ein altes Lied aus den USA. Es handelt von Schwarzen, die in den Bäumen hängen. Seltsame Früchte. Brillanter Titel, nicht?

Eines Abends holte uns Farrokh wie verabredet zu einem Empfang in der Yankee-Botschaft ab. Irgendein hohes Tier aus Washington. Piccoli, Farrokhs Fahrer, ein junger Kerl aus der Vorstadt, hatte den schwarzen Lincoln vor dem Haus geparkt und, wie üblich, nur

kurz gehupt. Als wir dann herunterkamen, lehnten beide gegen den Wagen und versuchten sich in einer Mischung aus Englisch und Kreolisch über etwas zu verständigen. Piccoli stand mit dem Gesicht zu uns, seine Miene drückte Sorge und Entsetzen aus. Farrokh drehte sich zu uns und nickte Matil zu. Dann sah er mich an, sein Blick war müde und resigniert.
Was ist los?
Der Fahrer öffnete uns die Türen. Farrokh spie einen Schwall Betelnusssaft aufs Straßenpflaster. In der einsetzenden Abenddämmerung sah es aus, als spucke er Blut. Er machte eine Geste zum Wagen.
Steigt erstmal ein. Ich zeige es euch.
Als der Lincoln anfuhr, sagte er, es habe schon Gerüchte gegeben, aber jetzt, auf dem Weg zu uns, wäre es das erste Mal gewesen.
Piccoli machte eine Bemerkung auf Kreolisch.
Tontons.
Ich sah seine schmalen Hände nervös auf dem Lenkrad tanzen, als er den Wagen wendete. Wir fuhren ein paar Minuten Richtung Zentrum bis zum Salesianerkloster, dort drosselte Picolli das Tempo.
Dahinten. Farrokh deutete über die Straßenkreuzung direkt hinter dem Kloster. Matil beugte sich zu mir, um besser zu sehen. Niedergebrannte Hütten.
Ja, aber achtet auf den Baum dort, antwortete Farrokh. Wir kamen langsam näher. Ich glaube, ich stieß einen Schrei aus. Wir waren jetzt ganz nah an einem hohen Machinelbaum.
Wenn man zwei hingerichtete Menschen in einem Baum hängen sieht, Jürg, verliert das Leben seine

Leichtigkeit.
Piccoli ließ den Lincoln vorbeirollen, aber wir entdeckten noch die Verstümmelungen. Klaffende Schnitte waren verteilt über Kleidung und Haut der so zur Schau gestellten Leichen.
Der eine hatte den kleinen Tabakladen weiter rechts, erklärte Farrokh, der andere verkaufte Zuckerrohr auf der Straße. Picolli ist hier aufgewachsen. Er kennt die beiden.
Picolli bog rechts ab auf eine größere Straße und beschleunigte.
Wer macht so was?, fragte Matil. Aber Farrokh drehte sich nur kurz zu ihm, sah ihn an, als habe er ihn ganz woanders vermutet, und sagte: Sie haben die Hütten vor ein paar Tagen in Brand gesteckt.
Picolli nickte.
De Moune, not sell, stay.
Die Leute wollten nicht verkaufen, erklärte Farrokh, Duvalier hatte die Gegend aber schon den Investoren versprochen. Als es brannte, sind die Einwohner mit ein paar geretteten Habseligkeiten zu den Salesianern geflohen.
Und die Toten in den Bäumen?, fragte ich, warum auch das noch?
Farrokh zuckte mit den Schultern.
Vielleicht waren die beiden so was wie Rädelsführer, antwortete er. Jedenfalls zur Abschreckung. Auch gegenüber dem Kloster.
Er kurbelte das Seitenfenster herunter und spuckte sein Betelblut in die Nacht.
Wie gesagt, es gab schon Gerüchte über die Methoden

der Tontons.

Wissen Sie, Jürg, damals auf dieser Fahrt, ich weiß noch, wie ich dachte: also töten sich auch Schwarze untereinander. Die Sklaven haben sich befreit, aber sie haben unter sich selbst neue Unterdrücker gefunden. Das war ein naiver Gedanke, der mir natürlich schon in Indien hätte kommen können. Immerhin wusste ich jetzt, dass es nicht damit getan ist, die weißen Herren zu verjagen.

Ich weiß, Sie sind hier wegen anderer Fragen. Ist Arh-Zidiane eine andere Frage? Wir lebten schon ein halbes Jahr in diesem traumatisierten Land, da kam er zu uns. Natürlich kam er nicht einfach so. Wieder war Farrokh im Spiel.

Braucht ihr nicht noch jemanden?

Farrokh wusste von Lisettes Vater, der erkrankt war. Sie musste ihn pflegen, und Matil war einverstanden, dass sie jeden Tag nur noch vormittags zu uns kam.

Ja, schon. Kennst du jemanden?

Ich stand mit Farrokh im Vorgarten, er rauchte eine dicke Zigarre, seine Betelnüsse waren ihm ausgegangen.

Ein junger Bursche, sagte Farrokh, er ist Picollis Familie zugelaufen, aber dort kann er nicht bleiben.

Zugelaufen?

Abgehauen. Picollis jüngerer Bruder hatte sich mit ihm angefreundet. Dort ist er gelandet, als er nicht wieder zurück wollte zu seiner Tante. So nennen diese Kinder jedenfalls die Frau, in deren Haushalt sie arbeiten müssen. Arme Familien geben ihre Kinder an weniger arme, damit die es besser haben. Aber meistens sind

die Kinder dann so was wie Haussklaven. Er ist ein netter, fleißiger Bursche, spricht sogar ein bisschen Französisch. Ziemlich helle Haut für einen von hier. Na, wer weiß, was seiner Mutter da passiert ist. Ein Jahr lang durfte er zur Schule gehen, dann wieder nicht. Er macht alles, was im Haushalt so anfällt.
Wir wollen gar keinen Haussklaven.
Ihr könnt ihn ja bezahlen. Oder nebenbei zur Schule schicken, sagte Farrokh.
Am Abend redete ich mit Matil über Farrokhs Vorschlag. Ich dachte mir nichts dabei.
Die erste Zeit war Matil sogar sehr zurückhaltend gegenüber dem Jungen. Es war ja auch Lisettes Aufgabe, ihm alles zu zeigen und Matil war die meiste Zeit in seiner Diplomatenkammer, wie er es nannte, oder mit Farrokh unterwegs. Dazu kam die Kuba-Krise, die uns alle beschäftigte. Ein halbes Jahr zuvor waren die USA mit ihrer Schweinebucht-Invasion jämmerlich gescheitert. Schon von 1959 an wurden in Italien und der Türkei Mittelstreckenraketen Typ Jupiter stationiert. Chruschtschow drohte damit, sowjetische Raketen nach Kuba bringen zu lassen. US-Aufklärer fotografierten die Arbeiten beim Aufbau der Startrampen. Kennedy beschloss die Seeblockade und beschwor den möglichen Atomkrieg. Überall wuchs die Angst.
Chruschtschow ist auch nicht besser als Kennedy, sagte Lisette.
Die werden uns grillen, prophezeite Farrokh.
Sogar Martin, der sonst meist nur still zuhörte, erzählte uns von diesen unsagbar lächerlichen

Übungen, die Madame Rapeulle, seine Lehrerin, in der Schule durchführen ließ. Sie wissen schon, Jürg, Duck and Cover. Bert die Schildkröte überlebt den Atomkrieg. Nein? Dieses Filmchen von der US-Zivilverteidigungsbehörde von 1951? Jeden Moment, Kinder, kann es passieren, seid bereit, Tag und Nacht. Und wenn der helle Blitz der Atombombenexplosion kommt: duck and cover. Also alle unter die Tische. Bis die Gefahr vorbei ist.

Matil entschied, wir müssten so schnell wie möglich hier weg. Seine Familie wisse Bescheid. Fast ein Jahr sei lang genug. Europa. Sein Vater sagte ihm, Europa sei möglich.

Vielleicht wollte ich es nicht sehen. Ich half Martin mit dem Französischen. Ich mochte es, ihn um mich zu haben. Anfangs war er etwas sehr still und vorsichtig. Aber nicht unterwürfig. Seine Flucht von der Tante hatte ihn gestärkt. Er war davon gelaufen, er war stolz darauf. Was Lisette ihm beibrachte, lernte er gerne. Als wir ihm erklärten, er müsse wieder zur Schule gehen, wollte er Hefte und Bleistifte von seinem eigenen Geld kaufen.

Sie können sich denken, Jürg, ich half mir auch selbst. Martins Anwesenheit stillte, so weit es möglich war, auch meine Zweifel an unserem Exil. Zweifel an unserem privilegierten Scheinleben. Nicht weit von den Wellblechhütten, den Müllbergen und den Macheten.

Ja, ich wollte es nicht sehen. Matil und ich hatten noch ein gemeinsames Schlafzimmer. Und wenn er spät in der Nacht zu mir kam und sagte, Farrokh habe ihn noch gebraucht oder der Empfang bei den Neuseeländern sei wieder einmal in endlose Debatten ausgeufert, dann wollte ich vielleicht nichts davon gehört haben, von den fernen Geräuschen in dieser großen, kühlen Wohnung, Geräusche, die vielleicht aus dem Zimmer kamen, in dem Martin schlief.

4

Matil hat Martin Arh-Zidiane missbraucht?
Das Wort, einmal ausgesprochen, füllte den Raum.
Der Vorwurf darin wurde mir bewusst.
Sie haben nichts dagegen unternommen?
Die einsetzende Abenddämmerung begann den Dingen ihre Farbe zu nehmen.
Wie oft?
Bastin schob schweigend eine kleine Holzschale mit kirschgroßen Nüssen zwischen uns. Dann legte sie jede einzeln auf die Tischplatte, legte eine zurück in die Schale und entzündete sie mit einem Streichholz. Missbraucht, wiederholte sie als das Ding brannte und ein warmes Licht verbreitete, ja, so muss man es wohl nennen. Damals hätte ich das nicht hören wollen. Aber ich stimme Ihnen zu. Ich glaube, verglichen mit Matils Vorgeschichte, erschien mir das Unrecht als hinnehmbar klein. Ich versuchte Matils Verhältnis zu dem Jungen als eine Art Affäre zu sehen, als Kehrseite in der Inszenierung unserer Ehe, die wir auch in den ersten Jahren in Berlin fortsetzten. Wir mieteten diese Wohnung. Wir lebten zu dritt als diese sonderbare indische Familie. Die kleine Frau mit den bunten Tüchern, mit dem Mann im diplomatischen Dienst und mit dem adoptierten Sohn, der irgendwie anders dunkelhäutig war als seine Eltern. Öffentlich ließen wir uns hier kaum sehen. Wir waren vorsichtiger in diesem besser organisierten Deutschland. Die Papiere waren formal ja in Ordnung. Mit den

Geschäftsbeziehungen der Ratas im Rücken war selbst die Einbürgerung für mich und Martin kein Problem. Selten kam es zu Nachfragen. Eine Nachbarin vielleicht, die sich wunderte, im Flur stehen blieb, der es aber zu mühsam war, all die Fragen auf Englisch zu stellen, die ich auch nach Jahren auf Deutsch nicht zu verstehen vorgab.

Dann ging alles so weiter? Ich war ratlos.

Sie nickte, aber ihr Blick sagte etwas anderes.

Das warme Licht war erloschen. Sie zündete eine neue von den Nüssen an.

Jürg, Sie haben recht, Martin war zu jung. Er brauchte Hilfe, und Matil hat das ausgenutzt. Aber Martin kam nicht nur mit uns, um der Armut zu entkommen. Oder seinen Zombies.

Was wollen Sie mir sagen?

Auch Martin war homosexuell, Jürg, er liebte Matil, wenn Liebe und Abhängigkeit sich nicht ausschließen. Als er mir dann Janah vorstellte, Matil war längst schon wieder fort aus Deutschland, als Janah und Martin dann sogar heirateten, das war für mich schon eine überraschende Entwicklung.

In Bastins alten Augen sah ich das Flackern der kleinen Flamme. Sie lehnte sich zurück, gab ihren Worten etwas von unserer endlichen Zeit. Ich machte eine Geste zu der Schale.

Was sind das für Nüsse?

Kemiri. Vom Lichtnussbaum. Wächst überall in Asien.

Ich hätte gern mehr Licht, sagte ich und sah mich um. Bastin deutete auf eine altmodische Stehlampe

mit beigem Leinenschirm. Ich fand die darin herabhängende Kordel, zog, brachte eine Glühbirne zum Aufleuchten.
Und Janah?
Für Janah war die Begegnung mit Martin so etwas wie eine schicksalhafte Fügung. Daphnis trifft Chloe. Zwei Findelkinder, gemeinsam gestrandet im rettenden Europa. Nur waren sie sich darin einig, dieses Europa stinke nach Blut.
Ich weiß.
Die Spanier hatten solche Hunde, die darauf dressiert waren, Schwarze zu fressen.
Für Martin war Janah ein Glücksfall. Sie wurde seine Stimme, seine Sprache, seine Möglichkeit mit der Außenwelt zu kommunizieren. Jamel hat mir erzählt, wie interessiert Sie an dem Manuskript sind. Aber Martins Fähigkeiten sich zu artikulieren waren in keiner Sprache ausreichend für eine solche Arbeit. Nicht einmal in Kreolisch hätte er das zustande bringen können. Wie also hätte Martin das Buch fertig schreiben sollen? Nachdem Janah nicht mehr da war.
Unsere Whiskygläser waren schon lange leer. Ich wagte nicht, sie nachzufüllen, hätte es aber gerne getan.
Janahs Unfalltod, sagte ich.
Janahs Unfalltod, wiederholte Bastin. Jürg, verdammt, schütten Sie doch noch etwas von dem Whisky nach. Sie schob die Flasche ein winziges Stück in meine Richtung.
Wenn es ein Unfalltod war, sagte sie dann.
Ich betrachtete meine Hand, wie sie das Whiskyglas

hielt. Ohne aufzusehen sagte ich:
Knut Vogelmann, der Übersetzer damals, erzählte mir davon. Türkischer Getränkelieferant. Vogelmann sagte, der Fahrer habe sie beim Rechtsabbiegen übersehen.
Stille im Raum. Irgendwo rückte ein Stuhlbein auf Linoleum.
Vogelmann weiß es sicher am besten, sagte Bastin.
Was heißt das?
Jürg?
Hm?
Hat Jamel überhaupt nichts davon gesagt?
Ich schüttelte den Kopf. Frag Bastin.
Na gut, darum hat er Sie zu mir geschickt. Jürg, was ich jetzt sage, muss nicht die Wahrheit sein. Und ich möchte nicht, dass Sie damit herumlaufen und Leute konfrontieren und Detektiv spielen.
Ein bisschen kam ich mir vor wie ein Drittklässler.
OK?
Ich nickte.
Bastin zündete sich eine Zigarette an. Mir ging das Bild einer jungen Frau durch den Kopf, die ihre erste Zigarette raucht. Heimlich am Strand, nachts, am Golf von Bengalen.
Erstens, sagte Bastin und atmete tief inhalierten Zigarettenrauch aus, Knut Vogelmann hat später beim Bundesnachrichtendienst eine kleine Karriere gemacht. Ich sage später, weil ich nicht weiß, ob er damals schon Kontakte zum BND hatte. Martin lernte damals Leute kennen, die politisch, sagen wir, in ihren Konsequenzen abenteuerlich waren. Ich halte es

sogar für möglich, dass er über Vogelmann mit denen in Kontakt kam. Oder überhaupt über diesen Verlag, diesen Rainer Tisch.
Das Antiimperialistische Zentrum, sagte ich.
Ja. Einer von diesen Leuten besuchte Martin. Auch Janah war dabei. Sie erzählte mir davon. Mir war klar, dass Janah Sympathien für diese Leute entwickelte. Wahrscheinlich seit 1972. September 1972. Das Attentat bei den Olympischen Spielen in München. Ich erinnere mich gut an ein Gespräch mit Janah. Sei saß in ihrem Schaukelstuhl, der kaum in ihre winzige Küche passte. Aber der war ihr wichtig. Sie hatte ja kein Arbeitszimmer. und im Wohnraum hockte Martin immer über seiner Schreibmaschine, oder was auch immer er da machte. Nur abends war er unterwegs mit seinen Blumen. Und im Wohnraum, da schliefen sie auch. Die extra Schlafkammer hatte damals schon Jamel. Darauf hatte Janah bestanden.
Bastin sah mich an, sah mich nicht wirklich an, ganz in Erinnerung verloren fand ihr Blick keinen Halt an mir.
Sie besann sich.
Wir hatten eine Kontroverse. Unsere Einschätzungen des Attentats waren einander vollkommen entgegengesetzt. Sie verteidigte das Vorgehen der Gruppe Schwarzer September. Und das war nicht einfach eine Meinungsverschiedenheit bei Räucherstäbchen und Tralalatee. Über die Baader-Meinhof-Gruppe hatte sie immer gespottet. Diese Bürgerkinder, spielen Guerilla, aber welche Sprache sprechen die überhaupt, wer versteht sie? Und das war

richtig. Das ist heute so richtig, wie es damals richtig war. Bei den Palästinensern lag die Sache allerdings anders. Darin waren wir uns einig. Für mich war die entscheidende Frage, ob ihre Mittel etwas taugten. Janah fand die Frage anmaßend. Den Unterdrückten dürfe man nicht vorschreiben, wie sie sich wehren dürfen.
Jürg, wissen Sie, warum Sie hier sind?
Warum?
Doch nicht wegen Jamel oder dem Manuskript.
Warum also? Sagen Sie es mir.
Weil wir uns alle fragen, ich, Sie, auch Martin damals oder eine so kluge Frau wie die Meinhof, woran wir eigentlich glauben. Oder vielleicht auch, weil wir an nichts glauben, aber wünschten, an eine Revolution glauben zu können. Wir wollen Teil der Veränderung sein, aber wir sehen sie nicht.
Mir war unwohl. Ich blickte Bastin über den Rand meines Glases an.
Keine Sorge. Ich verkünde keine Lösungen. Aber das Problem sind die kleinen, schwarzen Tiere in unserem Inneren, sie fressen uns auf, wenn wir ihnen nicht irgendetwas hinwerfen können. Und so ein Irgendetwas fand Martin damals. Und er sagte mir, dass Vogelmann von dem Plan wusste.
Was für ein Plan?
Ein bizarrer Plan. Die Gruppe wollte das Büro einer israelischen Firma angreifen, über die auch Rüstungsgeschäfte zwischen Israel und Südafrika abgewickelt wurden. Wie konnte eine israelische Regierung mit den Apartheid-Nazis kooperieren?

Denken Sie an John Balthazar Vorster, den damals amtierenden Ministerpräsidenten von Südafrika. Der gehörte im Krieg zu der pro-faschistischen Organisation Ossewa Brandwag. Jedenfalls gab es direkt gegenüber dem Büro eine Hauswand, zehn Meter von ihren Fenstern entfernt, und in der richtigen Höhe gegenüber wohnte ein Künstlerpärchen, Bildhauer, glaube ich. Also plante die Gruppe, unter dem Vorwand, eine Skulptur kaufen zu wollen, in die Wohnung zu kommen, die zwei Bildhauer, ein betagtes Pärchen, in die Abstellkammer zu sperren und hinter ihrer Balkontür einen Raketenwerfer mit Zeitzünder aufzubauen. Keine Ahnung, woher die das Ding hatten. So eine Art Stalinorgel. Ihr Anführer studierte immerhin Ingenieurswissenschaften an der TU. Er behauptete, unter seiner Anleitung könnten sie den Raketenwerfer zusammenbauen. Martin hatte die Teile gesehen. Zwei VW-Busse waren nötig, alles zu dem Haus zu transportieren. Als dann der entscheidende Tag kam, die Verabredung mit den Bildhauern am Abend war getroffen, da versagten Martin die Nerven. Er sollte einfach nur dabei helfen, alles in den dritten Stock zu tragen. Aber als es soweit war, saß er auf seiner Couch, kotzte seine Spaghetti wieder aus und war nicht mehr ansprechbar. Wir alle kannten Martins Zusammenbrüche, seine tranceartigen Phasen, in denen er allenfalls noch Kreolisch sprach und Namen von Geistern murmelte. Vielleicht befürchtete Janah Schwierigkeiten für Martin, vielleicht war sie wirklich soweit, diese Aktion unterstützen zu wollen. Also setzte sie sich

auf ihr Fahrrad und machte sich an seiner Stelle auf den Weg.
Bastin drehte eine von den grauen Haarsträhnen, die es nicht bis in ihren mädchenhaften Zopf geschafft hatten, sich nachdenklich um den Zeigefinger. In der anderen Hand hielt sie die Zigarette.
Was dann?
Von da an, Jürg, ist fast alles Spekulation. Janah kam nicht wieder zurück. Erst nach sechs Tagen erhielt Martin einen Anruf, seine Frau läge auf der Intensivstation, sei nicht bei Bewusstsein. Vor Ort wurde ihm die Geschichte mit dem Lastwagen präsentiert. Und Vogelmann tauchte im Krankenhaus auf, war die folgenden Tage fast immer da, konnte seine Fassungslosigkeit kaum verbergen. Erst später wurde uns bewusst, dass niemand von uns ihn benachrichtigt hatte. Ein paar Wochen später konnten wir uns endlich mit einem Bekannten aus dem Umfeld der Gruppe treffen. Einigermaßen sicher war, dass die ganze Aktion verraten worden ist. Als unsere Freunde mit dem Raketenwerfer vor der Tür des Künstlerpärchens standen, wurden sie schon von einem Einsatzkommando erwartet. Er war der Meinung, da wäre eine Geheimdienstoperation abgelaufen. Mossad, vielleicht, und daher sei alles als geheim eingestuft worden. Tatsächlich war nichts in der Presse darüber zu finden. Keine Zeile.
Und Sie glauben, Vogelmann hat die Aktion verraten?
Bastin seufzte. Vorsichtig tupfte sie im Aschenbecher die Glut von ihrem Zigarettenstummel.
Ich weiß es nicht. Aber ob Lastwagen oder

Kopfschuss. Wenn Vogelmann damit zu tun hatte, dann war es Martin, den er in die Falle laufen lassen wollte, nicht Janah.

Mir stand der greise Vogelmann vor Augen, Brille und Gesicht verformt von den Gravitationskräften seiner Erinnerung. Ich hörte wieder seine Stimme sanfter werden, je länger er von Janah sprach.

Und Jamel? Was denkt Jamel über Vogelmann, frage ich, sieht er in ihm den Verräter, der schuldig am Tod seiner Mutter ist?

Bastin weicht meinem Blick aus.

Hatten Sie jemals das Gefühl, Jürg, wirklich zu wissen, was Jamel über etwas denkt?

Sie also auch nicht.

Damals, sagt Bastin, als Jamel mir erzählte, Vogelmann arbeite als Übersetzer für den BND, das war in den neunziger Jahren, da erzählte er es ohne jede Regung, ohne weiteren Kommentar. Ich glaube schon, dass wir beide in dem Moment dasselbe dachten. Aber er sagte nur: Das beweist nichts.

Und er ist dem nicht nachgegangen?, fragte ich. Wo er doch die Möglichkeiten dazu hat?

Doch, ich denke schon. Bestimmt sogar. Aber er sagt mir nichts davon.

Sie brachte mich bis zu ihrer Wohnungstür. Die Hand auf die Klinke gelegt, sah sie mir in die Augen und, wäre da eine, bis auf den Seelengrund. Sie schien mir unfassbar klein und schmal in diesem Moment, und sagte lächelnd meinen Namen.

Jürg, was ich Ihnen noch sagen will, jetzt, da

wir uns kennengelernt haben. Ich gebe zu, die Aufmerksamkeit, die Sie mir geschenkt haben, schmeichelt mir. Ich will Ihnen nur sagen: Erwarten Sie nicht zu viel. Erwarten Sie nicht, dass sich alles fügt. Die Vorstellungswelt ist immer ein zu groß geplantes Haus, das nie fertig wird. Immer dringt von irgendwo ein Windstoß herein und bringt neue Unordnung. Es gibt undichte Stellen, Winkel, die mit der Zeit verrotten und schwarz werden. Man lebt in einem der Lieblingszimmer. Man fürchtet die Kellertreppe. Sie wissen schon.
Sie unterbrach sich selbst mit einer Bewegung ihrer flachen Hand. Da war kurz das Lächeln des jungen Mädchens in ihrem alten Gesicht. Sie reichte mir die Hand.
Versprechen Sie mir das?
Ja, sagte ich.

5

Es ging nicht einfach nur um Sex. Ich glaube, Almuth sehnte sich zurück in ihre Studienzeit. Zurück in eine Zeit, in der Vögeln etwas anderes war als die erträglichste Form von Sprachlosigkeit. Wir trafen uns damals zum Streiten. Systemtheorie, genetischer Strukturalismus, Post-Strukturalismus, Transzendentalpragmatik, dialektischer Materialismus – wir wollten die neuen Welten, die wir entdeckten, gegeneinander prallen lassen und die Bruchlinien studieren, ihre Bewohnbarkeit prüfen. Natürlich entwickelten wir Tendenzen. Für Almuth war der Mensch verstrickt in Zeichensysteme, Bedeutungen lagen außerhalb seiner Reichweite und bestimmten ihn. Ich sah in den übermächtigen Strukturen und käfigartigen Systemen ein Trugbild. Mit dem Menschen war das Nichts in die Welt gekommen, ein Loch im Sein.
Wenn wir uns dann heftig über die Frage gestritten hatten, ob Menschen als Masse nicht stets zu irrationalem Verhalten neigten, leicht zu manipulieren seien und stets das bisschen Vernunft zu verlieren drohten, das dem Einzelmenschen zweifellos, aber eben nur im Allgemeinen zukomme, dann saßen wir uns scheinbar erschöpft gegenüber, die fast geleerten Rotweingläser in den Händen, standen dann wortlos auf und begannen uns auf dem Weg zu Almuths IKEA-Bett gegenseitig auszuziehen.

Seit Reths Generalstabssitzung hatte Almuth begonnen, mich regelmäßig anzurufen. Anfangs gab sie vor, mich auf dem Laufenden halten zu wollen, wie es mit den Veröffentlichungen in der Lokalpresse lief (bestens). Sie erzählte mir von ihrer bevorstehenden Trennung. Dieser Hypochonder habe jetzt ein Blutdruckmessgerät gekauft. So etwas erwarte man doch allenfalls von Frührentnern, deren Leidenschaft mehr und mehr der eigene Verfall sei. Beim nächsten Anruf fragte sie, was denn eigentlich mit mir und Mareile sei. Also plauderten wir über Vorzüge und Nachteile von Fernbeziehungen. Mir fiel auf, dass ich aufgehört hatte, mit Mareile über über uns zu reden. Dass Zukunft ein Wort war, das in unseren Gesprächen nicht mehr vorkam. Seit sie in Gießen lebte, spielten wir Ausnahmezustand. Wir lebten unseren Alltag und erzählten einander davon, aber wir blieben bei der Fiktion eines gemeinsamen Lebens. Mareile nannte ihres gelegentlich Dienstreise. Dauer unbestimmt. Mit einer anderen Frau darüber zu reden, brachte die Fiktion ins wanken. Als würde ich sie dazu auffordern.

Und irgendwann sagte Almuth: Erinnerst du dich noch? Sicher. Wir sollten uns einfach mal wieder treffen. So außerhalb des Fachbereichs. Ja, sollten wir. Morgen Abend?

Wir könnten uns mal wieder streiten.

Wir können ja über meinen Mann reden. Ob er gerade befürchtet, Fußpilz zu kriegen.

Mir egal. Wir können reden, worüber du willst.

Am nächsten Tag lief ich los und besorgte eine

Flasche Shiraz. Ein paar griechische Oliven dazu. Mir war nach Aufbegehren. Nächste Woche würde ich dann nach Gießen fahren. Ich würde mich rechtzeitig daran erinnern, wie viel Mareile mir bedeutete. Bis dahin gab ich mich der Vorstellung hin, abgehängt und verraten worden zu sein. Nicht auf Augenhöhe. Was war es wert, theoretisch für oder gegen etwas zu sein. Transatlantische Freihandelsabkommen, Waffenlieferungen an Saudi-Arabien, Kurdischer Widerstand, Fracking, Genitalverstümmelung, Gazablockade, Auflösung der Nato, Vorratsdatenspeicherung, eine nagelneue Gesellschaft ohne Ausbeutung und Unterdrückung? Wenn ich also gegen Monogamie war, warum dann nur in der Theorie? Ich sehnte mich nicht unbedingt zwischen Almuths Schenkel, aber meine allgemeine Passivität gegenüber Frauen machte mich nachdenklich.

Am Abend kam Almuth pünktlich auf die Minute in einem schlichten blauen Sommerkleid, das zehn Zentimeter über ihren Knien endete. Kleine braune Handtasche am Lederband über die Schulter gehängt. In der rechten Hand hielt sie noch den Autoschlüssel, an ihrer linken baumelte ein Leinenbeutel mit Greenpeace-Logo. Sie gab mir einen flüchtigen Kuss auf die Wange und hielt mir den Beutel hin.

Ihre Augenlider waren bläulich getönt.

Tiramisu, verriet sie.

Selbstgemacht?

Nein, wo denkst du hin. Sie deutete eine Ohrfeige an. Ich hab selbstverständlich zehn Schälchen im

Supermarkt gekauft, alles ausgekratzt und in eine große Schüssel umgefüllt, damit es nur so aussieht wie selbstgemacht.

Ihre nackten Füße steckten in hellen Leinenschuhen, die sie sogleich auszog. Mein Blick liebkoste ihre sorgfältig dunkelrot lackierten Fußnägel und streichelte über ihre Knöchel.

Hatte ich mir wirklich noch vor ein paar Minuten, bevor es endlich klingelte, noch gesagt, wir könnten es ja auch bei einem netten Abend belassen?

Jetzt stellte ich das Tiramisu, ohne es überhaupt aus dem Beutel zu nehmen, auf den Küchentisch, griff nach Almuths Hand und sagte ihr, sie sehe fantastisch aus. Und wie gut ihr blondes Haar mit dem blauen Kleid harmoniere. Wir öffneten die Flasche Shiraz erst nach Almuths erstem Orgasmus.

Da hat sich die Zubereitung eines Desserts doch schon gelohnt, sagte sie und küsste mir die Rotweinlippen.

Willst du jetzt was davon?

Wieder Mund an Mund mischten wir Atem.

Nein, weiter.

Ich wanderte mit der Zunge über ihr Kinn, über ihre Kehle, spürte einem feinen Schlüsselbeinknochen nach, und als meine Lippen eine Brustwarze fanden, sagte sie:

War es eigentlich dein Polizistenfreund, der dich dazu gebracht hat, im Seminar die Rote Fahne zu hissen?

Ich saugte ein bisschen stärker und biss zu.

Aua.

Ich stieg zwischen ihre Beine, fand die Stelle, wo es nass war.

Allein kriegst du ihn doch nicht richtig hoch, sagte sie.
Wie meinst du das?
Immerhin war ich schon wieder halb in ihr.
Politisch, stöhnte Almuth.
Sie spreizte die Schenkel und zog die Knie an.
Oh, Mann, japste ich. Interessiert dich meine politische Erektionsfähigkeit?,
Almuth hob ihre Kniekehlen auf meine Schultern.
Wer ständig wie ein Hahn mit geschwollenem roten Kamm herumläuft, der muss... Aua. Vorsichtig.
Ich zog ein bisschen zurück.
Entschuldigung.
Vorsichtig drang ich tiefer und küsste ihren linken Fuß. Rieb meine Zungenspitze an den glatten Fläche ihrer lackierten Zehennägel.
Ich will wissen, ob du nur redest.
Ich rede nicht, ich vögele.
Das allein zählt nicht.
Irgendwann reicht´s dann auch mal, dachte ich und begann zu ejakulieren. Almuth lachte. Ob sie überhaupt die Pille nahm? Ich musste an Marga Strowski denken. Vögeln ja, aber Verhüten ist Frauensache. Ich musste an Mareile denken, die schon lange keine Pille mehr nahm. Dennoch war es uns nicht gelungen, ein Kind zu zeugen. Ich war wahrscheinlich nicht nur politisch von verschwindend geringer Potenz. Offensichtlich hatte die Natur, vernünftig, wie sie war, bei mir dafür gesorgt, dass ich mich nicht auch noch fortpflanzte. Der gute alte Georg Wilhelm hätte sicherlich von einer notwendig auftretenden Lebensuntüchtigkeit

gesprochen, die sich ja schließlich mit einer einfachen Negation von selbst erledigen würde.

6

Am nächsten Morgen wachte ich mit Kopfschmerzen auf. Was war heute für ein Tag? Wo war Almuth? Ich blinzelte zur Seite, erinnerte mich, dass sie früh aufgestanden war. Um zehn wollte sie im Hauptseminar Foucault zusammenfassen. Und vorher im Büro vorbeischauen, ein paar Sachen koordinieren. Wie schaffen manche Leute das? Ich ließ mich mit einem Schmerzensseufzer ins Kissen zurückfallen und genoss noch ein wenig die Bauarbeiter in meinem Kopf, bevor ich mir zu einem kräftigen Frühstückskaffee die Tiramisureste vornahm.

Danach ging ich duschen. Was eine echte Ausnahme war. Ich bin nämlich ein Badewannenkind. Einmal in der Woche wurde gebadet, samstags, eine Stunde bevor im Fernsehen die Wiederholungen von Raumschiff Enterprise liefen. Sauber und erwartungsvoll hockte ich dafür im Frottee-Schlafanzug auf einem der bräunlichen Kunstledersessel im Wohnzimmer. Den konnte man raumgleitermäßig kippen und die ganze Sendezeit dann auf der hinteren Kante balancieren. Und dann, bei Alexander Courages Trompetenfanfare und Loulie Jean Normans Sopraneinsatz, machte ich mich startklar für das Jahr 2200. Die Zukunft ohne Kapitalismus.

Beim Duschen dachte ich zuerst an Almuth, dann an Mareile, dann an Lilly und schließlich an Marga Strowski.

Da Freitag war, gab es für mich an der Universität nichts zu tun. Kein Grund aber, nicht hinzufahren. Die Cafeteria war mein Wohnzimmer. Die Bibliothek mein Wintergarten. Unbelastet von Sprechstundenzeiten und Seminarterminen flottierte ich frei über die Campuswege, las eine halbe Stunde am Froschteich in Bolaños Die wilden Detektive, durchstreifte auf Gutglück die Regalwelt unserer Präsenzbibliothek und fand mich schließlich am späten Nachmittag mit Milchkaffee und Käsekuchen in der Cafeteria wieder. Außer ein paar mir vage bekannte Studentengesichter und der gekrümmten Gestalt des Kollegen Janisch an einer der Kopiermaschinen im Eingangsbereich der Bibliothek war mir tatsächlich den halben Tag lang niemand begegnet. Niemandem jedenfalls, mit dem Worte zu wechseln, mich hätten Höflichkeit oder gar Interesse verleiten können. Wie ich so am Milchkaffee nippte und an keinem der anderen Tische ein weibliches Gesicht fand, das meine Aufmerksamkeit von der Bolaño-Lektüre ablenken konnte, überkam mich unvermittelt ein Gefühl des Alleinseins. Ich konnte es kaum glauben. Regte sich in mir wirklich ein Bedürfnis nach Gesellschaft? Vielleicht hätte der Kauf einer Tageszeitung dieser lächerlichen Empfindung ein Ende gemacht. Mangel an aktuellen Informationen. Input. Anderen war schließlich das Smartphone eine ausreichende Quelle von Nähe und Austausch. Dennoch, mir entging nicht, dass ich unter der jetzt zunehmenden Zahl an Besuchern, die in die Cafeteria strömten, ernsthaft nach Bertmann oder Almuth Ausschau hielt. Almuth würde gerade ihr Hauptseminar zur Postmoderne beendet haben. Vielleicht würde sie noch einmal ins Büro gehen.

Der Fachbereichsgang war leer. Alle Türen geschlossen. Freitagnachmittag. Irgendeine der Neonröhren summte wie todgeweiht. Kurz war mir, als wären alle Lebensformen ausgelöscht worden. Aber als ich meine Bürotür öffnete und schon halb im Türrahmen stand, schwang eine andere Tür auf, und ich hörte Stimmen. Männerstimmen. Eine sagte: Keiner werfe den ersten Stein. Und eine zweite: Gott schütze dieses Haus. Dann lachten beide. Ich spähte am Türrahmen vorbei. Die erste Stimme gehörte Reth, der von einem dunkelhaarigen Mann in schwarzem Anzug verdeckt wurde und ihm offensichtlich gerade die Hand schüttelte. Ich höre von Ihnen, sagte Reth. Den Mann im schwarzen Anzug kannte ich auch. Gott schütze dieses Haus? Ich schlüpfte in mein Büro, schloss leise die Tür und wartete. Was hatte Jamel mit Reth zu schaffen?

Nach zehn Minuten, die ich damit verbrachte, durch das nicht zu öffnende Fenster auf den schmutzverkrusteten Parkhausbeton gegenüber zu starren, machte ich mich auf den Heimweg. Ohne, dass es mir bewusst war, fand ich mein Fahrrad. Vielleicht hätte ich noch nach Almuth sehen sollen. Vielleicht auch Jamel im Gang begrüßen, auch wenn ich keine Lust hatte, auf Reth zu treffen. Mechanisch umfuhr ich die üblichen Hindernisse auf den Fahrradwegen.

Beim sechsten Klingeln nahm er ab, und ich fragte, ob ich vorbeikommen könne.
Zu mir?
Ich war noch nie in deiner Wohnung.
Ist auch Scheiße hier.
Wieso, was züchtest du, Scheißhausfliegen? Die grünen?
Ja. Und Besuch sind die gar nicht gewöhnt. Da werden sie nervös.
Mann, Jamel, jetzt komm.
Wohin?
Warum warst du heute bei uns im Fachbereich?
Er zögerte.
Hast du mich gesehen?
Hast du meine Raumnummer nicht gefunden?
Vielleicht habe ich nicht danach gefragt.
Warum nicht? Sollte dein Besuch geheim bleiben?
Gewissermaßen.
Was?
OK. Treffen wir uns.
Bei dir?
Stadtbibliothek. Morgen Nachmittag. Gegen drei. Kennst du das Café da?
Sicher.
Gut.

VI.
Dort, wo ich herkomme, gibt es kein Entkommen

1

Und dein Freund?, fragte Almuth. Wir hatten gerade im Bett gefrühstückt. Sie hockte jetzt nackt am Bettende, ein Bein angezogen, den nackten Fuß so auf die Matratzenkante gestemmt, dass die Fußzehen überstanden. Sie schraubte ein Fläschchen Nagellack auf.
Wie heißt er noch?
Natürlich wusste sie seinen Namen.
Ché Guevara, sagte ich.
Ja, genau der. Sie begann an ihrem kleinen Zeh auszubessern. Ich mochte es, wenn Frauen an ihren kleinen Zehen wirklich einen Nagel haben. Mareile malte da nur einen roten Punkt hin.
Was macht Ché Guevara eigentlich, um die Welt zu retten? Ist er irgendwo involviert?
Er hat mich vor ein paar Wochen zu einer kurdischen

Veranstaltung mitgenommen, antwortete ich.
Kurde ist er ja wohl nicht auch noch, sagte Almuth ohne aufzusehen.
Ich glaube, er hat gesagt, derzeit seien wir alle Kurden.
Wer, wir?
Alle fortschrittlichen Menschen.
Ich also nicht.
Du kannst dich ja noch entwickeln.
Und das ist alles?
Was?
Das mit der kurdischen Veranstaltung.
Almuth traktierte jetzt ihren großen Zeh mit dem feinen Pinselchen.
Oder legt dein Freund gerade Rohrbomben ums türkische Konsulat?
Rohrbomben? Woher hast du das denn? Agentenfilme?
Almuth schraubte ihr Dingsda zu und schenkte mir ein unschuldiges Lächeln.
Ich kenn mich aus. Was glaubst denn du? Guckst du keine Acht-Uhr-Nachrichten? Rohrbomben, Streubomben, Splitterbomben, Lenkraketen...
Sollte ich ihre Aufzählung noch ergänzen? Um das Wort Sprengstoffgürtel? Oder passte das nicht in die Reihe? Dann ging mir durch den Kopf: hatte Almuth eigentlich vor, zu dem Vortrag zu gehen? Sie ging bestimmt. Und? Überlegte ich jetzt ernsthaft, ihr davon abzuraten= Drehte ich jetzt langsam durch?
Ich las gerade Houllebecq. Elementarteilchen. Die Art von Lektüre, die von begeisterten Lesern als desillusioniert weil realistisch bezeichnet wird. Weitgehend männliche Leser wohl. Für Houellebecq,

fixiert auf die Darstellung der westlichen Zivilisation als Vollzug einer grotesk-lächerlichen Katastrophe, ist alles eine Art Sinnentleerung durch den Anus der Moderne. Der Kleinbürger sieht seine Welt untergehen, da hat er keinen Blick mehr für die Möglichkeit, etwas Neues könne entstehen. Sein Scheitern ist so notwendig universal, wie das bürgerliche Denken seine Werte als universal behauptete. Ich überlegte, ob ich über Houellebecq einen Aufsatz schreiben sollte. Immerhin war er doch kürzlich wieder in den Brennpunkt des Medieninteresses geraten.

Almuth ist zufrieden mit ihren Fußnägeln, hält sie zum Trocknen in die Luft, wackelt mit den Zehen und streckt sich noch einmal im Bett aus. Während ich mit einer Fingerspitze die schöne Linie zwischen Rippenbögen und Hüftknochen nachzeichne, nimmt sie das Buch vom Beistelltischchen. Da sie ihre Brille nicht trägt, kann sie allenfalls Name und Titel lesen. Houllebecq. Ist das nicht der kleinbürgerliche Humanist – nur ins Negative gewendet?, fragte sie spöttisch. Kleinbürgerlich. Ich hatte es einmal gewagt, sie kleinbürgerlich zu nennen. Ich glaube, das war schon fast zwanzig Jahre her. Aber so was vergisst man nicht. Nicht, wenn man kleinbürgerlich ist.
Ich dachte kurz darüber nach. Die westliche Zivilisation als grotesk-lächerliche Katastrophe, Sinnentleerung durch den Anus der Moderne.
Ja, der, antwortete ich und versuchte, ihre linke Brustwarze zu küssen. Sie schubste mich weg.
Warum liest du so was?

Ja, warum?
Wenn ich so was lese, dann fühle ich mich erleichtert, es amüsiert mich auch. Aber mehr bin ich erleichtert.
Sie saß jetzt im Bett, zog die Bettdecke bis über die Brüste und sah mich an, wie sie auch ein Haushaltsgerät ansehen würde, das keinerlei erkennbare Funktion hat.
Erleichtert, erkläre ich mich, weil ich dann denke, ganz so leer und verloren fühle ich mich dann doch nicht.
Sie zuckte mit den Schultern.
Leck mich, flüsterte sie.
Was ich tat.

Unter dem großen gläsernen Kuppeldach stand ich auf der Rolltreppe und ließ mich langsam in die Tiefe tragen. Der Ort hatte eine Anmutung zwischen Vogelvoliere und Bahnhofshalle. An den Fahrkartenschaltern stapelten sich allerdings Bücher, und statt Baumwipfel und Vögel rückten immer mehr Regalreihen mit Lesetischlichtungen ins Blickfeld. Früher brachten hier Familienväter ihre Kinder zum Spaßbaden vorbei.
Das Café nistete am Ende der Halle, um zwei Holzstufen erhöht, von Gummibäumen und crèmeweißen Stellwänden mit Fächern für Zeitschriften und Tageszeitungen begrenzt. Eine messingglänzende Theke präsentierte eine Auswahl an runden Kuchen hinter niedrigen Glasscheiben. Dahinter die üblichen Espressomaschinen und verchromten Vorrichtungen zur Milchschaumerzeugung. Eine braungelockte

Bedienung blätterte im Stehen, die dunklen Augenbrauen skeptisch verzogen, in einer Zeitschrift. Sie hatte ein rundliches Gesicht und trug ein uniformartiges Jäckchen, das mich an Stewardessen denken ließ. Auf der Theke ein Schild: Self-Service.
Ein einziger Tisch, so weit es ging von der Theke entfernt, war besetzt. Jamel hielt eine Tageszeitung so aufgeblättert, als habe er mich noch nicht gesehen. Vor ihm stand ein hohes Glas, gefüllt mit einer gelblichen Flüssigkeit, daneben lag die Sonnenbrille.
Ich trat an die Theke.
Die Stewardess blickte von ihrer Lektüre auf und klappte die Zeitschrift zu. PSYCHOLOGIE HEUTE.
Nicht so gut?
Sie machte einen Schritt auf mich zu.
Wie bitte?
Die Zeitschrift...
Oh.
Ich bestellte einen Milchkaffee.
Es geht um Willkommenskultur, antwortete sie lächelnd.
Ich sagte nichts.
Der Artikel, erklärte sie und deutete mit dem Kinn auf die Zeitschrift. Um Willkommenskultur für die ganzen Flüchtlinge, Sie wissen schon.
Sie drehte mir den Rücken zu und begann, an der Espressomaschine zu schrauben.
Und um Verdrängung, hörte ich sie weitersprechen. Geschichte und so. Und wo das nicht klappt, dann sind da Abwehrreaktionen. Rassismus und so.
Heftiges Rauschen der Milchschaumvorrichtung.

Aber ich weiß nicht...
Ein letztes Gurgeln der Geräte.
Sie drehte sich zu mir und präsentierte mir den fertigen Milchkaffee. Zucker?
Ich schüttelte den Kopf und zählte Kleingeld auf die Theke.

Die Zeitung, nun zusammengefaltet neben der Sonnenbrille, war bedeckt mit mir unbekannten Schriftzeichen. Jamel deutete an, sich zu erheben und machte eine einladende Geste. Sein Hemd war blütenweiß, der schmale Lederschlips türkis.
Danke, murmelte ich, was machst du eigentlich schon hier? Kommt ihr Araber nicht immer zu spät?
Vielleicht komme ich mehr nach meinem Vater.
Ich setzte mich ihm gegenüber, wobei mir fast doch noch der Milchkaffee übergeschwappt wäre.
Das ist mir neu. Freut mich aber.
Wegen der Pünktlichkeit?
Jamels Ton war neutral. Keine Spur von Ironie.
Was ist das da? Ich deutete auf sein Glas.
Er nahm es, roch daran und sagte: Energy-Drink.
Warum warst du gestern an der Universität?
Ich hatte einen Termin mit deinem Professor Reth, sagte Jamel und schaute mich an, als sei ich zur Faschingsparty ohne Kostüm erschienen.
So?
Er macht sich Sorgen um dich, fragt sich, ob er dir mit dem Hegel-Seminar nicht zu viel zugemutet hat. Da hat er mich angerufen, um die Lage mal zu

besprechen.
Kurz war ich überrascht, der Gedanke, Gegenstand eines fürsorglichen Gesprächs zwischen Reth und Jamel zu sein, interessierte mich. Nehmen Sie ihn doch mal mit zum Sport, das entspannt und bringt ihn auf andere Gedanken. Er ist immer so fixiert aufs Negative.
Ich schwieg.
Oh, Mann, seufzte Jamel, ich war vorher an deiner Bürotür, die war abgeschlossen. Und Reth sagte, freitags wärst du nicht an der Uni.
Uni sagt Reth nicht, er sagt Universität oder Fakultät der philosophischen Wissenschaften.
Jamel ließ die Augäpfel nach oben rollen.
Also?
Dienstlich.
Heißt?
Von der Theke kam das Geräusch der Milchschaummaschine. Jamel nahm einen Schluck Energy-Drink, leckte sich die Lippen und sagte:
Musst du auch mal probieren.
Ich wartete.
Jamel griff sich die Sonnenbrille, machte eine Show daraus, sie aufzusetzen, grinste sein sizilianisches Grinsen und sagte mit Grabesstimme:
Allah ist allmächtig.
Komiker.
Nein, wirklich, sagte er in normalisiertem Tonfall, schob die Sonnenbrille tiefer und blickte mich über ihre Ränder an. Einer dieser Salafistenprediger im Rheinland hat in letzter Zeit mehrmals unseren

Bundespräsidenten in seinen überaus erbaulichen Reden berücksichtigt. Unser Bereichsleiter hält das nicht für Zufall, und der Chef des Sicherheitsteams will sich nichts nachsagen lassen. Also habe ich mich in sein Team versetzen lassen. Ohne mich ist dein Bundespräsident jetzt verloren.
Und mit dir?
Mit mir ist er so sicher wie in Abrahams Schoß. Es sei denn, ich komme auf dumme Gedanken.
Er drückte sich die Sonnenbrille mit dem Zeigefinger wieder ganz vor die Augen. Ich sah mich selbst.

2

Was sagen? Was auch nur denken? Dass ich nicht beschädigen will, was noch unbeschädigt ist. Den Weg freihalten, den Weg in eine gemeinsame Zukunft. Den Rückweg? Ich weiß, es gibt kein einfaches Zurück mehr. Aber den Weg freihalten, der immer wieder von Geröll blockiert wird. Unförmige Brocken von Eifersucht. Scharfkantig und anachronistisch. Der Schutt vergangener Verletzungen, der plötzlich da ist, als sei er vom Himmel gefallen. Pfropfen geronnenen Bluts in den Bahnen. Die Eitelkeit. Mehr noch als alles andere ist es die Eitelkeit, die alle Wege der Einsicht zu verstopfen sucht. Embolien der Selbstüberschätzung. Dazu das eigene und doch ständige Bereitsein für fremde Umarmungen, die meine Eifersucht nicht weniger ins Unrecht setzen, nur weil sie nicht stattfinden. Die Doppelbödigkeit. Die Selbstgerechtigkeit. Alles ist wegzuräumen und immer wieder. Das Ego duckt sich und findet immer einen dunklen Winkel zum Überwintern.

Ich nehme die Regionalbahn nach Siegen, wo ich in den Zug umsteigen muss, der mich über Herborn und Wetzlar nach Gießen bringt. Die Fahrt über bin ich zu müde, um über uns nachzudenken, über Mareile, mich und welchen Griechen auch immer (natürlich der mit dem Rolator, aber ich belasse ihn gerne namenlos, gesichtslos, nur das Facebook-Profilbildchen kenne ich doch, aber ist es wichtig, wer er ist?).

Jamel hat kein Facebook-Profil.
Auf meine Frage, warum er sich habe ins Sicherheitsteam für den Prediger versetzen lassen, antwortete er: Findest du es nicht verführerisch, einfach so nah dran zu sein?
Nur, wenn man einen Sprengstoffgürtel hat.
Da rauscht der Mantel der Geschichte vorbei.
Was ändert das an der Geschichte?
Es befleckt vielleicht den Mantel.
Als der Zug in Herborn hält, fällt mir die Schlagzeile wieder ein: Tanklaster rast mit defekten Bremsen über Gefällestraße in den Ort. Als er endlich aufprallt, explodiert die Ladung und dreißig Häuser geraten in Brand. Die Dill steht über hunderte Meter in Flammen. So was vergisst nicht, denke ich noch, wer es überlebt. Dann nicke ich ein.

Mit dem Gefühl, geträumt zu haben, schrecke ich hoch. Ich erinnere mich an das Stewardessjäckchen. Der Traum schwirrt mir unscharf wie eine Fliege im Kopf herum. Energy-Drink. Sie hatte mir auch einen Energy-Drink gebracht, aber meiner war Erdbeere. Und als ich mit Jamel anstoßen wollte, las er Houellebecq und hielt sich das Buch vors Gesicht.
War er verloren?
Houellebecq?
Jamel.
Warum verloren?
Vielleicht nur, weil ich es so will. Vielleicht weil er Blut vergießen will, wie Tropfen auf einen heißen Stein.

Warum sollte er das wollen?
Erwarten Sie nicht, dass sich alles fügt.
Was sonst soll ich erwarten.
Keiner werfe den ersten Stein.
Was weißt du von denn vom Proletariat?
Ich höre Deutschlandradio.
Der Zug steht.
Bitte?
Der Zug steht.
Plötzlich war ich wieder wach. Der Zug stand. Kein Stationsname auf dem Bahnsteig. Ein Blick aufs Handydisplay eliminierte meine aufkeimende Panik. Zehn Minuten noch bis Gießen. Mareile. Sie würde mich vom Bahnhof abholen. Meine tatkräftige Mareile, die selten nur einmal einen Tränentag hatte. Vorübergehend Sonnenfinsternis, Weltschmerz. Wusste ich noch, wer sie war? Wie verloren war sie? Ich rieb mir über Stirn und Augenbrauen, atmete mehrmals tief ein, um Gespenster zu verscheuchen und wach zu werden.

Mareile holt mich vom Bahnhof ab. Sie bringt mir eine langstielige, dunkle Rose. Sie trägt ihre hohen roten Stiefel, Jeans und die mir vertraute dunkelgrüne, mit indisch anmutenden Stickereien verzierte Jacke aus dicker Baumwolle, an deren lang und spitz zulaufender Kapuze ein kleines Glöckchen baumelt. Wir berühren uns in aller Vertrautheit, umarmen uns. Nur der Ort des Wiedersehens ist sonderbar. Dabei ist Gießen äußerlich alles andere als ungewöhnlich. Mir fallen auch keine Schlagzeilen zu diesem Ort ein. Ich erfahre, es gibt zwei Hochschulen. Daher die vielen jungen Leute auf den Straßen. Und es gab schon 1947 das zentrale Durchgangslager. 1989 kamen in Gießen die letzten über Ungarn ausgereisten deutschen Flüchlinge an. Ansonsten: kleinstädtische Normalität, eine weggebombte Innenstadt wie in den Ruhrgebietsstädten, neu geplant von Architekten, die auch schon bei Albert Speers Arbeitsstab für den Wiederaufbau kriegszerstörter Städte mit dabei waren. Jetzt aber herrschte sachliche Funktionalität. Der Beton hatte die Härte der Nachkriegsjahre. Der Baustil inspiriert von Bunkererfahrung und Wohnungsnot. Irgendwann dann die verkehrsberuhigte Einkaufszone, das Monstrum Autoverkehr war schon fett gemästet. Was Gießen auch zu bieten hat: Einen botanischen Garten, angelegt im Bestreben, der jeweils geltenden wissenschaftlichen Systematik ihr Recht und den Studenten lehrhafte Anschauung zu verschaffen. Übrigens der älteste botanische Garten in Mittelhessen. So nennen sie die Gegend hier im Zeitalter der Regionalisierung.

In Mareiles Wohnung haben sich Frösche ausgebreitet. Einer, einen halben Meter hoch und herausfordernd grün, hockt im Lotussitz mitten auf der Kommode im Wohnzimmer. Einen anderen finde ich im Bett, schlaff und schwer lauert er zwischen den Kissen. Dann noch zwei ganz kleine in der Seifenschale im Bad. Mareile muss gar nichts sagen. Ich frage auch nicht. Ich sammle die Frösche ein und verstaue sie in einem der Vorratsschränke. Mareile macht ein

Gesicht, als wäre ihr die Froschinvasion bisher nicht aufgefallen.
Dann, in einem Ton, als kläre sie ein Missverständnis auf, sagt sie, der Grieche nenne sie Fröschchen, weil sie schneller schwimmen könne als er.

Später, nach Mitternacht, sehe ich mich selbst: wartend liegt Hollander schon im großen Bett. In neuen, rot-rosa gestreiften Überzügen. Eine ihm unbekannte Nachttischlampe beleuchtet das Zimmer angenehm zurückhaltend. Arme zwischen Kopf und Kissen verschränkt, den frischen Geruch der Bettwäsche genießend, den Blick auf Mareile, die sich auszieht. Er hat ihren Körper immer gern nackt gesehen. Und sie hat sich immer gerne nackt vor ihm (und vor den anderen?) gezeigt. Eigentlich ist er schon müde, aber er will ihre Haut berühren. Schließlich gleitet das kühl-glatte Gefühl bei der Berührung ihrer nackten Körper hinüber in das Verlangen (seins), die Körper zu vereinigen. Was ihr hoffentlich nicht unangenehm ist, denkt Hollander, aber immerhin ist sie ja schon nackt ins Bett gekommen. Er liegt jetzt über ihr, bereits mit einer völlig ausreichenden Erektion. Sie lächelt ihn aufmunternd an, jedenfalls scheint es für ihn so im Halbdunkel. Kürzlich noch hatte er gelesen, Frauen empfänden neben der eventuellen Lust beim Eindringen des männlichen Gliedes in die Scheide möglicherweise auch ein Gefühl des Triumphs. Wirkliches Begehren scheint es ihm jedenfalls nicht zu sein, weshalb Mareile bereitwillig mit ihm schläft. Sie lächelt, ermutigt ihn so zu einseitigem Höhepunkt.

Ihre Hand tastet über Hollanders Pobacken und ihre Zeigefingerspitze sucht kurz seinen Anus, was, wie sie wahrscheinlich weiß, seinen Orgasmus beschleunigt.
Danach.
In der Umarmung noch.
Hatte sie ihm Bestätigung geben wollen, dass alles noch so war wie immer?
Er mutmaßt.
Und er? Er küsst ihren Hals direkt über dem linken Schlüsselbein.
Wollte er seine Markierung setzen, Spuren hinterlassen? Zumindest in einer möglichen verbalen Bestätigung, später, wenn Mareile den wechselseitigen Gebrauch der Geschlechtsorgane dem von ihr als eifersüchtig beschriebenen anderen Mann auf Nachfrage eingestehen würde?
Hollander denkt kurz an sein Sperma, das nun den Körper gewechselt hatte, und an die unwahrscheinliche Möglichkeit einer daraus resultierenden Schwangerschaft.

Wir haben Konzertkarten für den Auftritt einer schwedischen Sängerin in Marburg. Wir treffen uns mit Albert Plotz. Während Mareile schon vor der Bühne ist und Plätze frei hält, stehe ich mit Plotz, der noch eine Zigarette rauchen will, vor dem Eingang. Er ist ein netter Kerl, spricht langsam, mit einem hessischen Unterton und macht auch keinen erfolgsverwöhnten Eindruck auf mich. Nur seine Frisur ist merkwürdig, so als trage er eine Prinz-Eisenherz-Perücke in der Wintervariante. Ich

frage ihn, ob er mir ebenfalls eine Zigarette dreht. Praktischerweise ist da ein Mauervorsprung neben uns, auf dem er seine Bierflasche abstellen kann. Er nickt und zieht sein Päckchen Tabak hervor.
Der Hund warte im Auto, erzählt er. Ein paar Stunden lang mache Wuschi das nichts aus. Aber immer wieder gebe es Ärger mit der Polizei. Einmal sei er nach ein paar Besorgungen zum Auto zurückgekommen, und der Hund war weg. Alle Türen zu, aber Wuschi war nicht mehr im Auto. Stattdessen ein amtlicher Zettel, der Hund sei auf dem Polizeirevier abzuholen. Dort hieß es, der Wagen habe in der Sonne gestanden, und es sei kein Wasser für das Tier zu sehen gewesen.
Ich nicke verständnisvoll, ohne zu wissen, ob mein Verständnis Plotz oder der Fürsorglichkeit der Polizeistreife gilt.
Er kenne auch den Froschkönig, sagt er aus vollkommen heiterem Himmel. Ich frage nicht nach, woher. Plotz gibt mir endlich die Zigarette.
Toll, dass du nicht eifersüchtig bist. Ich glaub, ich würde das nicht so hinkriegen.
Als wäre Heldentum mir nicht völlig fremd, sage ich nur beiläufig, Mareiles Glück sei auch das meine, schließlich gehe es in der Liebe ja nicht um Besitzansprüche.
Ja, sagt Plotz, aber ob ich das so hinkriegen würde.
Wir stoßen an und seufzen, als hätten wir angesichts einer schwierigen Weltlage doch noch einmal den Überblick behalten.
als wir endlich zur Bühne kommen, winkt Mareile uns zu. Ich freue mich, sie zu sehen. Schon überfällt

mich wieder die verführerische Traurigkeit, die darin liegt, alles schon wie aus ferner Zukunft zu erleben.

Den Sonntag verbringe ich mit Mareile an der Lahn. Wir frühstücken im Bootshaus, das jetzt ein Restaurant ist. Mareile will in der Sonne sitzen, aber alle Tische auf der Terrasse stehen im Schatten. Also besteht sie darauf, Tassen und Teller ein paar Meter weiter ans Lahnufer zu tragen und dort auf einem kleinen Steg zu sitzen. Ich lächele entschuldigend einer Kellnerin zu, die uns einen skeptischen Blick zuwirft, aber nicht eingreift.
Letzte Woche habe ich hier einen Eisvogel gesehen, sagt Mareile.
Mit dem Froschkönig?, denke ich und sage: Ein Eisvogel?
Mareile beschreibt ihn mir. Sie erzählt mir alles von so ziemlich allen Vögeln, die sie bisher am Lahnufer gesehen hat und schließlich habe ich den Froschkönig wieder vergessen.

Am nächsten Morgen sitze ich allein am Erkerfenster. Müslischale mit Joghurt und frischen Nektarinenstückchen. Mareile ist schon seit einer Stunde fort. Mein Zug fährt gegen Mittag. Unsere Verabschiedung war herzzerreißend. Unsere kleine Welt der Liebe ist unversehrt und die Situation allenfalls eine topographische Komplikation. Auf dem Schreibtisch vor mir liegt aufgeblättert Bolaños Das dritte Reich. Die Studentinnen gegenüber sind so gut wie unsichtbar. Eine, eine blonde, tritt so kurz auf den Balkon, dass sie sich offensichtlich nur seiner vergewissern will, ob er noch da ist. Sie gefällt mir nicht, aber ihr blondes Haar lässt mich an Almuth denken, an ihre rot lackierten Nägel und an einen kleinen Fleck Nagellack, den sie auf den Bettlaken hinterlassen hat wie einen Tropfen Deflorationsblut. Waren die Nächte mit ihr eine Revanche für Mareiles Nächte mit dem Froschkönig? Gibt es diese Nächte? Erfindet er gegenüber seiner Frau Erklärungen dafür, zwischen den Tagen fort sein zu müssen? Oder sind Erklärungen schon längst nicht mehr notwendig? Was interessiert mich das. Liebe ich Mareile, auch wenn ich nichts von diesen Nächten wissen will? Muss man in der eingebildeten Aufrichtigkeit der Monogamie leben, um von Liebe reden zu können?

Am Bahnhofsgebäude – man kann die Gleise schon vorher erreichen, aber da ich eine Tageszeitung kaufen will, laufe ich auf den Haupteingang zu – wird für Flüchtlinge gesammelt. Ein junger Mann, auf seinem T-Shirt steht demonstrativ Refugees Welcome, will mir die Situation erklären. Obwohl ich durchaus ein paar Minuten Zeit hätte, lasse ich ihn mit dem Hinweis stehen, ich müsse zum Zug. Gleich werde ich in der Tageszeitung anteilnehmend über die Flüchtlingskrise lesen und mich fragen, wessen Krise genau gemeint ist.
Im Zug bin ich dann aber in Gedanken bei Mareile. Bei der Vertrautheit, die scheinbar so unerschütterlich zwischen uns besteht. Irgendwann kann man nicht mehr unterscheiden zwischen Vertrautheit und Liebe.

Oder zwischen Vertrautheit und Gewohnheit? Etwas in mir protestiert. Vertrautheit basiert auf Verständnis, sage ich mir, auf erfahrenen Übereinstimmungen, auf Vertrauen. Auf vielen Gemeinsamkeiten. Alles zusammengefasst heißt dann Liebe.
Was weiß ich.
Toll, dass du nicht eifersüchtig bist.
Natürlich bin ich eifersüchtig. Vielleicht nicht genug. Vielleicht mehr als genug.
Vielleicht leide ich unter einem Mangel an Eifersucht. Vielleicht ist Eifersucht ein Mangel an Anerkennung des Anderen.
Mit zunehmender Dauer der Fahrt und abnehmender Entfernung zum Ruhrgebiet, ist mir, der Regionalzug gerate in ein anderes Gravitationszentrum und werde gegen sein inneres Wesen beschleunigt.
Jamel?
Eine eulengesichtige Schaffnerin mit golden gerahmter Brille, die Bügel befestigt mit einem feinen, ebenso goldenen Kettchen, kommt und will mein Ticket sehen.
Fahren wir nicht etwas zu schnell?, sage ich.
Wir holen Verspätung auf, sagt sie.
Ich hätte schwören können, seufze ich mit ruhelosem Blick, es läge am Massenreichtum des nahenden Ballungsraums.
Sie blinzelt, sieht mich an, wie man für gewöhnlich nicht-terrestrische Lebensformen ansieht, und geht schnell weiter.

3

Die Erfüllung ist ihr meinen Schmerz wert.
Ich notierte mir den Satz und bewunderte seine grammatische Dunkelheit, als der Zug in den Hauptbahnhof einfuhr. Fast hätte ich mir gewünscht, da wäre jemand, der mich abholt. Ich sammelte mich und meine Habseligkeiten zusammen und trottete zum Ausstieg. Der Bahnsteig war voller Leute. Manche verteilten kleine Wasserflaschen, manche hielten selbstgemalte Schilder hoch. Dazwischen Frauen, Männer, Kinder von weit her, in den Augen noch immer Hoffnung. Auf dem gegenüberliegenden Gleis stand ein leerer Intercity. Nehmt euch was ihr braucht, dachte ich, wir machen das schon lange so.
Ich lief zwei Treppen abwärts, durchquerte das Bahnhofsgebäude – mittlerweile eine Shopping-Mall mit Verkehrsanschluss – und nahm die Rolltreppe ins Untergeschoss, wo die Straßenbahnen hielten. Die Linie 109 war völlig überfüllt, aber es gelang mir, mich noch in eine Türöffnung zu zwängen, wo ich eingekeilt zwischen zwei baumlangen Schwarzen in Hawaiihemden stand. Über die Schulter sah ich, wie die hydraulischen Türen wiederholt zu und wieder auf klappten, hilflos wie ein fehlkonstruiertes Insekt, da mein Rucksack in die Lichtschranke ragte. Unter den unwilligen Blicken des ganzen Wagens bugsierte ich den Rucksack zwischen meine Beine. Die Türen schlossen sich mit einem erleichterten Seufzer. Die Straßenbahn fuhr an. Ein Schwall gestauter

Körperwärme und abgestandener Luft nahm mir den Atem, so dass ich jetzt hoffte, die Türen würden sich wieder öffnen. Ich begann heftig zu schwitzen, wurde beim nächsten Halt tiefer ins Menschenknäuel gesogen, wo die Hitze noch zunahm. Von allen Seiten drängten sich Körper an mich, was immerhin die unerreichbaren Haltestangen überflüssig machte.
Oh. Hallo, sagte jemand neben mir.
Ich drehte den Kopf: unsere Lippen waren nur Zentimeter voneinander entfernt, der gegen meine rechte Hinterbacke gedrückte Gegenstand war vermutlich Lillys Hüftknochen. Ihr langes Haar fiel uns wie Sonnenlicht über die Schultern. Massive Hormonausschüttungen setzten ein und schon erschienen mir die die aktuellen Beförderungsbedingungen in einem anderen Licht.
Oh, entfuhr es mir, Frau Rother, was für eine Überraschung.
Wir lächelten uns an, die Gesichter so nah wie zwei Liebende.
Ich hatte Sie gar nicht gesehen, flüsterte ich fassungslos. Allenfalls gespürt, ich meine so von hinten, ich meine, ganz schön eng hier.
Lilly nickte. Berufsverkehr, sagte sie. Und dann schnell: Kommen Sie auch von der Uni?
Etwas drückte gegen mein Bein, das musste ihr Oberschenkel sein.
Nein, ich bin gerade vom Bahnhof, stotterte ich, mich in ihrem Blick auflösend. Ich meine, ich war bis heute verreist und bin jetzt erst...
Die Straßenbahn hielt und eine neue Welle von

Bewegung an der Türöffnung presste uns noch einmal kräftig gegeneinander.

Entschuldigung, sagte ich, aber sie lächelte. Ich sog ihren Geruch ein und musste an Tollkirschen denken.

Sie sollten noch Ihre Einladung abholen, ich habe sie in Ihr Fach im Dekanat gelegt.

Einladung?

Für nächsten Montag. Die Gastvorlesung. Der Bundespräsident.

Ich nickte. Die Erektion war schon mal weg.

Morgen, sagte ich, da schaue ich im Sekretariat vorbei.

Gut, sie lächelte entschuldigend, ich muss die Nächste raus, bis dann...

Lilly schlängelte sich zwischen anderen Männern hindurch zur Tür. Die Straßenbahn fuhr mittlerweile oberirdisch. Ich blickte ihr nach, wie sie ausstieg und zwischen den Menschen auf der Straße verschwand.

Montagabend. Vor mir schien eine quälend lange Woche zu liegen, und doch fürchtete ich das rasche Hinabstürzen der Tage. Unschlüssig und kraftlos legte ich mich aufs Bett, schaltete den Radiowecker ein, um ein wenig Deutschlandradio zu hören, und spielte mit dem Gedanken, mich für die ganze Woche krank zu melden. Nervenkrank, wenn Frau Grünberg nachfragen sollte.

Stattdessen ging ich am nächsten Tag noch vor dem Kant-Seminar ins Sekretariat, um die Einladung zu holen. Sie erwies sich als schmuckloses Din-A-4-Blatt mit Name und Geburtsdatum und dem Hinweis, nur in Verbindung mit meinem Personalausweis gültig zu sein. Abschließend die Bitte um Verständnis für strenge Personenkontrolle am Eingang. Frau Grünberg klagte kurz über den vielen Papierkram, feilte sich dabei aber die Nägel und wirkte mit sich und der Welt im Gleichgewicht.

Chef ist außer Haus, Sitzung der Ethikkommission in Düsseldorf, klärte sie mich auf.

Auch das Kant-Seminar lief reibungslos. Das erste Referat stand an, gehalten vom jungen Antonio Banderas persönlich. Er war in der dritten Seminarwoche aufgetaucht, ohne Anzeichen von erschüttertem Selbstbewusstsein angesichts seiner Niederlage im Rennen um die Hiwi-Stelle im Dekanat. Stattdessen hatte er sich sofort bereiterklärt, den frei gebliebenen Termin für das Auftaktreferat zu übernehmen. Der Kerl war natürlich engagiert, kreativ, dynamisch, proaktiv, kommunikativ, witzig und von unerschütterlich positiver Ausstrahlung. Mit einem Wort: unsympathisch. Aber ich konnte mich auf einen funkelnden Vortrag zu Kants Ästhetik und die Abstraktion in der Kunst verlassen, so Raum und Zeit füllend, dass ich nur noch die folgende zehnminütige Diskussion moderieren musste. Und natürlich dankte ich ihm sachlich für sein Referat, um ihm dann, ganz zum Schluss noch, damit der Eindruck auch haften blieb, eine giftig grüne Korinthe der Kritik hinzukacken.

Am Dienstagabend versuchte ich Jamel auf seinem Smartphone zu erreichen. Beim dritten Versuch sprach ich sogar was auf die Mailbox.

Auch Hegel am Mittwoch segelte in ruhigen Gewässern, zumindest bis ich dann doch in einem Anfall von Todesverachtung auf die Umkehrung der Dialektik durch den einzig bedeutenden Sohn Triers hinwies und in die plötzlich einsetzende Stille hinein die alles entscheidende Frage platzierte, was Marx denn wohl unter Materie verstehe, aus der Ideelles und Geist erst hervorgingen? Gesteinsbrocken? Atome? Teilchen und Wellen?

Ich zählte so lange Physikalisches auf, bis ich allen alle Fluchtwege abgeschnitten hatte und Thomas Jaskolla aus seinem Parka heraus sagte: Der Mensch.

Und Helmut: Der Mensch?

Und Thomas: Der Mensch, wie er die Natur bearbeitet und sich selbst dabei formt.

Und ich, ein versöhnliches Ende nehmend, mit bewegter Stimme, als sei mir die Zungenmandel im Glück eines gelungenen didaktischen Winkelzugs schon leicht geschwollen: Sie sehen also, der Gegensatz zwischen Idealismus und Materialismus ist zwar prinzipiell, aber nicht so schroff und flach, wie uns Pfaffen und Prediger glauben machen wollen.

Danach, nach flüchtigem Blick ins Büro und dann auf dem Fahrrad im Novemberniesel, gerate ich rasch ins Zweifeln.

Der Mensch.

Ich fuhr zwischen den abgeschlagenen Köpfen, über die abgeschnittenen Ohren, auf den Gehwegen standen die für eine gute Sache Gefolterten, die vergewaltigten Frauen des Feindes, trieben im Rinnstein die 1961 in der Seine ertränkten Demonstranten, die zur

Flucht Geängstigten mit ihrem schlichten Unglück dort zuhause zu sein, wo Gaspipelines ihr Recht auf Leben bedeutungslos machten. Woher also nahm ich angesichts dieser so ungeheuerlichen wie normalen Verachtung der Menschen untereinander noch die Unverfrorenheit zur Hoffnung? Weil es den Menschen nicht unabhängig von seinen Verhältnissen gab? Weil er kein Ding war, nicht nur Gegenstand, einmal programmierte Maschine, totes Holz.

Am Abend versuche ich wieder, Jamel zu erreichen. Mein Handy lässt brav ein längliches Tuten hören, das klingt wie hilflose Signale eines verirrten Ausflugsboots einsam im Nebel, an Bord zwei Ethikkommissionen und ein paar christliche Dogmatiker. Dann bricht das Tuten ab.

Am nächsten Morgen fällt mich Migräne an. Sie ist ein unregelmäßiger, immer seltener gewordener Begleiter aus meiner Kindheit, der manchmal nur kurz vorbeischaut. Heute aber hat die Migräne sich Zeit genommen und will endlich mal wieder richtig Spaß haben. Nach einer Stunde am Frühstückstisch, Augen geschlossen und Kopf in den Nacken gelegt, hat sich unbeeindruckt von einem zweiten nachtschwarzem Kaffee ein ekelhafter Klumpen Schmerz sich in meiner linken Hirnhälfte eingenistet. Unsicher taste ich endlich nach dem schnurlosen Telefon und rufe im Sekretariat an. Mit speichelloser Zunge und Lauten, die in meinem Kopf wie Metall auf Metall klingen, erkläre ich der Grünbein meine Unpässlichkeit, sage mein Proseminar zur Philosopiegeschichte ab und bitte sie, entsprechende Maßnahmen einzuleiten. Ich kann ihrer Antwort kaum folgen, weiß aber, sie wird den dafür vorgesehenen Vordruck an die Tür von Raum R09D03V86 anbringen lassen. Die Dinger sehen wie Todesanzeigen aus. Ich male mir aus, die Grünbein wird Lilly schicken, um die Mitteilung mit zwei Streifen durchsichtigem Klebeband anzubringen.

Migräneanfälle beginnen bei mir immer mit einem leichten Flimmern. Die ersten Minuten bemerke ich es kaum, dann sehe ich für eine halbe Stunde alles in Spiralen. Dann erst kommt der Schmerz und schließlich, jedenfalls damals noch, bis in die letzten Studienjahre hinein, die Übelkeit.

Das erste dramatische Erlebnis mit der Migräne hatte ich mit zehn. Ich ging in die fünfte Klasse. Schon im Schulbus waren die Köpfe um mich herum im Lichtstrudel versunken, beim Aussteigen steckte ein rostiger Nagel in meiner Schädeldecke und als ich endlich zwischen den anderen am Schultisch saß und versuchte unserer Englischlehrerin Edeling zu folgen, da erbrach ich plötzlich und in einem orangenen Sturzbach das Möhrengemüse vom Vorabend über die ganze Tischplatte. Leichenweiß sehe ich mich im ausbrechenden Kindertumult sitzen, betrachte mein Werk, das mich einhüllt in eine Mischung aus Essigdämpfen und süßem Möhrenduft. Ich fühle mich zu entkräftet, um die Situation peinlich zu finden. Frau Edeling, die sich dezent und dunkel wie eine ältere Frau kleidete, aber jung war und und attraktiv, zog mich weg von meinem Tisch und brachte mich ins Krankenzimmer. Als ich auf der einzigen, mit rauem, rostrotem Stoff bezogenen Liege lag und ihr versichert hatte, nicht mehr kotzen zu müssen, legte sie kurz die warme Innenseite ihrer Hand auf meine Stirn. Schließlich blieb ich allein, und spürte wieder Blut in meinem Körper. Die Übelkeit war nach dem gewaltsamen Akt des Erbrechens tatsächlich verflogen, meine Sinne und Muskeln entspannten sich in der Stille des kleinen Krankenzimmers. Ich dachte an Frau Edeling, ihre Hand und ihre schwarzen Seidenstrümpfe.

Als ich mich auf den Heimweg machen konnte, hatten schon zwei Mädchen aus der Klasse meinen Tisch gesäubert. Für beide gab mir meine Mutter am nächsten Schultag eine Tüte Gummibärchen mit.

Nach meiner Schulzeit wurden meine Migräneanfälle seltener und raffinierter. Die Kopfschmerzen wurden allgemein schwächer, waren oft nur noch ein dumpfer Druck unterhalb der Schädeldecke, dafür aber traten interessante mentale Störungen auf. Gesichter, die ich gut kannte, erschienen mir nach Abklingen der Lichtfestspiele in meinem Gesichtsfeld fremd, Namen, die mir geläufig waren, klangen falsch, einfache Sätze, die ich testweise vor mich hin sprach, fühlten sich sinnlos an, obwohl sie es ganz sicher nicht waren. Mit solcherlei Phänomenen verbrachte ich den restlichen Donnerstag, alle Zweifel an der Annahme verdrängend, dass mein Gehirn sich diesmal vielleicht keinen nur vorübergehenden Spaß leistete. Schließlich war ich aber auch erschöpft genug, um mehrmals beim Namenaufzählen und Testsätzesagen einzuschlafen. Als ich am Freitagmorgen aufwachte, klang ein Satz wie Vielleicht sollte ich heute früher aufstehen, es wird sicher ein wunderbarer Tag wieder genau so richtig, wie ich es gewohnt war.

Am frühen Abend dann lese ich im Internet die ersten Meldungen aus Paris. Die Fernsehsender ändern ihre Programme und schalten Sondersendungen. Erste Korrespondenten vor Ort werden eingeblendet, obwohl sie nur wiederholen können, was man schon weiß: ein Massenmord, mehrere Attentäter, eine Geiselnahme in einem Konzerthaus. Irgendjemand will gehört haben, ein Geiselnehmer habe Gott ist groß auf Arabisch gerufen.

Die ersten Politiker geben ihre Interviews, beteuern Entsetzen und erklären, es handele sich um einen Anschlag auf unsere Freiheit. Man erklärt Solidarität mit Frankreich, politische Journalisten analysieren in ersten Hintergrundkommentaren, es gelte nun, unsere Lebensweise zu verteidigen: vor Cafés sitzen, Eis essen, Spaß haben.

Ein rechtskonservativer Politiker aus Bayern bringt die Flüchtlinge ins Spiel und entblödet sich nicht zu erklären: Paris ändert alles.

Der Bundespräsident lässt verlauten, aus unserem Zorn müsse jetzt Verteidigungsbereitschaft werden.

Ich rufe Almuth an, ich will wissen, was sie denkt, was Reth denkt, was mit Montag ist. Ob der Prediger jetzt noch kommen wird.

4

Ich erreichte Almuth erst am Samstagvormittag, aber auch da kam mein Anruf ihr ungelegen. Ein erdbebenartiges Zerwürfnis am Abend zuvor hatte auch die letzten Reste ihrer Ehe einstürzen lassen. Den Terror in Paris hatte sie nur am Rande - der Fernseher lief während des ganzen Streits - und als irreale Spiegelung ihres Ehefinales wahrgenommen.
Auslöser war sein Gestank, erklärte sie sachlich. Ihr Mann sei vor Wochen zu dem Schluss gekommen, einen Wurm im Darm zu haben und, überzeugt von seiner Selbstdiagnose nach nächtlichen Internetrecherchen, habe er sich über eine US-amerikanische Website ein Wurmmittel bestellt. Die regelmäßige Einnahme habe zu einem infernalischen Mundgeruch geführt, so dass sie beim Betreten ihrer Wohnung stets würgen musste und schließlich, gestern Abend, sei ihr der Kragen geplatzt.
Sie ziehe zu einer Freundin. Sie überlege überhaupt ihr Leben zu ändern, vielleicht bewerbe sie sich an einer anderen Universität irgendwo in Süddeutschland oder gleich in Frankreich.
Ich nickte und fragte mich, woher Frauen diese Dynamik nehmen, wenn sie einmal zu dem Schluss kommen, ihr Leben ändern zu müssen. Almuth fragte ich, ob sie denn einschätzen könne, was mit der Abendveranstaltung am Montag sei.
Sie schwieg beleidigt. Immerhin legte sie nicht gleich auf.

Mein Leben interessiert dich einen Scheißdreck, was?
Almuth, tut mir leid, aber es ist wichtig.
Warum?
Ich überlegte vergeblich, was ich ihr sagen sollte.
Oh, Mann, seufzte sie. Ich hab nichts gehört von Reth. Oder von Bertmann. Ich bin am Montag aber auch nicht weiter eingebunden. Wahrscheinlich gehe ich nicht einmal hin. Aber die Grünberg hat einen Email-Verteiler fürs Vorbereitungsteam eingerichtet. Bist du da nicht drin?
Nein.
Ok. Ich melde mich, wenn es etwas gibt.

Neben den Terroranschlägen in Paris schien für die gut vernetzten Redaktionen kein anderes Thema mehr zu existieren. Die inszenierten Gesprächsrunden auf den Fernsehkanälen gebärdeten sich, als habe man soeben erst entdeckt, dass die Erde um die Sonne kreist. Zu Terrorexperten ernannte Journalisten erläuterten die Bedrohungslage für den Westen. Innenminister baten um einen Vertrauensvorschuss für ihre diskreditierten Geheimdienste. Die tausenden Terroropfer der letzten Jahre in Bagdad, Beirut oder Kabul schienen dagegen nur noch in die Kategorie regionale Folklore zu fallen. Ich stellte mir vor, dass in den Vorstandszimmern der Kriegsindustrie Korken knallten.

Nachdem ich am Sonntagvormittag noch einmal vergeblich versucht hatte, Jamel zu erreichen, kramte ich den Zettel hervor, auf dem ich damals Knut Vogelmanns Telefonnummer notiert hatte.

Entgegen Bastins Rat, der Geschichte mit Vogelmann nicht weiter nachzugehen, hatte ich immer wieder mit dem Gedanken gespielt. Ich stellte mir vor, Vogelmann noch einmal anzurufen und ihn zu fragen, ob nicht eigentlich Janah das Manuskript geschrieben hatte.

Direkt nach dem ersten Klingelzeichen meldete sich eine weibliche Stimme:

Ja?

Entschuldigung. Ich meine die Störung. Kann ich mit Herrn Vogelmann sprechen?

Wer sind Sie denn?

Mit dem Tonfall hätte man nachhaltig Eiswürfel herstellen können.

Oh, Entschuldigung. Ich heiße Hollander. Ich hatte Herrn Vogelmann letztes Jahr besucht.

Hören Sie auf, sich ständig zu entschuldigen, sagte die Frau.

Ich stand auf, nahm Haltung an und sagte mit einem Atemwölkchen beim Sprechen: Jawohl.

Dann, da sie nichts mehr erwiderte, wiederholte ich mein Anliegen, mit Vogelmann sprechen zu wollen.

Knut Vogelmann ist seit zwei Wochen tot.

Dann wieder Schweigen. Da war Genugtuung in ihrer Stimme.

Würden Sie mir verraten, bitte, mit wem ich spreche?

Julia. Die Tochter.

Oh. Mein Beileid.

Schon gut, vergessen Sie´s.

Wie...

Wie er gestorben ist?

Ja.

Hm, schwer zu sagen, war ja niemand dabei.

Schon gut, entschuldigen Sie, geht mich ja auch gar nichts an, sagte ich und wollte das Gespräch beenden, aber statt zu schweigen, sagte sie:

Mich eigentlich schon lange nicht mehr. Eine Woche hat er in seinem Schlafzimmer gelegen. Neben dem Bett. Muss rausgefallen sein. Als ich reinkam hab ich´s dann schon am Geruch gemerkt. Die von der Rechtsmedizin sagen, der ist aus dem Bett gefallen, weil er so besoffen war.

Ich sah Vogelmann vor mir, wie er den Trollinger ausschenkte.

Daran stirbt man?

Ich hörte sie mit irgendwas rascheln.

Tja. Wenn man sich dabei die Schulter bricht und sich dann auf dem Rücken liegend selbst die Luftröhre vollkotzt.

Sie schwieg wieder. Die Details reichten mir schon. Und ihr Tonfall auch. Ich verabschiedete mich.

Und vielen Dank, setzte ich hinzu.

Wofür?

Am Abend höre ich auf Deutschlandradio den ersten Redebeitrag, in dem es nicht um Terrorangst geht. In den Informationen am Abend erklingt am Sonntag Harald Vonderheides durchtrainierte Stimme, die aus jedem beliebigen Ereignis ein weltbewegendes machen kann. In der Anmoderation für Sternenzeit erklärt er, heute Nacht erwarte uns ein besonderes Phänomen am Nachthimmel: Der Blutmond. Dann beginnt mit einem sphärisch-verhallten Jingle der Sternenzeit-Beitrag, gefolgt von einer neuen Stimme, die Sätze aneinanderreiht mit Wörtern wie Ekliptik, Kernschattenfinsternis und Knotenlinie. Langwellige rote Anteile des Sonnenlichts überstehen angeblich die Brechung im Staub der Erdatmosphäre besser als ihre kurzen blauen Brüder (und Schwestern, ergänzt die Marga Strowski in meinem Kopf). Im Ergebnis bleibt der Vollmond heute Nacht sichtbar als rötliche Scheibe. Abschließend sei noch auf ein bedeutsames Phänomen hingewiesen: die Erdschattenvergrößerung. Die sei schon im frühen 18. Jahrhundert von Philippe de La Hire erklärt worden, derselbe, der ja bekanntlich auch als erster bewiesen habe, dass die Hypotrochoiden der Cardanischen Kreise sämtlich Ellipsen seien.

So ist es, murmle ich zustimmend, schon im Halbschlaf, als eine andere Stimme beginnt, aus der Apostelgeschichte zu zitieren:

Die Sonne soll sich verkehren in Finsternis und der Mond in Blut, ehe dann der große offenbare Tag des HERRN kommt.

Mit letzter Kraft bringe ich den Radiowecker zum Verstummen und überlasse mich freudig meiner persönlichen Apokalypse.

In der Nacht klingelt das Telefon, zerreißt die schwarze Stille. Ich fahre hoch. Blick auf den Radiowecker:

4:23 Uhr. Mein Puls ist auf 250, als mir einfällt: Mondfinsternis. Ich denke: Mareile. Mareile ruft an. Sie steht in Gießen am Wohnzimmerfenster und will den Moment mit mir teilen. Ich greife das Telefon. Auf dem Display steht: Thommy Lee. Fast lasse ich das Ding fallen wie ein versehentlich gegriffenes Skorpionweibchen. Gleichzeitig springe ich auf und stehe neben dem Bett.
Grüne Taste.
Ja?
Willst du ihn sehen? Komm her! Du wolltest doch gerne mal herkommen. Und hier liegt er.
Seine Worte schwimmen wie Früchte im Rumtopf. Im Hintergrund höre ich eine verzerrte Stimme, die klingt, als spreche jemand die Verkehrsnachrichten.
Wer?, sage ich. Du bist betrunken.
Wer?, äffte er mich nach. Der Sprengstoffgürtel natürlich.
Ich gehe zur Terrassentür, öffne sie und mache die zwei Schritte bis zum Geländer. Das kalte, glatte Holz unter meinen nackten Füßen. Überhaupt: die Nacht ist angenehm kühl. Ich schaue nach Kernschatten und rotem Licht.
Du bist betrunken, wiederhole ich, ruhiger als ich wirklich bin. Abwehrreaktion. Der Mond sieht lediglich so aus, als hätte sich eine dunkle, rötliche Wolke vor ihm verfangen und könnte jetzt nicht mehr weiter.
Sicher, höre ich Jamel lallen. Wann kommst du? Du musst ihn dir ansehen. Ohne Anschauung kein anständiger Begriff, das weißt du ja. Herr Doktor der

Revolutionswissenschaften.

Probier´ ihn schon mal ohne mich aus, antworte ich, und ruf mich danach wieder an. Dann drücke ich die rote Taste.

Auf der nächtlichen Terrasse stehend atme ich tief ein, schaue noch einmal nach dem Blutmond.

Das Ende der Welt stelle ich mir anders vor. Ich beginne zu frösteln. Hätte ich mit ihm reden sollen?

Er war betrunken.

Und wenn der Anruf ein Hilferuf war?

Unsinn, sage ich mir, Jamel will dich verarschen. Ein Spiel. Sein Spiel. Und dafür müssen dann aber beide besoffen sein.

Und selbst wenn.

Ich gehe wieder ins Bett, obwohl ich jetzt wach bin wie ein mondbeschienener Einzeller.

Und selbst wenn?

Und warum die Versetzung?

Der Chef des Sicherheitsteams will sich nichts nachsagen lassen.

Ich schließe die Augen, da klingelt es wieder.

Griff nach dem Skorpionweibchen. Display: Mareile.

5

Als ich bis gegen Mittag nichts von Almuth gehört und keine Email von ihr empfangen hatte, nahm ich den Mantel meines lange schon toten Großvaters und machte mich auf den Weg zur Universität.
Der Gang der philosophischen Fakultät lag so verlassen da, dass ich mich fragte, ob ich mir den Seminarbetrieb und die Existenz von Studenten bisher nur eingebildet hatte. Alle Türen waren geschlossen. Es war halb eins, Vorlesungszeit. Und wer keine Veranstaltung hatte, war jetzt in der Mensa. Sogar das Dekanat war abgeschlossen. Zwischen dem Dekanat und Bertmanns Raum war die große Pinnwand angebracht. Keinerlei Mitteilung über eine kurzfristige Absage der heutigen Abendveranstaltung. Dafür hing neben den Listen mit den Seminaren, Sprechstundenzeiten und Raumnummern noch die Aufforderung, sich für den Vortrag des Bundespräsidenten anzumelden. Und direkt daneben eine Stellenausschreibung, die mir neu war: Philosophiedozent für Lehrauftrag in Philosophiegeschichte des 20. Jahrhunderts. Bewerbungen bis zum 15. Dezember direkt an Prof. Dr. Armin Reth.
Der kalte Finger der Vorahnung lenkte meinen Blick auf die erwartete Stelle im Text: Externe Bewerbungen ausdrücklich erwünscht.

Den Nachmittag verbrachte ich in der Bibliothek. Ohne ein Buch setzte ich mich an die Fenster im

ersten Stockwerk. Im Nachbargebäude konnte ich in den Seminarräumen Leute sitzen sehen. Ferne Gestalten, die sich manchmal bewegten, manchmal etwas zu sagen schienen. Wofür das alles? Wofür diese Ansammlung an Menschen und Büchern? War dieser fortgesetzte Diskurs notwendig? Entfaltete sich hier irgendetwas Geistreiches und erlaubte es der Gesellschaft sich in ihm zu spiegeln und weiter zu funktionieren? Im Seminarraum gegenüber glaubte ich Almuth zu erkennen, wie sie vor halbvollen Sitzreihen stand und gestikulierte. Schlank, groß, das künstliche Blond. Aber das Fensterglas reflektierte die Fassade der Bibliothek und verzerrte meine Wahrnehmung. Vielleicht sah ich nicht Almuth, sondern eine Studentin. Sie hielt ein Referat. Über die Dialektik der Aufklärung. Wochenlang hatte sie sich durch den Text gequält und nahm nun die letzte Hürde zum Leistungsnachweis. Oder sie hatte alles verstanden und durchschaut und verblüffte gerade ihre Kommilitonen? Ich wusste es nicht. War Wissen die Schwelle zum Handeln? Seit Jamels nächtlichem Anruf hatte ich versucht, aus einem Gedanken nicht zwei werden zu lassen. Ich hielt den ersten Gedanken für ausreichend absurd. Er hatte keinen Sprengstoffgürtel. Also musste ich mich dem zweiten Gedanken nicht stellen: Würdest du es verhindern?
Was für eine Frage! Ich lehnte mich zurück, lauschte auf die Geräusche in der Bibliothek und hätte gerne über mich selber gelacht. Wollte ich zusehen, wenn unschuldige Menschen in den Tod gerissen würden? Mit einem Mal schien mir der Vorlesungssaal zu klein

für das Ungeheuerliche. Oder war es mir in meinem eigenen Denken plötzlich zu eng? Unschuldig übrigens in welcher Hinsicht? Weil wir die Maßnahmen der Herrschenden nicht billigten und unser Leben nur widerwillig in ihrer Blutspur eingerichtet hatten?
Dann ein neuer Gedanke. Wenn ich mich nun weigerte? Wenn ich mich bewusst eines Urteils enthielte? Was war ich mehr als ein nur scheinbar zufälliges zivilisatorisches Abfallprodukt der westlichen Wertegemeinschaft? Mehr noch als mein Denken, war meine fortwährende physische Existenz an die unzähligen Annehmlichkeiten gekettet, die in unseren Raubtierhöhlen selbst den Querulanten geboten wurden. Diesmal aber, dieses kleine, unbedeutende, aber je unbedeutender, desto ungeheuerlicher sich in seinem Gewicht sich steigernde diesmal, diesmal also war es möglich zu handeln, indem ich nicht handelte.

Langsam, wie beiläufig und als wäre es mein freier Tag, der freieste aller meiner Tage eigentlich, schlenderte ich Richtung Cafeteria. Was ich jetzt wirklich brauchte, war Milchkaffee. Und Käsekuchen. Gegen den Strom der Studenten, die mir im Eingangsbereich entgegenkamen und von denen die meisten wohl noch die Abendveranstaltungen besuchen wollten, drängte ich in den sich leerenden Saal. Kaum stand ich an der Kuchentheke, fiel mein Blick auf Lilly. Es waren noch zehn Minuten, dann würde Reth ans Stehpult treten und einfühlsame Worte für den besonderen Moment finden.
Lilly stand zehn Meter weiter an einer der beiden

Kassen, die Uni-Card auf das Lesegerät gelegt, eine weiße Keramiktasse neben sich auf der Ablage. Mitnehmen durfte man Getränke nur im Pappbecher. Sie sah mich an und lächelte. In ihrer Schönheit lag immer noch das Versprechen einer besseren Welt. Auch wenn sie selbst damit nur wenig zu tun hatte. Ich lächelte zurück und machte zu meiner eigenen Überraschung eine Geste zu den Tischen. Sie verstand und nickte. Ich spürte etwas Wärme in meine Hände zurückströmen. War das Leben – mein Leben – etwa nicht schön? Vom Kaffeeautomaten aus beobachtete ich, wie sie Tasche und Jacke ablegte und sich setzte. Offensichtlich wollte sie nicht zum Prediger. Ich zahlte Kaffee und Kuchen und schlenderte dümmlich lächelnd an ihren Tisch.

Sollten Sie nicht im Audimax sein? Es ist jetzt soweit...

Ich schwänze...

Ach. Sie hob fragend ihre unfassbar schönen Augenbrauen.

Angst vor dem großen Knall, sagte ich ohne den Versuch, es scherzhaft klingen zu lassen.

Sie? Ich dachte, es wäre Ihnen ein Anliegen... Position beziehen. Sie wissen doch...

Wie im Hegel-Seminar? Vor ein paar Wochen?

Ja.

Ich glaube, da sind mir nur die Pferde durchgegangen. Aber ihre Wortmeldung dann hat mich gerettet.

So?

Überraschung in der Stimme. Sie sagte nichts weiter und blickte auf ihren Kaffee. Plötzlich schien sie mir

verlegen zu sein.
War ich so peinlich?
Sie schüttelte den Kopf.
Etwas pathetisch, vielleicht, sagte sie ohne aufzusehen.
Pathetisch, wiederholte ich, nun ja. Aber ein anderer Gedanke drängte sich mir auf, versuchte, sich an den Regungen der Eitelkeit vorbei zu drängen. Oder war es die Eitelkeit?
Lilly, sagte ich.
Sie nickte, weiter den Pappbecher studierend. Sicherlich hatte sie sich schon länger gefragt, warum ich noch nicht darauf gekommen war.
Warum sind Sie nur das eine Mal ins Seminar gekommen?
Endlich gab sie sich einen Ruck und sah mich an.
Professor Reth meinte, mehr wolle er gar nicht wissen.
An den Kassen war nichts mehr los. Die zwei Kassiererinnen standen plaudernd bei den Kaffeemaschinen. Ich konnte mir sehr gut vorstellen, wie Reth besonders der Umstand amüsierte, dass ich mir das Instrument meines Untergangs selbst ausgesucht hatte. Weitere Lehraufträge würde es für mich nicht mehr geben. Diese Einsicht fiel mir keineswegs wie ein Stein auf den Kopf. Sie kam, wie die Dämmerung kommt oder die ersten Zugvögel; wenn es soweit ist, hat man sich schon darauf eingestellt: auf die bunten Lichter in der Nacht, die Schönheit der Kristalle im Winter und auf das Leben in der Vergangenheitsform.
Es tut mir leid, sagte Lilly.
Ich stach mit der Kuchengabel von oben in den

Käsekuchen und ließ sie stecken.
Ich sah sie noch einmal an. Die dunklen Augenbrauen. Ihre grünbraunen Augen schimmerten im Abendlicht unwirklich schön. Alles erschien mir unwirklich schön.
Nicht handeln. Das konnte unmöglich bedeuten, nicht dabei zu sein.
Von tausend Fluchten eine weniger.
Ich nickte Lilly zu. Es stimmte. Ein schöner Mensch wirkt, als habe er die Schönheit gerade erst erfunden. Ein Kreislauf der Hoffnung. Immer wieder.
Mögen Sie Käsekuchen?
Ich erhob mich wie ein alter Mann und lief los.

Auf eine traurige Art belustigte mich das dünne weiße Spiralkabel, das bei einem der beiden Sicherheitsbeamten zwischen Ohrmuschel und Jackenkragen zu sehen war. Sie trugen beide dunkle Anzüge und unterschieden sich nur durch die Farbe ihrer Krawatten. Der Verkabelte betrachtete meinen Einladungszettel mit einem Gesichtsausdruck, der keinen Zweifel daran ließ, dass er mich nicht für unschuldig hielt. Er verglich Einladung und Personalausweis, trat einen Schritt zurück und nickte seinem Kollegen zu. Das Nicken bedeutete nicht meine sofortige Liquidierung, wie ich zuerst annahm, sondern initiierte das Abtasten. Sie erlauben, murmelte der zweite Beamte und schob mir seine Hände mit ausgestreckten Fingern unter die Achseln. Mir war kalt, als ich endlich den Vorlesungssaal betrat. Die mikrophonierte Stimme schlug mir entgegen, dazu das Rascheln und Atmen von über zweihundert Menschen in den vollbesetzten Sitzreihen. Alles klang überdeutlich und viel zu nah. Wo war er? Ich ging einigen Stufen den Seitengang abwärts blieb an der weiß gekalkten Wand stehen. Ich entdeckte ihn rasch: Jamel saß ganz vorne. Erste Reihe. Direkt neben ihm Reth. Sein Sitznachbar auf der anderen Seite war Janisch. Verzweifelt blickte ich auf Jamels Hinterkopf. Ich glaubte sogar, obwohl ich fünfzehn, zwanzig Meter schräg hinter ihm stand, einen kleinen Silberohrring in seinem rechten Ohrläppchen zu erkennen. Der Mann am Rednerpult hob im Hintergrund beide Hände. Aus den Lautsprechern schallte seine Stimme, ich hörte kaum hin. Wie festgeschraubt verharrte mein Blick auf dem Ohrring oder was ich dafür hielt. Es setzte ein Moment gespenstischer Stille ein. Dann, die Hände noch immer erhoben, hallten die Worte des Staatsoberhaupts in die Kunstpause: Reden wir von Deutschlands Verantwortung in der Welt. Aber reden wir auch von Verantwortung gegen uns selbst. Reden wir von Verteidigungsbereitschaft.

Dies war der Moment, in dem Jamel den Kopf drehte und mich ansah. Mit seinem breitesten Macho-Grinsen zog er die Sonnenbrille aus der schwarzen Anzugjacke und setzte sie auf.

Epilog

Janisch zerplatzte wie eine Fleischwurst in brühendem Wasser. Reths gut frisierter Kopf rollte rechts am Rednerpult vorbei. Keine Spur mehr vom Bundespräsidenten (abgesehen von dem ganzen Blut und verschiedenen Kleinigkeiten). Vielleicht lag hinter dem Rednerpult noch etwas von ihm.

Mareile schaute mir über die Schulter und las ein paar Zeilen. Ich schaute so lang auf die andere Straßenseite, betrachtete die Balkone im Sonnenlicht und die unversehrten Körper der Studentinnen.
Vielleicht würde ich mich an Gießen gewöhnen.
Was für ein Unsinn, wenn du mich fragst, sagte Mareile und biss mir zärtlich ins Ohr.